Mark Cheverton a enseigné les sciences pendant une quinzaine d'années avant de se tourner vers la recherche. Il a découvert Minecraft® grâce à son fils. L'aspect créatif du jeu l'a rapidement séduit et un duo de joueurs père-fils est né : Monkeypants271 et Gameknight999. Ils ont entrepris d'empiler les pixels, de construire des tours et de se battre avec des zombies. C'est de cette passion commune que lui est venue l'envie d'écrire la trilogie *Gameknight999* pour son fils et tous les joueurs de Minecraft®.

Du même auteur, chez Castelmore :

Gameknight999 :
1. *L'Invasion de l'Overworld*
2. *La Bataille du Nether*
3. *Face au dragon*

Mark Cheverton

FACE AU DRAGON

LES AVENTURES DE GAMEKNIGHT999 –
TOME 3

Traduit de l'anglais (États-Unis)
par Nicolas Ivorra

CASTELMORE

Collection dirigée par Barbara Bessat-Lelarge

Titre original : *Confronting the Dragon – Book Three in the Gameknight999 Series*

An Unofficial Minecrafter's Adventure

Loi n° 49-956 du 16 juillet 1949 sur les publications destinées à la jeunesse

Dépôt légal : août 2015
ISBN : 978-2-36231-152-9

Castelmore
60-62, rue d'Hauteville – 75010 Paris
E-mail : info@castelmore.fr
Site Internet : www.castelmore.fr

Qu'est-ce que Minecraft ?

Minecraft® est un jeu incroyablement créatif auquel on peut jouer seul, avec des amis ou bien avec des gens du monde entier. C'est un jeu de type « bac à sable » qui donne au joueur la possibilité de bâtir des structures extraordinaires à partir de cubes texturés représentant divers matériaux : pierre, terre, sable, grès… Les lois normales de la physique ne s'appliquent pas, car le mode créatif permet de construire des structures qui défient la gravité et n'ont pas besoin de supports visibles.

Les possibilités sont infinies. Vous pouvez créer des villes entières, des civilisations accrochées à des falaises et même des cités dans les nuages. Le jeu à proprement parler se joue en mode survie. Dans ce mode, les joueurs se retrouvent dans un monde de blocs avec pour seuls accessoires leurs vêtements. La nuit tombant rapidement, il est crucial de partir immédiatement à la recherche des ressources – bois, pierre, fer – nécessaires à la fabrication d'outils et d'armes, car Minecraft® pullule alors de créatures hostiles…

Ces ressources, le joueur les trouvera dans les profondeurs du tissu de Minecraft. Avec du charbon et du fer, notamment, il confectionnera des armes et armures indispensables à sa survie. En creusant, le joueur découvrira des grottes, des chambres emplies de lave, voire une mine ou une prison souterraine. Ces dernières contiennent parfois des trésors, mais sont surveillées par des monstres (zombies, squelettes, araignées), alors prudence !

Bien que ces terres soient peuplées de créatures hostiles, le joueur n'y est pas seul. Les serveurs accueillent des centaines de joueurs, qui partagent les paysages et les ressources de Minecraft® avec d'autres créatures. La surface du jeu est parsemée de villages habités par des PNJ (personnages non joueurs). Les villageois se baladent, vaquent à leurs occupations ; dans leurs demeures, on trouve parfois des coffres contenant des trésors (plus ou moins intéressants). En faisant du troc avec les PNJ, il est possible d'obtenir des gemmes rares, des ingrédients pour préparer des potions, voire un arc ou une épée.

Ce jeu est une plate-forme incroyable pour les personnes créatives qui adorent bâtir et créer. D'ailleurs, il n'est pas limité à la construction de bâtiments. Grâce au minerai de redstone, on peut créer des circuits électriques dans le jeu, et alimenter des pistons et autres appareils pour créer des machines plus complexes. Des gens ont déjà créé des lecteurs de musiques, des ordinateurs 8-bits fonctionnels et des minijeux sophistiqués, tous alimentés par la redstone. Grâce aux blocs de commande introduits dans la version 1.4.2, on peut désormais contrôler des mécanismes de jeu à l'aide de scripts de commande. Cela a ouvert de nouvelles possibilités aux programmeurs du monde entier, leur permettant de créer des assemblages encore plus sophistiqués. La beauté de la chose, c'est que Minecraft® est bien plus qu'un jeu : c'est une sorte de système d'exploitation, permettant à ses utilisateurs de créer leur propre jeu et de s'exprimer d'une manière unique, et aux enfants de tout âge de créer leurs propres parties, cartes personnalisées et arènes PvP (*player vs player* – joueur contre joueur). Minecraft® est synonyme de création et de batailles débridées, de monstres terrifiants. C'est une toile vierge aux possibilités infinies.

Et vous, que créerez-vous ?

Beaucoup d'entre vous connaissent l'histoire de la genèse de ces livres. Si ce n'est pas le cas, je vous invite à lire l'introduction de *L'Invasion de l'Overworld* ou de *La Bataille du Nether*. J'ai été très touché par tous les messages attentionnés que j'ai reçus sur mon site Internet, www.markcheverton.com. Merci à tous mes lecteurs pour leurs encouragements. Grâce à vos messages, j'ai su que nombre d'entre vous avaient vécu des situations de cyber-harcèlement et de persécution. Cela m'a profondément attristé et j'espère que mes livres vous ont aidé un tant soit peu à gérer les sentiments de peur et d'anxiété qui vont de pair avec ce type de comportement.

J'ai dû affronter des problèmes similaires durant ma vie, je les évoquerai à la fin de ce roman. J'espère qu'en rédigeant *Face au Dragon* et en expliquant mes propres erreurs je pourrai aider tous ceux qui traversent les mêmes épreuves que celles que j'ai vécues étant enfant. Soyez forts et exprimez-vous.

Merci à tous ceux qui m'ont envoyé des e-mails. Les mots d'encouragement des enfants et de leurs parents me touchent énormément. J'essaie de répondre à tous les e-mails que je reçois, mais je vous prie de m'excuser si j'ai oublié quelqu'un, j'en ai reçu énormément. Je vais mettre mon site à jour pour permettre aux fans de

la série *Gameknight999* de s'exprimer, partager leurs points de vue et montrer leurs captures d'écran de Minecraft®. Je vous invite tous à recréer des scènes des romans et à les envoyer sur mon site. Je les y posterai pour que tout le monde puisse en profiter.
Cherchez Gameknight999 et Monkeypants271 sur les serveurs. Lisez, soyez gentils et prenez garde aux creepers.

Mark Cheverton

Pour ceux qui souffrent en silence

1

La bataille finale

Gameknight flottait au milieu de brumes argentées. Un sentiment diffus d'angoisse lui mettait les nerfs à vif. Quelque chose n'allait pas tarder à se produire… un événement aux conséquences funestes. Il sentait confusément qu'il ne pourrait rien faire pour l'empêcher.

Le brouillard commença à se dissiper, laissant peu à peu apparaître un grand plateau rocheux, au sommet d'une énorme montagne. Les lambeaux de brumes s'évanouissaient un à un, laissant émerger des silhouettes… des PNJ, armés de pied en cap, les derniers défenseurs de Minecraft.

Sentant une présence à son côté, Gameknight se retourna. Crafter et Mason étaient là, en train de discuter à voix basse, le visage grave et résolu. Ils s'arrêtèrent un instant pour contempler la vaste plaine qui s'étendait au pied de la montagne. On pouvait distinguer des mouvements parmi les nappes de brouillard qui recouvraient le sol… des choses… hargneuses et dangereuses.

Toute cette brume… est-ce un rêve ? *pensa-t-il.* Il y avait toujours un brouillard étrange dans mes derniers cauchemars.

Gameknight avait la sensation déconcertante d'assister à une scène se déroulant dans le futur… son propre futur. Dans un éclair de lucidité terrifiant, il comprit soudain ce qui était sur le point de se passer.

Il allait assister à sa propre mort et à la fin de Minecraft.

Il tressaillit et se tourna vers ses amis. Hunter était campée à côté de Mason, son arc enchanté à la main. Sa simple présence lui confirma qu'il s'agissait d'un rêve. Elle avait l'air épuisée, presque diaphane, mais ses yeux luisaient d'une haine farouche.

Comment est-ce possible ? *pensa Gameknight.* Hunter a été capturée par Malacoda et Erebus sur le dernier serveur !

Il prit le temps d'examiner le plateau. Le décor était parsemé d'objets ressemblant à des fanaux : des cubes de verre transparents abritant des pierres lumineuses. Il y en avait des centaines, peut-être même des milliers, mais, chose étrange, seuls deux étaient allumés. Le plus gros émettait un vif rayon lumineux vertical. Ce fanal était aussi grand qu'un PNJ, si ce n'est plus, et il était entouré de blocs de diamant qui projetaient des faisceaux bleutés vers le ciel. L'ensemble répandait une lumière si vive qu'on aurait cru un brasier capable de consumer quiconque serait assez fou pour le toucher. Les autres fanaux de taille normale semblaient presque minuscules en comparaison, seul l'un d'entre eux émettant également une lumière aussi vive et cuisante que celle du plus gros.

Que se passe-t-il ici ? *se demanda Gameknight.* Qu'est-ce que je fais là ? À quoi sert ce fanal ? C'est donc ça, la dernière bataille de Minecraft ?

Gameknight voyait bien que tous les individus présents sur le plateau étaient à la fois indécis et effrayés. Devant eux un escalier à pic descendait vers les plaines en contrebas. C'était le seul moyen d'accès à cette zone remplie de fanaux. Les flancs montagneux de chaque côté étaient trop abrupts.

Mason surveillait la pente en face d'eux. Il se tourna vers Gameknight et braqua ses yeux verts sur les siens.

—Ils arrivent, annonça-t-il d'un ton sinistre. Il y a environ cinq cents monstres, peut-être même un millier, à la suite d'Erebus. (Il caressa son menton barbu de sa main pixelisée, tout en comptant ses guerriers.) J'ai bien peur que nous ne soyons pas assez nombreux pour stopper une telle horde. Minecraft est condamné.

Condamné ?! *pensa Gameknight.* Si c'est ça l'avenir, cela veut dire que nous allons perdre la bataille pour Minecraft !

Il voulait leur crier de ne pas abandonner, mais son corps ne lui obéissait pas. Il était comme prisonnier, forcé d'assister à la scène en spectateur impuissant.

—Ne te blâme pas, Utilisateur-qui-n'en-est-pas-un, lui dit Crafter, dont la voix résonna entre les parois montagneuses. Tu as fait tout ce qu'il fallait. Il n'y a pas de honte à échouer lorsqu'on a fait de son mieux.

—Qu'est-ce que tu racontes? rétorqua Hunter.

Elle avait une voix étrange, presque irréelle, et un aspect diaphane, comme si elle n'était pas vraiment là et que son destin n'était pas encore scellé

—Si nous échouons, c'est notre faute, enchaîna-t-elle. Il n'y a pas de quoi en être fier.

Gameknight se tourna vers Crafter, qui lui rendit un regard affligé.

—Je suis navré que nous n'ayons pas pu faire plus, murmura Crafter à destination de son ami. Tu as bien vu la horde qui approche. Tu sais tout comme moi que nous ne pourrons pas vaincre Erebus et les monstres de la nuit cette fois-ci. Il nous reste à peine une centaine de soldats. Ils n'arriveront pas à arrêter ce raz-de-marée destructeur.

Crafter se tourna vers l'énorme fanal, la Source, et poussa un profond soupir.

—Je crains qu'il ne nous reste plus qu'à combattre et mourir, dit-il en dégainant son épée.

En contemplant la scène, Gameknight sentit le désespoir le submerger.

Si cette scène représente l'avenir, cela veut dire que j'ai mené tout le monde à l'échec? Je ne peux donc rien y faire? Et d'où vient ce sentiment de... défaite... qui accable tout mon être?

Il ne supportait pas l'idée d'assister à la mort de ses amis… à la destruction de tout Minecraft. Il voulut s'enfuir, mais son corps ne répondait pas.

Je dois faire quelque chose… Je dois essayer de les aider ! *pensa-t-il.*

Gameknight percevait désormais les gémissements des monstres, alors qu'ils atteignaient le pied de l'escalier conduisant au sommet de la montagne. Les cliquetis des araignées, les chuintements des blazes et les hurlements des ghasts se réverbéraient dans toute la zone, faisant frémir les défenseurs du plateau.

— Il me reste encore une chose à tenter, déclara Gameknight aux autres PNJ.

NON ! Ce n'est pas moi qui parle ! *cria-t-il dans sa tête, alors que son corps ne lui obéissait pas.*

Il se vit bouger sans pouvoir s'y opposer, rengainer son épée et se diriger vers le fanal. Il s'arrêta à quelques centimètres du faisceau lumineux. La chaleur était pratiquement insoutenable, comme si on avait condensé les flammes du Nether en un seul rayon de lumière.

— Gameknight, qu'est-ce que tu fais ? cria Crafter.

Qu'est-ce que je fais ?! *pensa celui-ci, totalement paniqué.* Est-ce que je vais sauter dans ce rayon ? Pourquoi est-ce que je n'essaie pas de sauver tout le monde ?

— C'est de la lâcheté, s'écria Hunter d'une voix pleine de tristesse. N'abandonne pas, combats à nos côtés… avec moi.

Elle tentait de le persuader du regard, la voix pleine de tristesse.

—Non, je dois le faire, répondit la voix forte de Gameknight.

Il affronta une dernière fois les regards désespérés de ses amis avant de s'avancer vers le faisceau de lumière mortel. C'est alors que Mason se détacha du groupe pour le rejoindre, un sourire entendu sur le visage.

—Non, pas toi aussi ! s'exclama Hunter d'une voix incrédule.

—Un jour, tu comprendras, répondit Mason d'une voix triste.

Il alla ensuite se placer de l'autre côté du fanal, avant de brandir à deux mains son épée, puis de la plonger de toutes ses forces dans le sol. L'impact résonna comme un coup de tonnerre lorsque l'arme brisa la couche de pierre, faisant trembler le sol. Tenant fermement la poignée d'une main, il tendit l'autre vers l'Utilisateur-qui-n'en-est-pas-un et riva son regard au sien.

—Pour Minecraft, dit-il d'une voix étrangement douce pour un PNJ de sa taille.

—Pour Minecraft, répondit la voix de Gameknight, avant que son corps avance dans la lumière brûlante.

C'est donc ça, la fin ?! *pensa-t-il.* Cela ne peut pas se terminer ainsi. Si c'est l'avenir qui nous attend, il n'y a plus le moindre espoir… Est-ce qu'on peut changer le futur ? Et que…

Soudain, un flamboiement intense envahit son champ de vision, accompagné d'une douleur fulgurante qui le plongea rapidement dans un océan de ténèbres. Juste avant que toute lumière ne disparaisse, il crut entendre quelque chose… des paroles… des centaines de voix, dont une qu'il n'avait pas entendue depuis une éternité. C'était la voix familière d'un ami qui lui manquait terriblement. Gameknight commença à esquisser un sourire, puis les ténèbres l'engloutirent.

2

Suivre la trace

Gameknight se réveilla brusquement, totalement désorienté, le cerveau incapable de comprendre ce qu'il venait de vivre.

Était-ce juste un rêve ou bien autre chose ? pensa-t-il. *Cela avait l'air à la fois réel et discordant, comme si j'avais vu… mon avenir.*

Il voyait encore dans sa tête les visages résignés des PNJ face à la horde de monstres en approche. Un si petit groupe de défenseurs n'avait aucune chance de sauver la Source d'une telle armée. Ils échoueraient et l'Utilisateur-qui-n'en-est-pas-un ne pouvait rien pour eux.

Il secoua la tête en essayant de chasser les images de son esprit, en vain. Elles dansaient devant ses yeux comme les scènes d'un film tragique, empoisonnant peu à peu sa détermination. Il poussa un profond soupir avant de se lever et d'examiner les alentours, à la recherche du moindre signe de l'armée ennemie. Il n'y avait rien de plus que les PNJ habituels : boulangers, menuisiers, fermiers, mineurs, bâtisseurs... tous les ouvriers du monde de Minecraft, désormais vêtus d'armures et l'arme à portée de main. Ils étaient tous là pour lui, depuis qu'ils les avaient persuadés de le suivre. Ils avaient échoué à stopper Erebus et Malacoda sur le dernier serveur, et depuis ils suivaient la horde gigantesque jusqu'à la Source. Hélas ! ils étaient largement inférieurs en nombre et ils ignoraient quoi faire et où aller. Plutôt que d'élaborer un plan ou d'agir de manière efficace, ils se contentaient de suivre le sillage de destruction des monstres, dans l'espoir de découvrir ce que préparait l'ennemi.

Gameknight s'étira un bon coup pour détendre son dos meurtri par une nouvelle nuit passée à l'air libre. En levant les yeux vers le ciel étoilé, il vit que la forme carrée de la lune n'allait pas tarder à rejoindre la ligne d'horizon. L'aube serait bientôt là. Comme d'habitude, l'astre céleste était légèrement teinté de rouge. Cela avait sans doute un rapport avec l'invasion de cette horde sanguinaire, dont la présence souillait le tissu même de Minecraft.

Je me demande si le soleil et la lune retrouveront un jour leur vraie couleur, pensa Gameknight.

Son regard fit le tour du camp. Les soldats étaient allongés partout où le sol le permettait. Leur armée avait monté le camp au cœur d'une forêt de conifères nichée au creux d'une vallée. Entre les corps en armure et les PNJ emmitouflés sous leurs couvertures, il n'y avait plus le moindre espace libre. Des torches plantées un peu partout dans le camp empêchaient les monstres d'apparaître, tout en rassurant quelque peu les esprits. Les ténèbres rendaient les habitants de l'Overworld nerveux. Depuis leur plus tendre enfance, ils savaient tous que la nuit appartenait aux créatures monstrueuses.

Évitant soigneusement les corps endormis, Gameknight arriva à la lisière du camp. Il croisa alors Mason, le chef de l'armée, qui patrouillait le long du périmètre.

— Utilisateur-qui-n'en-est-pas-un, déclara le PNJ musclé en le saluant d'un poing sur le torse, vous devriez être en train de dormir.

— Je n'arrive pas à trouver le sommeil, répondit-il. J'ai préféré surveiller les alentours.

— Vous êtes un chef avisé, dit Mason. Il vaut mieux être prudent.

Un chef :. Quelle vaste blague! pensa Gameknight.

L'armée admirait Gameknight, mais il n'était pas leur général. C'était le rôle de Mason. Celui-ci avait un véritable don pour le commandement qui lui permettait de donner des ordres à n'importe qui. Il se préoccupait tout autant du sort de ses soldats que de celui de Minecraft. Mason était le véritable commandant de cette armée de PNJ, Gameknight en était parfaitement conscient. Qu'il le veuille ou non, l'Utilisateur-qui-n'en-est-pas-un n'était rien de plus qu'un symbole de leur destin, voué à les sauver tous et redonner du sens à leur vie. Son seul problème, c'est qu'il n'avait pas la moindre idée de ce qu'il devait dire ou faire.

— Je n'ai constaté aucune activité, déclara Mason en examinant les environs. Aucun signe de monstres.

— N'est-ce pas un peu étrange ? demanda Gameknight.

— Peut-être que Malacoda et Erebus recrutent tous ceux qu'ils trouvent et qu'ils leur font grossir leurs rangs.

Gameknight acquiesça d'un grognement.

— C'est logique.

Et même évident, pensa-t-il amèrement. *Tout ce que dit Mason est logique !*

— Que fais-tu debout à cette heure, Mason ?

— Un bon chef doit soutenir ses hommes et être prêt à accomplir les mêmes tâches qu'eux, répondit le PNJ, dont les yeux verts brillaient sous les derniers rayons lunaires. Si j'en faisais moins qu'eux, je ne serais qu'un général arrogant et inutile, pour qui les soldats refuseraient de combattre. Il faut qu'ils sachent que, moi aussi, je suis prêt à faire tout ce qu'on leur demande.

— D'accord, mais pourquoi surveiller le périmètre ? demanda Gameknight en s'approchant de lui. Malacoda et ses monstres sont loin d'ici. Ils ne risquent pas de nous attaquer.

— Attaquez vos ennemis lorsqu'ils ne sont pas prêts et surgissez là où on ne vous y attend pas, récita Mason, comme s'il avait mémorisé cette maxime.

Étrange, pensa Gameknight. *Ces paroles me semblent familières.*

— À leur place, j'agirais ainsi, continua le PNJ, alors je prends des précautions pour m'en protéger.

Il s'arrêta, le temps de surveiller la cime des arbres, avant d'enchaîner :

— Venez, marchez avec moi.

Gameknight lui emboîta le pas. Il se sentait toujours minuscule à côté de lui. C'était le cas de tout le monde, d'ailleurs : même si vous faisiez la même taille que lui, Mason semblait toujours vous dominer d'une tête.

Alors qu'ils avançaient, la lune rouge pâle franchit lentement la ligne d'horizon, tandis qu'à l'est un rougeoiement annonçait l'imminence du lever du soleil. Le camp se réveillait peu à peu. Des formes encore assoupies s'étiraient dans les premières lueurs de l'aube, avant d'enfiler leurs armures et de ramasser leurs armes. En voyant Gameknight, les soldats se mettaient au garde-à-vous en souriant.

— L'Utilisateur-qui-n'en-est-pas-un vaincra tous les monstres, cria l'un d'eux.

— Gameknight, le guerrier le plus brave de Minecraft, déclama un autre.

Il reçut d'autres compliments similaires alors qu'ils arpentaient le camp. Cette scène se produisait régulièrement depuis qu'ils étaient arrivés sur ce serveur... à la Source. Pour une raison étrange, les guerriers de leur armée étaient désormais persuadés que Gameknight était un grand héros, brave et intrépide. Ils étaient certains qu'il allait les sauver et vaincre les monstres de Minecraft.

Quelle ironie! pensa-t-il. *Ils ne se doutent même pas que je préférerais m'enfuir en courant, si seulement j'avais un endroit où me cacher.*

Gameknight savait qu'il n'était pas aussi courageux que les gens le pensaient. Il n'aimait pas se sentir effrayé, mais Minecraft avait peu à peu émoussé son courage et entamé sa détermination. Il ne pouvait s'empêcher de grimacer chaque fois qu'ils tombaient sur un monstre solitaire ou bien un groupe d'éclaireurs. La simple idée de devoir combattre ces créatures lui glaçait le sang. Il avait appris à affronter ses peurs sur le serveur précédent, mais il luttait encore pour dominer ses sentiments.

Mason, au contraire, était toujours le premier à se jeter dans le combat. Si quelqu'un appelait à l'aide, il réagissait avant les autres. Lorsque des monstres étaient repérés, il n'hésitait jamais à les affronter. Aucune menace ne lui faisait peur. Il pouvait charger tête baissée dès lors que la vie d'un soldat était en danger. On aurait dit qu'il protégeait ses propres enfants, ce qui ne manquait pas d'étonner Gameknight.

Soudain, une alarme retentit. Quelqu'un tambourinait sur un plastron de fer avec son épée, tout en criant.

— Araignée chevauchée ! Araignée chevauchée ! criait la voix.

Mason partit en courant dans sa direction, suivi avec réticence par Gameknight. Ils tombèrent sur une sentinelle à l'orée du camp. Le plastron qu'il tenait à la main vibrait encore.

— Que se passe-t-il ? demanda Mason.

— J'ai aperçu une araignée chevauchée là-bas, annonça le garde en pointant du doigt les collines couvertes d'herbe.

Certains squelettes chevauchaient parfois des araignées géantes. Ces montures étaient rapides, agiles, et permettaient à leur cavalier de couvrir de bonnes distances, surtout s'il portait un casque le protégeant du soleil. C'était des adversaires redoutables, que Malacoda avait probablement envoyés en éclaireurs pour connaître leur position. Pour éviter ce désastre, il fallait éviter à tout prix que le monstre retourne auprès de ses maîtres. Gameknight le savait pertinemment, mais il était taraudé par le doute.

Qu'est-ce que je dois faire ? pensa-t-il. *Est-ce qu'il faut que je parte à sa poursuite ? J'en ai déjà combattu un, à l'époque où Minecraft n'était qu'un jeu. Mais aujourd'hui... je ne sais pas ce qui se passera si je meurs. Il n'y a plus de serveur supérieur, nous sommes arrivés au sommet de la pyramide des plans, à la Source elle-même… Est-ce que je peux réapparaître ou bien suis-je condamné à mourir pour de bon ?*

La peur et l'incertitude semaient la confusion dans son esprit, l'empêchant de penser de façon rationnelle. Il se contenta de contempler ses pieds…

Je ne veux pas affronter une araignée chevauchée… pas maintenant. Qu'est-ce que je dois faire… Qu'est-ce que je dois faire ?

Mason se tourna vers lui, attendant un ordre ou des instructions. Heureusement, il avait pris l'habitude de prendre rapidement des initiatives. Gameknight releva la tête pour croiser le regard de son compagnon, sans pouvoir dissimuler la peur qu'on pouvait lire dans ses yeux. Avant qu'il n'ait pu parler, Mason prit les choses en main.

—Vous autres, pourchassez cette araignée chevauchée avec vos montures, ordonna-t-il d'un ton assuré à un groupe de guerriers. Assurez-vous qu'elle ne dévoile pas notre position.

—Oui, chef, répondirent les PNJ.

—Archers, marmonna Gameknight.

—Quoi ? demanda Mason.

—Archers… il vous faudra des archers pour ne pas vous approcher de trop près, expliqua-t-il d'un ton embarrassé. La plupart des squelettes sont armés d'un arc.

—Oui, évidemment, s'exclama Mason. Prenez des archers avec vous pour l'encercler. Ne partez à l'assaut que si vous n'arrivez pas à l'atteindre à distance. Inutile de prendre des risques inutiles. Allez-y!

Les soldats se mirent en branle, ramassant leurs armes et armures. Quelques instants plus tard, une escouade d'hommes et de femmes galopait en dehors du camp, à la poursuite du monstre.

— Ils vont l'avoir, dit Mason d'un ton confiant.

Il s'approcha alors d'un autre soldat, lui passa un bras autour des épaules et lui murmura quelque chose à l'oreille. Ce dernier partit en trombe pour rassembler une vingtaine de guerriers, dont certains rangèrent leur épée pour sortir une pelle de leur inventaire. Gameknight les regarda partir jusqu'à une grande colline qui dominait le camp. Au sommet de cette butte, ils commencèrent à placer des blocs de terre les uns sur les autres, sculptant des formes ressemblant à des gens et des chevaux. L'un d'eux posa un bloc de netherrack rapporté du Nether, après l'affrontement contre Malacoda sur le dernier serveur. Il l'alluma ensuite à l'aide d'un briquet, afin que les flammes rendent les silhouettes de la colline encore plus visibles, surtout la nuit.

— Qu'est-ce qu'ils fabriquent ? demanda Gameknight.

— Ils créent une petite diversion, répondit Mason.

Ils admirèrent tous les deux le travail des soldats. On pouvait distinguer des silhouettes autour d'un feu de camp, des formes de chevaux à l'orée du bois et ce qui ressemblait à des soldats allongés au milieu des arbres.

— Tout l'art de la guerre est fondé sur la duperie, déclara Mason comme s'il récitait une leçon.

Gameknight s'apprêtait à dire quelque chose lorsqu'il se rendit compte que ce proverbe aussi lui était familier...

Je connais cette phrase ! J'ai déjà entendu ça quelque part, pensa-t-il, *mais où ? Nous sommes dans Minecraft, pas dans le monde physique.*

Il fouilla vainement dans ses souvenirs, sans parvenir à retrouver la trace de cette expression. Il sentait confusément qu'il y avait là un puzzle à reconstituer, mais les pièces étaient trop dispersées pour qu'il y arrive.

— Nous devons faire en sorte que l'ennemi nous croit à un endroit où nous ne sommes pas, ajouta Mason.

— C'est une excellente idée, déclara une jeune voix à côté de Gameknight.

Celui-ci se retourna vers Crafter, qui les avait rejoints. Son visage enfantin s'ornait d'un grand sourire confiant. Gameknight avait fait sa connaissance sur le premier serveur, peu de temps après y avoir été aspiré par l'invention de son père, le numériseur. À l'époque, son ami était un vieil homme aux cheveux gris, courbé sous le poids des années. Après avoir sauvé ce plan des armées d'Erebus, le roi des Endermen, Crafter était réapparu sur le serveur suivant sous les traits d'un jeune garçon. C'était une expérience étrange et saisissante de plonger son regard dans ses yeux bleus, dans lesquels, malgré ses traits enfantins, on pouvait lire toute la sagesse et l'expérience de son grand âge. Depuis les combats sur le dernier serveur, les batailles du Nether, Gameknight s'était finalement habitué à la nouvelle apparence de son ami, ce vieil homme sage prisonnier d'un corps de jeune garçon. Il était le meilleur ami qu'il ait jamais eu de toute sa vie… à l'exception de son copain du monde réel, Shawny.

Comme j'aimerais que Shawny soit ici pour nous aider!

—Au secours! cria quelqu'un.

Mason courait déjà, l'épée à la main. Gameknight dégaina à son tour et s'empressa de suivre la silhouette massive du PNJ, talonné de près par Crafter. Un groupe de guerriers s'élança à son tour, dans un concert de raclements d'épées sorties de leurs fourreaux. Le courage de Gameknight s'amenuisait à chaque pas, comme étouffé par les anneaux du serpent de la peur lové dans ses entrailles. Hélas! il n'avait pas le choix. Il serra plus fort la poignée de son épée et s'élança à contrecœur en direction du danger.

3

Les brutes

— Au secours ! cria la voix de nouveau.

Ils étaient désormais tout proches.

Pour Gameknight, les sons provenaient de derrière une butte, droit devant eux. Il accéléra l'allure afin de ne pas avoir l'air trop couard, mais il prit garde de ne pas dépasser Mason. Au sommet de la colline, ils tombèrent sur Stitcher, l'arc à la main, une flèche encochée. Une légère brise faisait voleter ses cheveux roux flamboyant tout autour de son visage. Elle tourna la tête vers eux et adressa un sourire à Gameknight avant de pointer de son arc la lisière de la forêt.

— Près des arbres, annonça la jeune fille d'un ton plus détendu tout en rangeant son arc.

Au pied de la colline, ils virent un jeune PNJ efflanqué à côté d'un grand bouleau. L'écorce blanche de l'arbre se teintait de rouge sous la lueur écarlate du soleil levant. Gameknight examina les environs à la recherche de monstres, mais il n'y avait qu'un loup assis à proximité, un collier rouge autour du cou : il avait manifestement été apprivoisé. Mason, constatant lui aussi qu'il n'y avait pas de danger, descendit la colline à la rencontre du jeune homme malingre.

— Que se passe-t-il ici ? demanda-t-il, sa voix puissante résonnant à travers les bouleaux.

— Eh bien… euh… ils ont dit que c'était… un jeu, balbutia le garçon.

— Comment t'appelles-tu, mon gars ? lui demanda Crafter, qui les avait rejoints.

— Je m'appelle Her… Herder, bégaya le garçon, avant que son regard ne tombe sur Gameknight. L'Utilisateur-qui-n'en-est-pas-un ! Vous êtes m… mon héros. J'ai hâte de v… de vous voir détruire les monstres et sau… sauver Minecraft. Je veux être co… comme vous.

Le regard émerveillé, le garçon fit un pas en avant pour poser une main timide sur l'avant-bras de Gameknight. Celui-ci recula brusquement, l'air gêné, avant de regarder fixement ses pieds.

Quelle vaste blague ! Je ne suis qu'un gamin effrayé, pensa-t-il. *Pas un héros.*

— Herder est un berger qui s'occupe des animaux, déclara Stitcher en s'approchant de Crafter. Il les surveille pendant la nuit et les rassemble en troupeau. Certains guerriers se sont moqués de lui parce qu'il est petit, jeune et… différent.

— Mes outils, dit Herder d'une voix où perçait l'embarras, voire l'humiliation. Ils sont d… dans l'arbre.

Tout le monde leva la tête, pour constater qu'un tas d'outils flottait doucement sur les branches les plus hautes de l'arbre. À la base du tronc, Gameknight repéra un carré d'herbe manquante. Les brutes avaient dû bâtir une colonne de terre pour accéder à la cime de l'arbre et y déposer les outils, avant de redescendre pour effacer toute trace de leur mauvaise farce.

À l'aide de blocs bruns de netherrack, Gameknight construisit une série de marches menant au sommet du bouleau. Il portait ces blocs depuis la bataille du Nether. Tout en plaçant le netherrack au sol, des images de ce terrible conflit défilèrent dans son esprit. L'armée de PNJ s'était aventurée là-bas pour tirer Crafter des griffes de Malacoda, le roi du Nether. Hélas ! ils avaient échoué ; même s'ils pouvaient se réjouir d'avoir sauvé Crafter, leur amie Hunter (la sœur de Stitcher) avait été capturée à son tour. Il revoyait sa fine silhouette ligotée dans les longs tentacules de Malacoda et son regard désespéré, l'implorant en silence de mettre fin à ses jours d'une flèche en plein cœur plutôt que de la laisser se faire emprisonner. Gameknight n'avait pas eu le courage de décocher son trait… et il avait laissé le monstrueux roi du Nether emporter son amie. Sa trahison le taraudait jour et nuit.

Même s'ils avaient remporté la bataille contre les monstres, un gros contingent avait réussi à emprunter le portail construit par Malacoda. Gameknight et Stitcher avaient suivi l'armée pour ne pas abandonner Hunter. Heureusement, les PNJ avaient eux aussi accepté de les suivre. Ils se trouvaient à présent dans ce monde étrange, à la poursuite des deux rois, Malacoda et Erebus, dans l'espoir de couper court à leur attaque contre la Source.

Gameknight contemplait les blocs de netherrack dans ses mains en repensant à son dernier combat. Tous ces cris… cette douleur… cette terreur ! Des familles brisées et des vies perdues… et puis Hunter… Il frissonna en tâchant de ne plus y penser et posa le dernier bloc, finissant ainsi l'escalier. Ensuite, il fit signe à Herder d'aller chercher ses affaires.

Le jeune PNJ grimpa les marches quatre à quatre pour récupérer ses outils, puis il redescendit tout aussi vite, sans oublier d'adresser un grand sourire à Gameknight.

— M… merci, Utilisateur-qui-n'en-est-pas-un, lui dit-il en souriant.

Gameknight se contenta de pousser un grognement, puis il sortit sa pioche et entreprit de casser les blocs qu'il venait de placer.

— Que s'est-il passé, Herder ? demanda Crafter.

— Et bien, les autres m… m'ont dit qu'ils voulaient jouer à un j… jeu avec moi, expliqua Herder. Ils ont dit que je s… serais des leurs après. Que je serais co… comme eux, un guerrier. (Le garçon malingre se tourna vers Gameknight.) Je peux combattre les monstres. Je peux utiliser m… utiliser mon…

— Tu es trop jeune pour combattre, mon gars, l'interrompit Mason. De toute façon, ton travail est de surveiller le troupeau. Voilà ce que tu dois faire. Tu ne vas pas combattre, tu es bien trop petit.

— Mais…

— Inutile de discuter ! assena Mason.

Crafter s'interposa en posant doucement sa main sur l'épaule de Mason, puis il s'adressa à Herder.

— Herder, continue ton histoire.

— Eh bien… les guerriers m'ont dit de lâcher t… tout mon inventaire. Il fallait réussir l'épreuve sans out… outils. Alors j'ai t… tout lâché, fermé les yeux et att… attendu. J'étais tellement excité à l'idée d'être int… intégré parmi eux. Je pensais que j'allais enf… enfin avoir des amis et devenir l'un d… d'eux. Mais alors j'ai entendu des rires. (Herder s'amenuisa, comme s'il revivait l'humiliation du moment.) Quand j'ai ouvert l… les yeux, les soldats étaient tous partis. Et tous m… mes outils étaient dans l'arbre. Je pouvais voir les gu… guerriers en haut de cette colline, qui me n… narguaient.

Herder se tourna vers Gameknight. Celui-ci remarqua alors pour la première fois qu'il avait les yeux vairons : l'un vert pâle et l'autre bleu pur.

Ils ressortaient d'autant plus que ses cheveux en bataille étaient d'un noir de jais. Face à ce regard, Gameknight se sentit comme mis à nu, comme si Herder pouvait scruter les tréfonds de son âme et découvrir que l'Utilisateur-qui-n'en-est-pas-un avait lui aussi souffert de ce genre de harcèlement : les livres balancés en haut du panier de basket, son goûter placé sur une armoire, ses chaussures accrochées à une porte… Gameknight avait vécu cela avec les brutes de son école. Les mêmes scènes se répétaient ici, dans Minecraft.

Il était à la fois en colère… et navré.

Pourquoi est-ce que les brutes ne peuvent pas me laisser… nous laisser tranquilles ? Comment peut-on s'amuser de la souffrance des autres ?

Ce genre de comportement lui était pourtant familier dans Minecraft : Erebus aimait faire souffrir Gameknight, tout comme il devait se réjouir des souffrances de Hunter… si toutefois elle était encore en vie. Erebus maltraitait Gameknight de la même façon que ces brutes avaient maltraité Herder.

Un groupe de soldats s'était justement rassemblé au sommet de la butte. Ils ricanaient en pointant du doigt le berger. On entendait leurs moqueries jusqu'en bas de la colline, portées par l'air frais du matin.

— Pourquoi il parle comme ça ? fit semblant de murmurer un soldat.

— Je crois qu'il a pris un coup sur la tête, répondit un autre. Tu sais…

— C'est le Petit Cochon, dit un autre en pointant son épée vers Herder. Il s'occupe des animaux et il dort avec eux. On dit qu'il est malade… ou débile… ou même les deux.

— HÉ ! cria Stitcher, qui bouillonnait intérieurement, il s'appelle Herder et il n'est pas débile. Il est juste différent de vous, c'est tout.

Les soldats éclatèrent de rire.

Stitcher s'approcha de Gameknight et le poussa légèrement dans le dos, comme si elle s'attendait à ce qu'il aille parler aux guerriers.

— Quoi ?

— Tu ne vas rien leur dire ? demanda la jeune fille d'un ton peu amène.

Gameknight leva les yeux vers les PNJ au sommet de la colline. Leurs rires moqueurs destinés au garçon efflanqué lui rappelaient trop de mauvais souvenirs : les brutes se mettant à plusieurs contre lui, les bousculades intentionnelles, les croche-pieds… En repensant à toutes les souffrances qu'il avait subies à l'école, à l'angoisse et au doute permanent dans lesquels il vivait, il eut soudain envie de s'enfoncer dans le sol. Un coup de coude dans les côtes le ramena brusquement à la réalité.

— Alors ? murmura Stitcher.

— Oh… d'accord, marmonna Gameknight. Euh… allez donc patrouiller plus loin.

Les soldats ricanèrent une dernière fois et lancèrent quelques piques au jeune garçon avant d'obéir aux ordres de l'Utilisateur-qui-n'en-est-pas-un.

Herder contemplait ses pieds tandis que Mason le regardait d'un air sévère. Pas très loin de là, une vache leva la tête pour meugler, ce qui attira immédiatement l'attention du garçon. Il s'éloigna du grand PNJ pour s'approcher de l'animal. Herder posa la main sur la tête pixelisée de la vache et lui flatta le mufle pour la calmer. Ensuite, il s'éloigna en compagnie de l'animal, qui le suivit sans broncher.

— Je dois m'occup... m'occuper des animaux, marmonna-t-il en s'en allant, comme s'il avait déjà tout oublié de l'incident.

Gameknight était toujours plongé dans des souvenirs désagréables. Il repensait à toutes les fois où il avait été enfermé dans une armoire, poussé dans une poubelle ou balancé dans le vestiaire des filles... Autant de petits cauchemars quotidiens qui lui revenaient subitement en mémoire. Il ne supportait pas les petits caïds de l'école, qui trouvaient cela normal de se moquer de lui parce qu'il était différent ou plus petit que les autres. Il les haïssait.

Pourquoi est-ce que je n'ai rien dit quand ces soldats s'en sont pris à Herder? s'interrogea-t-il.

Il regarda Crafter et Stitcher du coin de l'œil, évitant soigneusement de croiser leur regard. Submergé par la honte, il poussa un profond soupir et se contenta de regarder ses pieds. On entendait les bégaiements de Herder au loin, alors qu'il rassemblait les bêtes vers le centre du campement.

—Allons, dit Crafter. Nous devons lever le camp. Il faut que l'Utilisateur-qui-n'en-est-pas-un prenne la tête des troupes.

La tête des troupes… Ha! quelle ironie, pensa-t-il.

Il devait tout de même jouer le jeu. Il trottina à contrecœur jusqu'au centre du camp. Stitcher l'avait déjà devancé, sa chevelure rousse flamboyant derrière elle comme un halo de flammes. Gameknight repensa alors à sa grande sœur, Hunter.

J'espère que tu es toujours en vie, Hunter, pensa-t-il avant de grimacer en repensant à cette flèche qu'il n'avait pas osé décocher.

Il n'avait pas sauvé son amie lorsqu'il en avait eu l'occasion. Ce terrible sentiment de culpabilité continuait de le tarauder.

4

MALACODA

EREBUS CONTEMPLAIT LE MAGNIFIQUE PAYSAGE, les grands arbres majestueux et les plaines verdoyantes dominés par d'imposantes montagnes… Tout cela le rendait malade. Il n'était bien que sous terre, dans les méandres obscurs des cavernes et des tunnels, pas dans un tel environnement lumineux. Cette vue lui retournait l'estomac.

Il détourna les yeux pour contempler l'imposante armée de monstres qui l'accompagnait. Ils traversaient le serveur à la recherche d'alliés pour les aider à détruire la Source. Le roi des Endermen sourit en voyant la multitude de créatures qui le suivait. Bientôt, il serait seul à les commander… mais son heure n'était pas encore arrivée. À son côté flottait un énorme ghast : Malacoda, le roi du Nether, commandant en chef de l'armée… pour le moment. Sa chair d'ordinaire aussi pâle que des ossements prenait une teinte rosâtre sous les rayons du soleil levant. Sous cette lumière, Erebus distinguait clairement les marques qui zébraient le corps de la créature. Les plus visibles, juste sous ses yeux rouges, ressemblaient à des larmes.

— Qu'est-ce que tu regardes ? rugit Malacoda d'une voix aussi tonitruante que criarde.

— Absolument rien, répondit Erebus d'un ton obséquieux. Je ne faisais qu'admirer votre magnificence…

Le roi du Nether se contenta de grogner en se détournant de l'Enderman rouge sombre.

Malacoda était accompagné de son général, un Wither squelette. Juchée sur une araignée géante, la créature ressemblait à ses cousins de l'Overworld. En revanche, ses ossements n'étaient pas d'un blanc pur, mais noir, comme s'ils s'étaient longuement consumés dans un brasier. La plupart de ses congénères combattaient à l'épée, mais celui-ci était armé d'un arc, dérobé à leur prisonnière. Le monstre se tourna d'ailleurs vers la captive, pour mieux la narguer.

— Merci encore, villageoise, pour cet arc magnifique, déclara le Wither squelette d'une voix grinçante, comme des ossements raclés les uns sur les autres en une parodie de langage. Je suis ravi que tu m'aies donné la permission de m'en servir. Je n'ai encore jamais tué de PNJ avec une si belle arme. J'ai hâte de loger une flèche dans ton fameux Utilisateur-qui-n'en-est-pas-un. Ce n'est qu'un faible personnage. Il mérite d'être tué par l'arme créée et enchantée par son amie. Ce serait une mort délicieusement ironique.

— Trèves de bavardages, grinça Erebus. J'en ai assez de t'entendre jacasser à longueur de journée.

Il disparut soudainement avant de réapparaître à côté du Wither squelette. Surprise par cette apparition inattendue, l'araignée qui lui servait de monture sursauta brutalement, manquant de faire chuter son cavalier.

— Regarde-la, lui ordonna Erebus.

Il tendit alors un de ses longs bras efflanqués, dont la chair rouge contrastait vivement avec les os noircis du squelette, et lui saisit le crâne. Il le tourna de force vers leur prisonnière, Hunter. Elle était soigneusement ligotée par les tentacules d'un ghast de Malacoda. Le monstre de forme cubique flottait au-dessus du sol, son visage poupin inexpressif. Comme tous les ghasts, son corps était parsemé de cicatrices grises gravées sur sa peau, notamment en dessous des yeux. Les marques en forme de larmes ressortaient clairement sur son horrible visage, comme des vestiges d'un antique chagrin. Erebus ricana en contemplant ces fausses larmes, ce qui lui valut un regard haineux de Malacoda. Les monstres à proximité réagirent immédiatement à la saute d'humeur de leur chef. Aucun doute, ses guerriers lui étaient fidèles… pour le moment.

Resserrant légèrement son étreinte sur la tête du squelette, Erebus poursuivit :

— Regarde bien cette PNJ dans les yeux. Tu ne lui fais pas peur. Tu ne lui brises pas non plus le moral, sans parler de sa volonté. Tes moqueries ne font qu'exacerber sa haine.

Erebus lui relâcha le crâne puis, dans un nuage de particules, il se téléporta à côté de Hunter. Il caressa alors sa longue chevelure bouclée, lui effleurant la joue de sa main répugnante. Grimaçant de dégoût, Hunter essaya de se soustraire à ce contact.

Erebus poussa ses ricanements habituels, qui firent tressaillir la jeune fille.

— Vois-tu, cette PNJ ne craint ni les menaces, ni la douleur, ni la mort. (Erebus jeta un regard au squelette.) Je connais bien cette créature et je sais ce qui l'effraie le plus.

— Vous ne savez rien, Enderman, rétorqua Hunter d'un ton hargneux.

— Je sais tout ce qu'il y a à savoir sur toi, dit Erebus, ou tout du moins tout ce qui a de l'importance. Je sais surtout ce qui te fait réellement peur.

— Ah ouais ? Qu'est-ce c'est, alors ? répliqua Hunter.

— Une cage.

Hunter resta bouche bée de stupeur et une larme coula le long de sa joue.

Erebus ricana de nouveau et lui tourna le dos pour s'adresser au Wither squelette.

— Crois-moi, squelette, si tu veux détruire le moral de quelqu'un, il faut connaître ses peurs profondes. Ce que cette PNJ redoute par-dessus tout, c'est de mener une vie inutile et de connaître une mort anonyme. Elle appréhende la fuite du temps, elle craint que son passage dans le monde de Minecraft ne laisse aucune trace. Nous avons détruit son village, sa famille, tout ce qu'elle connaissait… Désormais, elle va mourir en notre compagnie, sans avoir eu le moindre impact sur quiconque ou quoi que ce soit. Comme si elle n'avait jamais existé. (Il poussa un nouveau ricanement dément avant d'adresser un sourire hideux à Hunter.) Cette PNJ a peur de l'oubli.

Hunter tressaillit en versant une nouvelle larme pixelisée, qui traça un sillon humide sur la poussière de sa joue, avant de baisser les yeux.

— À présent, fini de bavarder. Va donc surveiller les éclaireurs qui patrouillent le périmètre, ordonna Erebus.

— Pas si vite, rugit Malacoda, qui se trouvait non loin, en tête de l'armée. C'est moi qui commande ici, c'est à moi de donner les ordres à mes généraux.

C'est toi qui commandes… pour l'instant, pensa Erebus.

— Évidemment, Votre Éminente Majesté, répondit-il.

Le roi du Nether lui lança un regard mauvais en agitant ses tentacules, puis il poursuivit :

— Général, va contrôler le périmètre et assure-toi que nous sommes en lieu sûr. Et cesse de narguer inutilement la prisonnière.

— Oui, sire, répondit illico le squelette en tournant bride, quittant la formation pour rejoindre les alentours.

Erebus adressa un dernier sourire à Hunter avant de se téléporter en tête de colonne, juste à côté de Malacoda. Celui-ci ne put s'empêcher de tressaillir.

— Je t'interdis de te téléporter à côté de moi, grinça-t-il. J'ai horreur de cela.

— Mille excuses, Votre Magnificence, je ne m'en étais pas rendu compte, déclara Erebus en riant sous cape, avant de prendre un air impassible pour s'adresser au ghast. Pouvez-vous le sentir ?

Malacoda ferma un instant ses yeux rouge sang.

— Non, je ne sens rien. Et toi ?

— Oui, j'arrive à percevoir l'Utilisateur-qui-n'en-est-pas-un, mais très vaguement, répondit Erebus à voix basse. Ce nouveau serveur est étrange. Il se passe des choses imprévisibles, comme ceci. (Il pointa du doigt le soleil rouge pâle qui venait de se lever à l'horizon.) Je l'ai vu prendre cette couleur écarlate dès le moment où nous avons franchi le portail provenant du Nether. Certains de mes zombies et squelettes avaient commencé à prendre feu, mais leurs flammes se sont éteintes dès que le soleil a viré au rouge. À votre avis, qu'est-ce qui provoque cela ?

— Nous, déclara Malacoda d'un ton arrogant. Par notre simple présence, nous avons perverti ce serveur et changé la teinte du soleil. Bientôt, nous trouverons la

Source pour la détruire, et tous les serveurs changeront à leur tour.

— Vous voulez dire qu'ils seront tous détruits.

— Évidemment, acquiesça Malacoda. Peut-on rêver mieux ? Ensuite, nous franchirons le Portail de lumière pour accéder au monde physique et apprendre le sens du mot « peur » à ces pathétiques utilisateurs. Nous raserons leur monde avant de nous en emparer. Un monde physique où régneront les monstres de Minecraft… c'est presque poétique.

Ce sera encore plus poétique lorsque je te détruirai pour prendre ta place, songea Erebus, sans pouvoir refréner un sourire.

— Qu'est-ce qui t'amuse ? demanda Malacoda.

— Oh ! rien. Je visualisais juste les scènes que vous veniez de décrire, mentit Erebus.

Erebus s'arrêta un instant pour contempler le territoire qui s'étendait devant eux. Ce biome de taïga abritait des conifères gigantesques, entourés de touffes d'herbe haute. Sur les collines parsemées de fleurs rouges et jaunes, on devinait parfois la présence d'un loup, soit par sa fourrure blanche derrière un buisson, soit par ses jappements joyeux et son hurlement. Le tout formait une scène absolument abominable.

Comment ces PNJ peuvent-ils supporter ce genre d'endroits, et encore moins y vivre ? pensa Erebus. *Donnez-moi plutôt une bonne caverne obscure et humide, avec peut-être quelques torrents de lave. Un endroit de rêve, en somme.*

Erebus se retourna pour contempler l'armée qui suivait ses deux maîtres, un assortiment effroyable de tout ce que l'Overworld et le Nether comprenaient de plus cruel, une horde de monstres dévoués à un seul objectif: détruire Minecraft. Une traînée noirâtre et maladive s'étendait derrière eux, marquant le passage de cette légion qui haïssait tellement la vie que la terre elle-même s'en retrouvait viciée. Erebus pouvait suivre des yeux la trace noire jusqu'à la ligne d'horizon. Cependant, il remarqua que la souillure s'estompait au fil de la distance, devenant peu à peu gris cendre, comme si les contrées traversées se remettaient de leur passage. Bientôt, toute trace de leur présence aurait disparu.

Une bonne chose, songea Erebus.

Mieux valait éviter que l'Utilisateur-qui-n'en-est-pas-un puisse suivre facilement leur avancée. Erebus se retourna pour suivre la progression de l'armée en direction d'une zone boisée. Les biomes montagneux semblaient s'enchaîner les uns après les autres.

—Alors, savez-vous où ils se trouvent? demanda-t-il à voix basse à Malacoda.

Le roi du Nether regarda méchamment Erebus. Ses tentacules frétillaient, comme pour saisir quelque chose.

—Pardon… Sire, savez-vous où se trouvent ces créatures qui se surnomment les tisse-ombre?

— Dès que nous serons assez proches, je le saurai avec une certitude absolue, répondit Malacoda d'un ton qui respirait la confiance.

— Donc, vous n'avez aucune idée de notre destination.

Le ghast poussa un sifflement de chat énervé. Sous ses yeux brûlants de colère, ses marques en forme de larmes semblaient avoir doublé de volume.

— Les tisse-ombre sont venus à ma rencontre dans les Contrées du rêve, répliqua Malacoda. Ils m'ont dit qu'ils nous aideraient à détruire Minecraft et je les crois. Je trouverai nos nouveaux alliés lorsque je serai prêt à le faire.

— Plutôt que d'errer à l'aveuglette, je pourrais rapidement trouver ces créatures à l'aide de mes Endermen, se vanta Erebus. Cela aurait le mérite de faire avancer nos plans, contrairement à cette balade interminable. Nous serions dans le monde physique en un rien de temps.

Une boule de feu commença à se former entre les tentacules de Malacoda. Ses yeux brûlaient désormais comme des charbons ardents.

Je l'ai vraiment poussé à bout, cette fois-ci, constata Erebus. *Je vais devoir apaiser ce stupide ghast au plus vite.*

— Sire, ajouta-t-il prestement, ce serait un honneur pour nous d'assister le roi du Nether dans cette tâche. L'idée du grand Malacoda est vraiment formidable.

Nous pourrions trouver les tisse-ombre et vous prévenir immédiatement. Ces créatures savent où se trouve la Source. Rien ne nous ferait plus plaisir que de vous aider à la localiser.

Erebus courba l'échine devant le ghast, mais il distinguait toujours la boule de feu dans son champ de vision. Heureusement, le flamboiement orangé diminua d'intensité, jusqu'à virer au noir et s'éteindre.

Malacoda s'arrêta net puis il s'éleva dans les airs, hors de portée de l'Enderman. Il le toisa ensuite de ses yeux rouge vif, brûlants de colère.

— Tu commences à dépasser les bornes, gronda-t-il.

Il se tourna ensuite vers l'interminable colonne de monstres, tout en jetant un regard en coin à Erebus.

— J'ai décidé que les Endermen allaient partir à la recherche des tisse-ombre, déclara-t-il d'une voix tonitruante qui résonna dans tout le paysage. Endermen… mes Endermen. (il adressa un sourire mauvais à Erebus), retrouvez ces tisse-ombre puis revenez me faire votre rapport, à MOI, ajouta-t-il dans une sorte de miaulement suraiguë. Inutile de revenir tant que vous n'aurez pas réussi… Allez, PARTEZ!

Erebus regarda en direction des créatures filiformes qui surplombaient les troupes et il hocha discrètement la tête. Une seconde plus tard, les monstres noirs avaient tous disparu, laissant derrière eux des nuages de particules violettes qui se dissipèrent tout aussi vite.

— Puis-je vous suggérer, ajouta Erebus d'une voix obséquieuse, d'envoyer une petite surprise à l'attention de l'Utilisateur-qui-n'en-est-pas-un ? Histoire de lui montrer qui commande ?

Malacoda acquiesça d'un grognement et fit un signe de tête à son général squelette, juché sur son araignée. Il reporta ensuite son attention vers les montagnes qui se dressaient au loin. Derrière son dos, le général s'adressait à un groupe de ses araignées chevauchées, donnant ses ordres d'une voix rauque. Les monstrueuses créatures s'éloignèrent du reste de l'armée en trottinant. Sur leurs dos, l'arc au poing, les squelettes blanchâtres dodelinaient à chaque enjambée de leur monture. Le Wither squelette regarda ses cousins de l'Overworld partir en chasse, puis il retourna au côté de Malacoda.

— Ils ne reviendront que si l'Utilisateur-qui-n'en-est-pas-un est mort ou capturé, annonça le général.

Le roi du Nether poussa un grognement d'approbation en les regardant s'éloigner. Ces guerriers pouvaient être facilement sacrifiés pour la cause. Il se tourna ensuite vers Erebus et lui adressa un grand sourire béat, comme si c'était lui qui avait manigancé ce plan.

Combien de temps vais-je devoir supporter cet imbécile ? se demanda Erebus en jetant un regard furtif à l'énorme ghast.

Il était sur le point de se téléporter pour partir à la recherche des maudits tisse-ombre lorsqu'un de ses Endermen réapparut juste à côté de lui.

— Pourquoi es-tu déjà de retour ? rugit Malacoda. Tu n'es pas censé revenir avant d'avoir retrouvé nos alliés. Que fais-tu ici ?

Une boule de feu commençait déjà à se former au sein de la masse de tentacules pendant sous le ventre du ghast.

— Sire, nous les avons trouvés, répondit l'Enderman d'une voix aiguë.

Erebus s'esclaffa, ce qui lui valut un regard mauvais de Malacoda tandis qu'il éteignait sa boule de flammes.

— Où se trouvent-ils ? rugit le ghast.

— Droit devant, répondit le monstre noir, au pied de ce pic rocheux.

L'Enderman pointa un de ses longs bras noirs en direction de la montagne qui s'élevait au loin. Elle était hérissée de pics rocheux dominant de haut les arbres qui poussaient à sa base. La montagne avait un air étrange, presque souffrant. Il n'y avait pas la moindre touffe de végétation sur ses flancs, ni herbe ni fleurs… absolument rien. Seuls quelques arbres décharnés ornaient ses pentes, mais leurs branches dégarnies semblaient mortes depuis longtemps.

— Cette montagne ? demanda Malacoda.

L'Enderman hocha la tête.

— L'étrange tisse-ombre a dit qu'il fallait se rendre à la base du massif. Il y a un grand tunnel percé à cet endroit.

— Exactement comme je l'avais prévu, déclara le roi du Nether.

Pauvre imbécile, songea Erebus en riant sous cape.

— Où sont tes autres congénères ? demanda Malacoda à l'Enderman.

— Ils se sont téléportés plus loin afin de sécuriser la zone.

— Excellent. Il y a au moins un Enderman ici qui sait utiliser son cerveau.

Erebus se contenta de sourire à cette pique. Malacoda s'éleva dans les airs pour faire face à son armée.

— Notre destination se trouve droit devant, déclara-t-il d'une voix tonitruante, qui se réverbéra dans tout le paysage comme un coup de tonnerre. Bientôt, nos alliés secrets se joindront à nous et cette armée deviendra la plus grande horde que Minecraft ait jamais connue.

Les monstres poussèrent des rugissements d'approbation en brandissant fièrement leurs armes.

— Lorsque nous serons prêts, nous balaierons les habitants qui défendent ce serveur. Bientôt, mes chers camarades, les monstres de Minecraft détruiront la Source et envahiront le monde physique. L'ère des monstres est sur le point de débuter. Malheur à ceux qui oseront nous résister !

Les vivats redoublèrent d'intensité.

Le roi du Nether redescendit au niveau du sol, près d'Erebus.

— Enderman, une fois que les araignées chevauchées auront fait leur rapport, je veux que tu envoies tes monstres de l'Overworld harceler l'Utilisateur-qui-n'en-est-pas-un. Il vous faudra de vrais soldats, alors n'hésite pas à enrôler quelques-uns de mes cochons zombies. Je veux qu'ils sachent que nous sommes toujours là… C'est bien compris ?

Erebus hocha la tête.

— Où mon général cochon zombie ? rugit Malacoda.

Un spécimen en armure dorée s'approcha, l'épée à la patte. Sa lame et son plastron luisaient d'un éclat magique qui projetait des lueurs bleues tout autour de lui. Erebus remarqua que le cochon zombie était bien plus gros et imposant que ses autres congénères du Nether. De plus, il avait des mouvements fluides et gracieux, totalement inhabituels chez un zombie. On aurait dit un félin prédateur, à la fois calme et dangereux.

Il faudra que je le garde à l'œil, celui-là, se dit Erebus. *Il pourrait très bien se révéler dangereux.*

— Général, ordonna Malacoda, retrouve mon ennemi et passe-lui un message de ma part. (Il lorgna l'épée d'or.) Fais en sorte qu'il ne l'oublie pas de sitôt.

Le zombie grimaça un sourire édenté et poussa un grognement d'approbation avant de partir rejoindre ses troupes.

Erebus se téléporta alors auprès de ses officiers withers. Il leur expliqua en quelques mots ce que voulait Malacoda puis il retourna au côté du roi du Nether.

— Mes guerriers feront ce que vous avez ordonné, déclara Erebus en regardant ses troupes quitter peu à peu la colonne de l'armée.

— Excellent, susurra le ghast avant de s'égosiller de nouveau. À présent, mes amis, accélérez l'allure, car notre destinée nous attend !

L'armée pressa le pas en direction du pic montagneux, accompagnée des gloussements sonores de Malacoda.

5

Herder

Tel un mastodonte, l'armée progressait lentement mais sûrement à travers les collines herbeuses. Les PNJ adaptaient leur vitesse à celle des plus lents et des plus faibles, au grand désarroi de Gameknight, qui rêvait de pouvoir accélérer l'allure. À la guerre, la rapidité faisait souvent la différence entre la vie et la mort. Hélas! il savait bien qu'ils n'avaient pas le choix. Lorsqu'ils avaient dû affronter Malacoda sur ses propres terres, au milieu des flammes infernales du Nether, c'est la vitesse et la furtivité qui avaient décidé de leur victoire. Aujourd'hui, leur coalition de civils et de guerriers n'était ni rapide ni discrète. Au moins, ils n'abandonnaient personne derrière eux, mais ce n'était qu'une maigre consolation. Depuis qu'il avait débarqué dans ce monde de Minecraft, Gameknight n'avait qu'une idée en tête: contrecarrer les plans des monstres de l'Overworld et du Nether, et surtout sauver leur amie Hunter des griffes de Malacoda et Erebus. Il espérait juste qu'elle fût toujours en vie.

En baissant le regard, Gameknight aperçut Stitcher, la sœur de Hunter, marchant à quelques pas de lui. Elle parlait à une femme plus âgée, dont les cheveux gris contrastaient vivement avec la chevelure rousse et bouclée de la jeune fille. D'après ses vêtements (une tunique bleu pâle rayée d'une bande vert sombre), la vieille femme avait été tisserande autrefois. Aujourd'hui, elle était sans doute cuisinière ou couturière pour l'armée. Tout le monde travaillait dur pour aider à sauver Minecraft.

Se sentant observée, Stitcher croisa le regard de Gameknight. Elle lui adressa un grand sourire et allongea le pas pour le rejoindre. Du haut de sa monture, il se sentait un peu honteux de voyager seul alors que tous les autres cavaliers embarquaient un, voire deux autres passagers. Cependant, Mason et Crafter avaient insisté pour que l'Utilisateur-qui-n'en-est-pas-un chevauche seul.

—Quelqu'un d'aussi important que Gameknight ne peut pas transporter de passager, ce serait inconvenant, lui avait dit Crafter. Il faut que tout le monde te voie comme un chef, menant ses troupes avec assurance. Cela leur donnera du courage… et de l'espoir.

Gameknight avait voulu protester, mais son ami était aussi têtu qu'avisé.

— Tu m'as l'air perdu dans tes pensées, dit Stitcher en s'approchant, interrompant les réflexions de Gameknight.

— Je réfléchissais, c'est tout, répondit-il.

Elle lui sourit de nouveau. Son visage enjoué lui fit penser à sa propre sœur. Elle lui manquait terriblement. Il essaya de se changer les idées en contemplant le paysage verdoyant : les collines ondoyant sous le soleil, les fleurs colorées parsemant le sol comme des bonbons sur une glace à la pistache. D'énormes nuages cubiques dérivaient paresseusement dans le ciel, d'est en ouest (un moyen bien utile de s'orienter facilement dans Minecraft). Même le soleil rougeâtre ajoutait une pointe de rose qui ne déparait pas le paysage. Les cumulus et les cieux azur formaient la garniture céleste de ce banquet de couleurs et de teintes. Personne ne pouvait rester indifférent devant un tel spectacle. Sa sœur, en particulier, aurait adoré assister à une telle scène. Elle aimait tellement les activités artistiques et créatrices qu'elle se serait tout de suite plu ici… et se serait vite liée d'amitié avec Stitcher.

Enfin, je suis quand même content que tu ne sois pas là, sœurette, songea-t-il.

Elle aurait dû prendre les armes et lutter pour sa vie. Gameknight ferait tout pour empêcher cela.

Alors qu'il observait le reste de l'armée, Gameknight se focalisa sur Herder. Ce garçon étrange était en proie aux railleries de certains guerriers. En ce moment même, il était occupé à aider un vieil homme qui portait du bois. Herder ramassait un à un les tas tombés à terre pour les stocker dans son inventaire. Le vieillard le serra dans ses bras en guise de remerciements, ce qui lui valut un grand sourire de la part du garçon. Ensuite, il repéra un soldat qui titubait sous le poids de blocs de laine. Sans réfléchir à deux fois, Herder accourut à son secours, chargeant son inventaire afin d'alléger le fardeau du PNJ.

Stitcher suivit le regard de Gameknight et sourit en voyant le jeune garçon. Après avoir été chaudement remercié, Herder se tourna vers une autre personne dans le besoin. Alors qu'il l'aidait, on entendit sa voix aiguë percer le brouhaha ambiant.

— Gameknight nous sauv… sauvera tous, s'exclama-t-il.

Celui-ci détourna brusquement le regard en voyant le garçon s'approcher.

— Herder, par ici, l'appela Stitcher.

— Chut… Qu'est-ce que tu fais ? chuchota Gameknight à la jeune fille. Il va t'entendre et venir ici.

— Stitcher… Stitcher, s'écria le garçon. (Gameknight poussa un soupir.) Et l'Utilisateur-qui-n'en-est-pas-un ! Je vous ai tr… trouvé.

— Ouais… euh… je suis là, oui.

— Je vous ch… cherchais, expliqua Herder avec excitation.

— Hourra ! répliqua Gameknight d'un ton sarcastique, ce qui lui valut un coup de poing dans la jambe et un regard noir de Stitcher.

Ouaip, ma petite sœur tout crachée.

— Sois gentil, chuchota-t-elle d'un ton sans appel.

Même si Gameknight n'appréciait pas trop de le voir traîner dans ses pattes, il trouvait tout de même le garçon intéressant. Herder avait un talent inné pour son travail de berger, une véritable prédisposition pour travailler avec les animaux. Il arrivait à dresser toutes les bêtes qu'il rencontrait, mais gérer le troupeau de l'armée était une tâche herculéenne, bien au-dessus de ses forces. Herder avait donc trouvé de l'aide : dès que l'occasion se présentait, il arpentait la campagne à la recherche de loups, qu'il apprivoisait ensuite à l'aide d'os de squelettes. Sa meute l'aidait à rassembler les animaux et à les protéger durant la nuit. Les loups lui étaient entièrement dévoués. Ils étaient maintenant une bonne douzaine sous ses ordres et la meute grandissait jour après jour.

La nuit, Herder dormait avec ses animaux. Sa simple présence suffisait à les calmer et les empêcher de s'égarer. De ce fait, les guerriers le surnommaient le Petit Cochon, ou même l'Enfant-loup à cause des bêtes qui l'accompagnaient partout. Certains l'appelaient juste l'Animal. Herder tâchait de les ignorer et, plus on le harcelait, plus son bégaiement empirait.

— Comment va ton troupeau ? lui demanda Stitcher.

— Le troupeau va b… bien, répondit-il.

Il leva la tête vers Gameknight et lui adressa un large sourire, ce qui lui attira aussitôt les railleries de quelques soldats qui passaient. Stitcher leur lança un regard noir, mais ils continuèrent à ricaner, sans que Gameknight intervienne. Exaspérée, elle se tourna vers le jeune garçon.

— Herder ? murmura-t-elle pour que les autres n'entendent pas. Tu te souviens de ce qui s'est passé la nuit dernière, quand les soldats t'ont pris tes affaires pour les mettre dans l'arbre ? Est-ce que ce genre de chose t'était déjà arrivé ?

Herder jeta un regard furtif au groupe de soldats qui se tenaient à quelques pas de là. L'un d'eux lui adressa un petit salut de la main, assorti d'un sourire méchant. Il avait visiblement déjà eu affaire à lui.

— Tu le connais ? demanda Gameknight.

— Wood Cutter était de mon v… village, répondit-il en détournant le regard des brutes.

Il semblait plongé dans des souvenirs peu agréables. Il finit par pousser un profond soupir.

— Oui, déclara-t-il, ce genre de ch… chose m'est déjà arr… arrivé avant.

— Tu veux bien nous en parler ? demanda-t-elle.

— Eh bien… euh… certains garçons de mon village voulaient j… jouer une partie de spleef, vous savez, le jeu où on doit casser des blocs de neige sous les p… pieds des autres joueurs. Celui qui arrive à faire tomber les autres et à être le dernier debout g… gagne la partie. Et… euh… pour la toute première fois on m'avait invité à jouer. (Herder, plongé dans ses souvenirs, s'exprimait avec enthousiasme.) J'avais vr… vraiment hâte d'y être. Les autres garçons ne m'av… avaient jamais dem… demandé de jouer avec eux avant. J'avais hâte de faire p… partie de la bande et de me f… faire enfin des amis. Alors, nous avons com… commencé la partie et j'ai réussi à éliminer un joueur dès le départ. (Il se tourna vers Gameknight, le visage illuminé de fierté.) Je l'ai f… fait tomber de la couche de neige jusqu'au sol, à trois b… blocs dessous, mais à ce moment-là les autres enf… enfants se sont tous mis contre m… contre moi.

Herder s'arrêta pour jeter un coup d'œil à Wood Cutter, dans le groupe de soldats, puis il s'adressa de nouveau à Gameknight et Stitcher. Il parlait désormais d'une voix sourde, comme si le simple fait d'évoquer ce souvenir lui était douloureux.

— Ils m'ont p… pourchassé dans un coin de l'arène qu'ils avaient construite puis ils se sont rapp… rapprochés. J'en ai eu deux avant qu'ils ne m'éliminent m… mais quand ils ont brisé le bloc de neige sous mes pieds, je suis t… tombé dans un trou de deux blocs de profondeur, entouré d… ahhh… de pierres. J'étais totalement c… coincé, ma pelle de bois était inutile. J'étais p… piégé là-dedans. Ces enfants, ces brutes, ils se sont moqués de moi en riant… et ils m'ont traité de tous les noms.

Le sourcil froncé, Herder parlait d'une voix déformée par la colère.

—C'est là qu'ils m'ont traité de Petit Cochon pour la première fois, et puis aussi d'autres ins… insultes. Ensuite, ils m'ont laissé là t… toute la nuit. Ils avaient empilé de la neige sur le trou pour que personne ne me voie. J'ai dû passer la nuit à écouter les m… monstres qui rôdaient dans le noir. J'entendais les araignées et les zombies j… juste à côté de moi, mais ils ne pouvaient pas me voir. J'avais t… tellement peur. Au matin, c'est mon père qui est venu me ch… me chercher. L'un des enfants avait dû lui d… dire où j'étais. Son reg… regard déçu était pire que la nuit passée là-dedans.

Sa voix se brisa sur cette dernière phrase. Il s'arrêta pour renifler et essuyer une larme sur sa joue, puis il poursuivit d'un ton hargneux.

—«Je te l'avais bien dit, Herder, de ne pas jouer avec les autres enfants, m'a-t-il dit en me sortant du tr… du trou. Comme tu es différent, ils vont te faire subir ce genre de chose. Il faut que tu restes avec les animaux… Tu peux leur faire confiance, à eux. Évite les autres enfants.» Je lui en ai v… voulu, mais pas parce qu'il était d… déçu, j'en avais l'habitude. Non, j'étais f… furieux parce que je s… je savais qu'il avait raison. Mais ce n'est pas j… juste, je devrais pouvoir avoir des amis. Au lieu de ç… de ça, je n'ai que les an… animaux, mes vaches et mes cochons. Alors j'ai puni mon p… mon père en refusant de lui parler pendant d… deux jours, et en essayant de f… faire le plus de bruit possible, en claquant les portes et en cassant des choses. Je me suis déf… défoulé sur lui, alors qu'en fait j'étais f… furieux envers moi-même d'avoir ess… essayé de me faire des amis au lieu de rester tout seul. Il m'avait t… toujours dit que j'étais diff… différent des autres enfants et qu… que je devais les éviter. Mais moi, je v… voulais tellement des amis et être un garçon n… normal. Alors j'ai puni mon père en l'ignorant. Hélas ! je n'ai jamais eu le t… temps de m'excuser pour mon comportement. Trois jours après, les créatures ont env… envahi le village. Il a été t… tué par un b… blaze et j'ai été emp… emporté à la forteresse du Nether pour y travailler.

Herder renifla de nouveau, les yeux embués. Il détourna vivement la tête pour que son idole, l'Utilisateur-qui-n'en-est-pas-un, ne voie pas ses larmes. Gameknight regarda ailleurs pour respecter l'intimité du garçon.

— Qu'est-ce qui se passe, Petit Cochon, tu as une poussière dans l'œil ? s'écria un des guerriers à proximité.

L'exclamation attira l'attention de nombreux autres soldats. Gameknight les entendit chuchoter et ricaner en contemplant le garçon.

Il sentit un grondement guttural naître au fond de sa gorge. Des souvenirs similaires à cette scène lui revinrent en mémoire : les moqueries, les commentaires désobligeants des brutes dans la cour de récré, les bousculades et les croche-pieds dans les couloirs. Chaque fois, sa colère se retrouvait noyée par la honte et l'envie de se faire tout petit, de disparaître dans un coin.

Pourquoi les brutes ne se rendent-elles jamais compte du mal qu'elles font aux autres? songea-t-il.

Il repensa alors à toutes les méchancetés qu'il avait fait subir aux utilisateurs de Minecraft lorsqu'il n'était encore qu'un vandale.

Il ne valait pas mieux qu'eux, à l'époque. Il n'était qu'une petite brute qui s'amusait aux dépens des autres.

Les ricanements redoublèrent. Leurs moqueries étaient clairement destinées à Herder; ils ne s'en cachaient pas. L'étincelle de colère qui couvait au fond de Gameknight s'embrasa soudainement. Il avait horreur du harcèlement... et des brutes dans ce genre-là. Il se rappela soudain les paroles de Crafter, sur le précédent serveur: *«Si on estime pouvoir faire une tâche, elle devient alors faisable, quelle que soit sa complexité.»* Si on estime pouvoir faire quelque chose... Là était la clé du problème. Il pouvait peut-être tenir tête à ces brutes, venir en aide à Herder et, au final, à lui-même. Il avait juste besoin d'y croire. C'est alors qu'une idée germa dans sa tête.

—Herder, murmura Gameknight, sans pouvoir cacher la colère qui couvait dans sa voix. Ne les laisse pas voir ta tristesse. Ne leur offre pas ce plaisir... C'est justement ce qu'ils cherchent. (Il fit une pause, avant de chuchoter à l'oreille du garçon.) Montrons un peu à ces imbéciles ce que tu vaux vraiment.

Le jeune garçon lui adressa un regard perplexe. Gameknight prit alors la parole, d'une voix autoritaire :

— Herder, monte donc ici avec moi.

Il lui tendit la main pour l'aider à grimper sur sa monture.

— Hein… quoi ? balbutia Herder en regardant d'abord la main pixelisée tendue vers lui, puis Gameknight lui-même.

— Tu vas chevaucher avec moi. Prends ma main. (Il fronça les sourcils.) C'est un ordre de l'Utilisateur-qui-n'en-est-pas-un.

Le garçon maigrelet regarda de nouveau la main, puis Gameknight.

— Mais… je dois aller voir le troupeau… Je dois…

— Nous allons le faire ensemble, répondit Gameknight d'un ton ferme. Allez, monte.

Herder lui adressa un regard craintif, puis il sourit et saisit la main tendue. D'un coup sec, Gameknight fit grimper le garçon et l'installa derrière lui. Herder lui entoura la taille de ses bras maigrichons, plus pour se rassurer que pour tenir en place. Les ricanements et les moqueries s'étaient subitement tus devant l'énormité de la scène.

— L'Utilisateur-qui-n'en-est-pas-un…, commença un des guerriers.

— Le gamin… il chevauche avec…

— Qu'est-ce qui se passe ?

Les guerriers marmonnaient entre eux, estomaqués par ce qui venait de se produire. Sans même le voir, Gameknight sentait que son jeune compagnon assis derrière lui arborait un large sourire. Il était lui-même ravi.

C'est peut-être possible, en fin de compte.

— Le troupeau… le troupeau… Je dois aller voir le troupeau, dit le jeune homme à l'oreille de Gameknight.

— D'accord, répondit celui-ci tout en jetant un coup d'œil à Stitcher.

Elle avait un sourire fendu jusqu'aux oreilles, qui illuminait son visage pixelisé. Elle lui tapota la jambe au passage. À l'évidence, elle était fière de l'Utilisateur-qui-n'en-est-pas-un.

Ouaip, ma petite sœur tout crachée.

Gameknight lui rendit son sourire, puis tourna la tête vers Herder.

— OK, allons voir le troupeau, dit-il en guidant son cheval vers le centre de la colonne.

Tout en s'éloignant, Gameknight entendit Stitcher parler à une vieille dame qui s'était approchée d'elle.

— Vous voyez, disait-elle, l'Utilisateur-qui-n'en-est-pas-un vient à bout de tout, même de ce qui se cache au fond de nous.

En se retournant pour la saluer, il vit que la jeune fille lui adressait son plus grand sourire, poing plaqué sur le torse en guise de salut.

6

L'EMBUSCADE

L'ARMÉE DISPOSAIT D'UN ÉNORME TROUPEAU. IL Y avait des vaches, des cochons et, bien sûr, des poulets. *Mais pas des poulets-espions*, s'esclaffa intérieurement Gameknight en pensant au surnom que leur avait donné un YouTuber. Herder les avait rassemblés au fur et à mesure de leur progression, attirant les créatures à lui avec calme et délicatesse. Sa meute de loups encadrait le troupeau. Chaque bête patrouillait le périmètre, mordillant les pattes de tout animal qui s'éloignait un peu.

Herder s'avança à pied parmi les animaux, les bras écartés, tâchant de les effleurer au passage. Le simple contact de ses doigts semblait calmer les animaux nerveux ou effrayés. Après cela, il se rendit auprès des loups pour les caresser derrière l'oreille et leur donner un morceau de viande, à la fois pour les nourrir et pour conserver leur amitié. Dès qu'un loup recevait sa nourriture, des petits cœurs rouges apparaissaient au-dessus de sa tête, pour le plus grand plaisir de Herder. Le garçon maigrichon était vraiment fait pour travailler avec des animaux.

Au moment où Herder terminait de nourrir le dernier loup, un signal d'alarme retentit dans le camp. Gameknight s'élança vers son cheval et sauta lestement en selle. Il tourna bride pour s'adresser à Herder, qui se précipitait vers lui.

— Non, reste avec les animaux, lui ordonna-t-il.

— Mais… je peux aider, balbutia Herder.

— J'ai besoin de toi ici, pour protéger le troupeau. C'est plus important… Reste ici et fais ton travail.

Herder courba la tête, comme sous le coup d'une réprimande.

— Herder, continua Gameknight d'une voix forte, afin que tout le monde l'entende. Je compte sur toi. Nous avons tous besoin que tu t'occupes des animaux. Personne ne le fera mieux que toi.

Le garçon releva aussitôt la tête. Son air chagriné avait disparu, remplacé par un mélange de confiance et de fierté.

— Occupe-toi bien d'eux. Je sais que tu n'échoueras pas.

L'Utilisateur-qui-n'en-est-pas-un lança alors son cheval au galop, en direction de l'alarme. Pressant son cheval des talons, il tirait inconsciemment sur la bride, comme s'il souhaitait arriver le plus tard possible au combat. Des bruits de combat provenaient du flanc de leur formation, là où il y avait le moins de soldats. La plupart des troupes étaient postées à l'avant ou à l'arrière-garde de l'armée, pas sur les côtés. Gameknight trouva rapidement Stitcher, l'arc à la main. Elle s'élança vers lui en tendant la main. Il l'attrapa au vol et l'assit devant lui, sur sa selle.

— Allons-y, dit-elle d'un ton ferme, nous devons leur porter secours.

— Je ne suis pas sûr qu'ils aient besoin d'aide… euh… Mason a sans doute déjà…

— Arrête de tergiverser, rétorqua-t-elle. Dépêchons-nous, VITE !

Décontenancé par sa fougue, Gameknight piqua des deux et s'élança droit devant.

— Tu sais que tu ressembles beaucoup à ma sœur ? lui dit-il, sans trop savoir s'il s'agissait d'un compliment.

— Contente-toi de guider ton cheval, répliqua Stitcher, non sans lui avoir lancé un sourire par-dessus son épaule.

Tout en galopant, ils croisèrent des guerriers venant de toutes les directions, l'épée au poing, totalement déconcertés. Une partie de la cavalerie était déjà là, mais les soldats galopaient dans tous les sens. L'alarme retentit de nouveau ; le martèlement d'une épée sur un plastron. La foule se dirigea enfin dans la bonne direction, mais les troupes restaient désorganisées.

C'est alors que quelqu'un cria par-dessus le vacarme ambiant :

— Voilà l'Utilisateur-qui-n'en-est-pas-un ! Suivons-le !

— Les monstres vont regretter de croiser sa route, s'exclama un épéiste en saluant du poing sur son torse.

Les guerriers se rangèrent derrière Gameknight en poussant des cris de guerre. Sa simple présence leur avait redonné du courage. Stitcher lui fit un sourire en coin, puis elle tourna brusquement la tête, envoyant sa crinière de cheveux roux dans le visage de Gameknight.

— Hé… tu l'as fait exprès, rouspéta-t-il en souriant.

— Qui ça, moi ? répliqua-t-elle.

Stitcher lui adressa un autre sourire, avant de se retourner vivement en lui balançant une nouvelle fois ses cheveux au visage. Le sourire de Gameknight se figea sur ses lèvres lorsqu'il entendit des bruits de combat, de l'autre côté d'une butte. Les fourmillements habituels l'envahirent lorsqu'il s'imagina les horreurs qui l'attendaient de l'autre côté. Quel genre de monstres allaient-ils affronter ? Des blazes, des araignées ou des zombies ? Des images terrifiantes défilaient dans son esprit, érodant peu à peu son courage. L'envie de fuir se faisait de plus en plus pressante, mais la présence de Stitcher l'en empêchait. Il ne pouvait pas abandonner son amie. Luttant contre son instinct qui lui hurlait de s'enfuir, il talonna sa monture.

Lorsqu'ils eurent atteint le sommet de la colline, la vision du champ de bataille lui glaça le sang : une bonne cinquantaine d'araignées chevauchées par des squelettes arpentaient le terrain sur leurs pattes poilues. Leurs griffes noires perçaient les armures et déchiquetaient les chairs, tandis que les squelettes décochaient leurs flèches sur un petit groupe de PNJ encerclés. Gameknight aperçut Crafter et Mason au centre, l'arc à la main, tentant vainement de toucher les monstres qui bougeaient de tous côtés.

Pendant que Stitcher jouait de son arc, il s'élança sans prendre le temps de réfléchir. Dégainant son épée de diamant, il ordonna à son cheval de galoper aussi vite que possible.

La vitesse… il devait aller aussi vite que possible. S'il parvenait à rester en mouvement, il éviterait peut-être les coups des araignées chevauchées.

« Fiou… » Une flèche fila juste entre lui et sa passagère.

— Stitcher… sur notre gauche, cria-t-il.

Il pointa le squelette de son épée, mais les guerriers qui le suivaient prirent son geste pour le signal de la charge. Ils se ruèrent sur leur cible, désarçonnant la créature osseuse avant de les tuer, elle et sa monture.

Les PNJ s'étaient placés en triangle, comme Mason le leur avait appris : épéistes et archers au centre, cavalerie sur les flancs. Ils s'enfoncèrent dans les rangs adverses, les cavaliers frappant les squelettes tandis que les archers s'occupaient des araignées. En voyant une ouverture dans les lignes ennemies, Gameknight s'y engouffra, sautant au-dessus d'une araignée sur laquelle Stitcher décocha trois flèches d'affilée. La créature poilue disparut en un clin d'œil, abandonnant derrière elle des morceaux de toile et des globes d'XP luisants.

Poussant son cheval en avant, il se fraya un chemin parmi les PNJ survivants, jusqu'à Mason et Crafter.

—Vous n'êtes pas blessés ? demanda-t-il d'une voix tremblante.

—Non, mais nous devons…, commença Mason avant d'être interrompu par une flèche qui rebondit sur son armure.

Stitcher répliqua en décochant trois traits coup sur coup. Son bras bougeait instinctivement, d'un même geste fluide, sortant une flèche de son inventaire, l'encochant, tirant sur la cible sans jamais rater son coup. Elle tenait vraiment de sa sœur, Hunter.

—Nous devons nous mettre à l'abri, cria Mason par-dessus le tumulte des combats. Les squelettes nous infligent de lourdes pertes.

Une nouvelle flèche rebondit sur son dos dans un « clank » sonore.

Une… deux… trois… les flèches de Stitcher vinrent à bout de l'agresseur.

Gameknight restait terrifié par le chaos du combat.

Qu'est-ce qu'on doit faire ? songea-t-il. *J'ai si peur que je n'ai qu'une envie : creuser un trou pour m'y cacher.*

— Gameknight, que devons-nous faire ? demanda Crafter d'un ton implorant.

Je veux creuser un trou et m'y cacher… C'est tout !

— Creuser des trous, répondit-il subitement.

Des images de vieux films de guerre lui traversèrent l'esprit, John Wayne et ses hommes creusant des tranchées de combat.

— Creusez d'un bloc et placez-vous dans le trou pour y combattre. Accroupissez-vous entre chaque tir.

Il tourna bride avant qu'ils n'aient eu le temps de répondre.

— Archers, au centre cria-t-il. Épéistes, pelletez une tranchée d'un bloc autour de notre position, puis attendez que les araignées s'approchent pour frapper leurs pattes. Cavalerie, suivez-moi… POUR MINECRAFT !

La vitesse… il fallait agir vite, comme dans le Nether.

À la tête des cavaliers, Gameknight lança une percée dans les lignes ennemies avant de contourner les araignées chevauchées. Une fois sorti de la mêlée, il se retourna pour faire le point. Les PNJ encerclés, menés par Crafter et Mason, se jetaient un par un dans les trous qu'ils avaient creusés. Au même moment, une clameur retentit au sommet de la colline : l'arrière-garde arrivait en renfort… Ils étaient désormais largement supérieurs en nombre, mais les attaquants ne fuyaient pas. Les squelettes continuaient de décocher leurs traits mortels et les araignées de déchiqueter les chairs exposées.

C'était un chaos total et terrifiant.

« Clank ». Une flèche venait de rebondir sur l'épaulière de son armure en diamant, à deux doigts de son cou.

Ce n'est pas passé loin, pensa-t-il.

« Fiou… » « Fiou… » « Fiou… »

Les flèches sifflaient autour de lui. Il commençait à être envahi par la peur et la panique.

Je ne peux pas y arriver, je ne peux pas mener cette bataille… Je ne suis qu'un gamin.

Une autre flèche siffla au-dessus de sa tête. L'espace d'un instant, il se revit au milieu de la cantine, le jour où une brique de lait avait manqué sa tête de peu. Ces araignées étaient comme les brutes de l'école, elles en avaient après lui.

Il faut que je parte d'ici.

Il prit une direction au hasard et laissa son cheval galoper tout droit. Hélas ! dans sa panique, il n'avait pas vu qu'il allait frôler la troupe de monstres qui encerclait les PNJ.

— Suivez l'Utilisateur-qui-n'en-est-pas-un ! cria Stitcher en brandissant son arc.

Gameknight ignora les cris de guerre derrière lui. Il voulait juste fuir… s'en aller le plus loin possible… et se cacher. Il passa juste à côté des araignées en cercle et fonça droit vers la plaine dégagée qui s'étendait derrière, mais, au dernier moment, Stitcher tira sur les rênes pour que le cheval longe les créatures.

— Cavalerie, encerclez les araignées, cria Stitcher. Suivez l'Utilisateur-qui-n'en-est-pas-un !

Elle baissa alors la voix pour parler à Gameknight.

— Contente-toi de chevaucher en cercle autour d'elles… Tout va bien se passer.

Gameknight, transi de peur, obtempéra aussitôt. La panique et le doute faisaient rage dans son esprit. Il avait l'impression d'assister à la bataille en spectateur, aussi impuissant qu'un fétu de paille dans la tempête. Il tenta alors de lutter contre l'ouragan de ses pensées, de lutter contre les brutes qui s'en prenaient à ses amis, là-bas.

Je vais peut-être y arriver…

— Dégainez vos épées et frappez les araignées, cria Gameknight par-dessus son épaule, tout en sortant sa propre arme de diamant.

Toujours frissonnant de peur, il donna de grands coups aux araignées sur son passage. L'une des créatures lui sauta alors dessus, ses longues pattes griffues tendues vers Stitcher. Il se pencha en avant pour faire rempart de son corps et sentit les griffes recourbées denteler son armure.

Personne ne lui fera du mal, se dit-il.

— Ne t'inquiète pas, sœurette, je te protégerai, dit-il d'une voix vibrante de colère. Personne ne touche à ma petite sœur.

Accélérant l'allure, il frappait de gauche et de droite, à grands coups rageurs, bousculant les araignées géantes. Son épée de diamant n'était plus qu'un tourbillon bleuté, semant la mort autour de lui. La férocité de ses attaques était telle que les monstres, déroutés, hésitaient à riposter.

— Regardez, ils ont peur de l'Utilisateur-qui-n'en-est-pas-un, crièrent les guerriers.

Cela donna un nouvel élan aux PNJ. La cavalerie chargea droit sur les araignées alors que les épéistes quittaient l'abri de leurs tranchées pour foncer sur les monstres. Les archers visaient les squelettes tandis que les autres guerriers s'occupaient des araignées.

En l'espace de quelques instants, l'équilibre de la bataille bascula en faveur des PNJ. De chasseurs, les araignées chevauchées devinrent des proies, attaquées de tous les côtés à la fois. Surmontant leur peur, les guerriers chargeaient comme un seul homme vers les énormes créatures. Par sa simple présence, l'Utilisateur-qui-n'en-est-pas-un leur inspirait du courage. Quelques minutes plus tard, la bataille était terminée, le sol couvert de toiles d'araignées et d'os de squelettes.

Les soldats poussaient des vivats, les hommes et les femmes se congratulaient mutuellement, mais Gameknight ne partageait pas leur jubilation. Partout où portait son regard, il voyait des piles d'armures et d'outils : les vestiges des inventaires des PNJ tombés au combat.

L'Utilisateur-qui-n'en-est-pas-un poussa un profond soupir en dirigeant sa monture vers Mason et Crafter. Avant qu'ils n'aient pu le féliciter, il leva la main en l'air, doigts écartés. Stitcher perçut son geste du coin de l'œil et regarda à son tour les piles d'objets éparpillés au sol. Elle brandit alors son bras bien haut, sa petite main grande ouverte. Ils serrèrent le poing en même temps, jusqu'à s'en faire mal, afin de saluer les morts.

Les rires et les acclamations se turent parmi les autres guerriers. Un par un, les bras s'élevèrent au-dessus de la foule, jusqu'à ce que tout le monde brandisse le poing en l'air.

— Ne nous réjouissons pas, car nombreux sont ceux qui ne pourront plus jamais le faire, déclara Gameknight. Prenons le temps d'honorer la mémoire de ceux qui sont tombés pour protéger leurs amis et voisins… ainsi que Minecraft.

Gameknight courba la tête en baissant le poing et le reste de l'armée l'imita aussitôt.

Il descendit ensuite de cheval pour rejoindre Mason et Crafter.

— Ça va, vous deux? demanda-t-il. (Ils hochèrent la tête.) Vous pensez que c'était l'armée de Malacoda?

— Non, répondit Mason. Ce n'était que des troupes de diversion. Ces araignées chevauchées avaient sans doute l'ordre de nous attaquer sans relâche, jusqu'à élimination totale.

— Pourquoi avoir fait cela ? dit Gameknight. Elles n'étaient qu'une cinquantaine. Elles n'auraient jamais pu anéantir toute notre armée.

— Exact. C'est très révélateur, expliqua Mason en se dirigeant vers une pile d'ossements et de toiles d'araignées. Tout d'abord, cela signifie qu'ils ignorent combien nous sommes, ou bien ils en auraient envoyé plus. Malacoda pense peut-être que vous êtes le seul à avoir franchi le portail. Son erreur, c'est d'avoir cru que les PNJ n'oseraient pas aller à l'encontre de leur programmation. Il nous a sous-estimés… et vous aussi.

— Et quel autre fabuleux secret as-tu déduit de cette attaque ? demanda Gameknight d'un ton sarcastique.

— Une chose importante, que nous devons garder en tête si nous voulons obtenir la victoire, déclara Mason d'un ton solennel. (Le silence se fit autour d'eux. Les soldats attendaient la suite de ses paroles.) Ces araignées chevauchées n'avaient aucun ravitaillement, rien qui leur permette de rejoindre leur armée ensuite. C'était une mission suicide. (Il s'arrêta pour que tout le monde prenne la mesure de ses paroles.) Il leur a ordonné de trouver et de pourchasser l'Utilisateur-qui-n'en-est-pas-un, jusqu'à ce que mort s'ensuive. C'est une information capitale.

— Et pourquoi donc ? rétorqua Gameknight.

— Connais ton ennemi et connais-toi toi-même. Même avec cent guerres à soutenir, cent fois tu seras victorieux, déclara Mason.

Tous les PNJ, soldats, pères, mères et enfants, hochèrent la tête à l'unisson... à l'exception de Gameknight.

J'ai déjà entendu cela! s'exclama-t-il intérieurement. *D'où viennent toutes ces citations... Je les aurais entendues à l'école? Oui, de mon prof d'histoire, M. Planck. Mais comment aurait-il...?*

Il fut interrompu dans ses réflexions par le cri d'un éclaireur, qui arrivait au grand galop depuis les collines. Gameknight n'entendait pas ses paroles, mais une vague d'excitation commença à se propager dans l'armée. Le cavalier ralentit au trot, puis il s'arrêta et descendit de cheval pour rejoindre Gameknight et Mason. Il hésita un instant, ne sachant à qui s'adresser en premier.

—Alors? l'interpella l'Utilisateur-qui-n'en-est-pas-un. De quoi s'agit-il?

—Prends une minute pour souffler, dit Mason, puis explique-nous ce que tu as vu.

Le PNJ se pencha en avant, posa ses mains sur ses genoux pixelisés et prit plusieurs grandes inspirations.

—J'ai vu un village, là-bas (Il pointa du doigt la direction dans laquelle les dernières araignées chevauchées s'étaient enfuies.) Nous étions en train de pourchasser un ennemi en fuite. Roofer a fini par l'avoir d'une flèche bien placée, un tir magnifique à longue distance qui...

—Le village, le coupa Gameknight. Parle-nous du village.

— Oh ! oui, poursuivit-il. En arrivant au sommet de la colline, là où était mort le monstre, nous avons aperçu des habitations en bordure d'un océan… vers le nord. C'est bien ce que nous cherchions… un village.

— Où est le reste de tes hommes ? lui demanda Mason. Est-ce qu'ils vont bien ?

— Je les ai envoyés là-bas, avec ordre de surveiller les lieux, mais de ne pas y entrer. Je voulais m'assurer qu'il n'y avait aucun monstre dans les parages. Ils s'occuperont des créatures en maraude, mais ils reviendront si le danger est trop grand.

Mason, le visage radieux, s'approcha du PNJ pour lui tapoter l'épaule. Il lui offrit son large sourire habituel.

— Tu as fait du beau travail. Du très beau travail, même, déclara-t-il d'une voix forte, afin que tout le monde l'entende.

L'éclaireur bomba le torse.

— Bon, qu'attendons-nous ? dit Gameknight. Fonçons au village.

— Une minute, lui répondit Mason avant de se tourner vers un groupe de PNJ. Déployez des éclaireurs sur tout le périmètre. Je veux que l'armée adopte une position circulaire : la cavalerie sur l'extérieur, un cercle d'épéistes puis les archers. Au centre, les vieillards, les enfants et les blessés.

Il récita la phrase suivante comme s'il la connaissait par cœur.

— Tout le succès d'une opération réside dans sa préparation.

Encore une citation que je connais! pensa Gameknight. *Bon sang, mais qu'est-ce qui se passe!?*

— Excellente idée, déclara Crafter en regardant les PNJ suivre les ordres de Mason.

L'armée se mit en branle, l'énorme troupe de cavaliers marchant au pas afin que les piétons puissent la suivre. Tout en guidant son cheval en direction du nord, Gameknight lança un dernier regard perplexe à Mason.

7

Le village

L'armée se rassembla à la lisière d'une forêt d'épicéas, sur une grande colline surplombant le village. Celui-ci était niché sur un banc de sable du désert, baigné par un grand fleuve qui coupait l'étendue désertique, comme si un géant avait tracé un sillon dans le paysage. Les flots bleus de la rivière semblaient s'étirer en boucles sinueuses en contrebas, ce qui était pourtant techniquement impossible dans Minecraft, où tous les éléments étaient carrés et cubiques. Cependant, de là où ils se trouvaient, la rivière paraissait suivre des méandres tout le long du biome désertique, jusqu'à la ligne d'horizon.

Sur la berge, le village repéré par les éclaireurs ressemblait à tous les autres bourgs de Minecraft : une poignée d'habitations en bois et en pierre entourant le puits du village, lui-même dominé par la grande tour de garde. En revanche, il n'y avait pas âme qui vive au sommet.

— Regardez! dit Gameknight. Aucun guetteur dans la tour.

— Étrange, constata Crafter.

Chaque village de Minecraft disposait d'un guetteur attitré, qu'on appelait Watcher. Il s'agissait généralement d'un PNJ doté d'une bonne vue, capable de surveiller le paysage à la recherche de menaces. Son rôle était de donner l'alarme pour prévenir les villageois de rentrer chez eux en courant. Les habitants restés dehors lors d'un raid de monstres n'avaient que peu de chances de survie. Pour une raison mystérieuse, il n'y avait aucun Watcher à son poste.

— Voyons voir ce qui se passe là-bas, déclara Gameknight.

— Pas tout de suite, répondit Mason en le retenant par l'épaule.

Il se tourna vers un de ses généraux.

— Je veux que des escouades de cavaliers partent en éclaireurs. S'ils repèrent des monstres, défense d'attaquer: ils doivent tourner bride et revenir me faire un rapport. Je veux également des archers dans cette forêt. S'ils voient quelque chose, qu'ils tirent des flèches en l'air pour qu'elles retombent près du village. Je refuse que l'ennemi nous prenne par surprise alors que nous sommes dos à la rivière. Compris?

Le guerrier opina du chef avant de partir relayer les ordres de Mason.

— C'est bon, on peut y aller ? demanda Gameknight d'une voix nerveuse.

Mason et Crafter hochèrent tous deux la tête. À cet instant, Stitcher et Herder arrivèrent en courant.

— Nous venons avec toi, dit-elle.

En voyant Herder approcher, certains guerriers marmonnèrent « Petit Cochon » juste assez fort pour qu'il l'entende, mais assez discrètement pour que cela passe inaperçu. Stitcher se retourna brusquement pour les fusiller du regard. Ils baissèrent la tête, non sans échanger des sourires en coin. Elle se focalisa alors sur Gameknight, une étincelle furieuse au fond des yeux. À l'évidence, elle voulait que l'Utilisateur-qui-n'en-est-pas-un prenne la défense de Herder, mais celui-ci se contenta de garder le silence, heureux de ne pas être lui-même la cible des moqueries.

Pourquoi est-ce qu'il y a des brutes partout où je vais ? Je ne les supporte plus.

Au moment où Gameknight allait se décider à dire quelque chose, un hurlement animal retentit dans la forêt.

— Des loups, dit quelqu'un.

La foule de PNJ échangea des murmures inquiets. En règle générale, une meute de loups ne s'attaquait jamais à une personne seule. Cependant, si l'un d'eux était attaqué ou frappé par accident, ils n'hésitaient pas à se défendre. Un villageois n'avait aucune chance face à des loups. C'est pour cela qu'ils en avaient peur et qu'ils cherchaient à les éviter. Sauf Herder, évidemment : en entendant les hurlements, le garçon maigrichon se tourna vers la forêt, l'œil aux aguets.

— Des loups. Il y a des l… loups pas loin.

— On dirait bien, oui, répondit Crafter.

Herder attendit un instant que le hurlement retentisse de nouveau. Il s'éleva sur leur gauche : un long gémissement de chagrin, loin au cœur de la forêt. Sortant un os de son sac (il avait fait le plein après la dernière bataille), Herder partit en courant dans le sous-bois, à la recherche de la bête qui hurlait. Ignorant les rires moqueurs des soldats, il se fraya un chemin parmi les corps en armure, tout à l'écoute des sons de la forêt. Il n'entendit aucune des remarques moqueuses qu'on lança derrière son dos.

Stitcher poussa un soupir en adressant un regard désapprobateur à Gameknight, puis elle agrippa l'encolure de son cheval et se hissa devant lui d'un geste souple.

— OK, je suis prête, dit-elle après avoir sorti son arc et une flèche. Allons-y.

Gameknight acquiesça et lança son cheval au trot, suivi du reste de l'armée. Derrière lui, il entendait les commentaires des guerriers.

— L'Utilisateur-qui-n'en-est-pas-un va nous guider jusqu'à l'étrange village…

— Il n'a même pas peur, alors que c'est un village du serveur Source…

— Gameknight n'a peur de rien…

Il ne supportait pas cette adulation. À leurs yeux, il n'était qu'une sorte de héros mythologique, du genre à partir affronter des géants ou des dragons. Il n'était pas un héros, juste un gamin… un gamin effrayé qui ne pouvait pas s'enfuir, car Stitcher comptait sur lui pour sauver sa sœur. Il ne pouvait pas la laisser tomber. C'est alors qu'il se remémora les paroles de Crafter : *« On ne devient pas un héros par ses actes, mais en surmontant ses peurs. »* Il savait qu'il devait dominer sa peur, mais c'était une lutte de tous les instants. Un mouvement attira alors son regard : les cheveux de Stitcher flottant au vent. Elle lui rappelait tellement sa sœur… sa sœurette. Il ferait en sorte de les protéger, toutes les deux. Lorsque la jeune fille se retourna pour lui adresser un sourire confiant, il sut au fond de son cœur qu'il n'abandonnerait pas.

L'armée approchait du village avec prudence, Gameknight en tête. Si quelque chose devait se produire, comme une attaque soudaine de monstres surgis des maisons, Gameknight et Stitcher seraient aux premières loges. Ce n'était pas fait pour le rassurer, mais il continua sa progression. Tout en avançant, il distingua des mouvements sur ses flancs : des troupes de soldats, dépêchées par Mason, se chargeaient d'approcher le village mystérieux par tous les côtés.

Tout en descendant la colline herbeuse, Gameknight sentit la température monter peu à peu. Une fois que l'herbe verte de la taïga tempérée laissa la place au sable du biome désertique, la chaleur augmenta d'un coup. Des petits cubes de sueur perlèrent sur son front avant de couler le long de ses joues.

Le désert commençait au village et s'étendait bien au-delà, de l'autre côté du fleuve, jusqu'à la ligne d'horizon. Au milieu des dunes, des buissons de cactus dressaient leurs piquants acérés. Gameknight évita soigneusement ces obstacles, car il savait que le moindre contact le priverait de précieux PV. Une fois arrivé à proximité des habitations, il aperçut des villageois. Cependant, ils ne semblaient pas effectuer les tâches ordinaires : certains étaient agenouillés au sol, d'autres se tenaient près d'un bâtiment ou caressaient doucement un cactus… des comportements bien étranges pour des PNJ.

Gameknight conduisit sa monture vers le villageois le plus proche, qui se tenait debout près d'une maison, tourné vers le mur de bois, comme s'il lui parlait. Il mit pied à terre, juste avant Stitcher, qui avait déjà encoché une flèche et surveillait les alentours à l'affût d'une menace. Mal à l'aise, Gameknight dégaina son épée iridescente, projetant ses lueurs violettes sur le villageois qui continuait de regarder fixement la paroi de bois.

Crafter et Mason descendirent de cheval à côté d'eux. Mason s'approcha précautionneusement du PNJ et tira doucement sur sa tunique. Surpris, celui-ci se retourna d'un bond, pour se retrouver face au général musclé, au jeune artisan et à leurs cinq cents guerriers en armure, dont les armes resplendissaient au soleil.

— Pardonne-moi, je ne voulais pas te faire peur, lui dit Mason en observant le visage calme de son interlocuteur.

Le PNJ était de taille moyenne, ni grand ni petit, la peau tannée et les cheveux clairs. On aurait dit qu'il avait passé beaucoup de temps à l'air libre. Sa peau semblait presque parcheminée et ses cheveux blonds brillaient sous les rayons du soleil. Toutefois, l'aspect le plus remarquable de sa personne était sa tunique : toute noire, avec une large bande grise courant au milieu.

— Un artisan, dit quelqu'un.

— Ce sont tous des artisans, remarqua un autre.

En effet, en observant les autres PNJ qui erraient dans le village, Gameknight se rendit rapidement compte qu'ils portaient tous la même tunique traditionnelle typique des artisans. En s'avançant à l'angle du bâtiment, il aperçut d'autres silhouettes dans la rue, vaquant à leurs occupations, toutes vêtues de noir et gris. Tout cela était fort étrange.

— Que se passe-t-il ici ? demanda Mason d'une voix résolue. Où est le guetteur qui devrait se trouver dans la tour ? Où sont vos fermiers et vos ouvriers ?

Le PNJ contempla Mason, puis les guerriers rassemblés, et enfin son regard se porta sur Crafter. Il reconnut immédiatement sa tenue.

— Ahhh ! tu es des nôtres, s'exclama-t-il. Un nouveau ? Quelle est ta spécialité ?

— Je ne comprends pas de quoi tu parles, répondit celui-ci. Mon nom est Crafter, comme tu peux t'en douter. Nous sommes ici pour combattre les monstres qui menacent Minecraft. Quel est ton nom et où sommes-nous ?

— Mon nom est Woodbrin. Je travaille le bois, déclama Woodbrin d'une voix rapide, crachant ses mots comme des balles. Cactusbrin se trouve là-bas, ainsi que Sandbrin.

Le PNJ indiqua deux autres villageois aux cheveux clairs, tous deux vêtus de noir. L'un d'eux était agenouillé au sol. Ses mains bougeaient à une vitesse folle, comme s'il fabriquait quelque chose. L'autre faisait de même en face d'un cactus.

— Nous travaillons sur le biome du désert. Évidemment, nous travaillons aussi sur les villages.

Crafter adressa un regard décontenancé à Mason. Le PNJ râblé s'apprêta à parler, mais Gameknight devina aussitôt qu'il allait manquer de tact. Il s'avança d'un pas et lui posa la main sur l'épaule. Aussitôt, Woodbrin aperçut les lettres flottant au-dessus de la tête de l'Utilisateur-qui-n'en-est-pas-un

— Un utilisateur, bredouilla le villageois. Il ne doit pas y en avoir ici… c'est interdit.

— Regarde son lien avec le serveur, lui dit Crafter.

Woodbrin s'exécuta, cherchant en vain dans le ciel, puis il comprit à qui il avait affaire. Il resta alors bouche bée devant Gameknight tandis que Crafter lui souriait en hochant la tête.

— Eh oui... la prophétie... L'Utilisateur-qui-n'en-est-pas-un est arrivé et l'heure de la bataille finale a sonné, déclara Crafter d'une voix solennelle. L'ultime combat pour Minecraft a commencé et toutes nos existences sont en jeu.

Woodbrin leva les yeux vers le soleil. L'astre écarlate semblait saigner en descendant lentement vers l'horizon. Il prit une grande inspiration avant de contempler de nouveau Gameknight.

— La guerre est donc là et la fin est proche, dit-il avec chagrin. J'espère que vous serez à la hauteur de nos attentes, ou bien tout est perdu.

En entendant ces paroles, Gameknight fut pris d'un frisson irrépressible.

8

Les tisse-lumière

— Nous sommes ici pour empêcher les monstres d'atteindre la Source, déclara l'Utilisateur-qui-n'en-est-pas-un d'une voix qu'il espérait forte et résolue, comme celle de Mason…

En vain.

— Il y a des monstres ici ? demanda Woodbrin en regardant de tous côtés. Des monstres de l'Overworld ?

— Et du Nether, précisa Crafter.

— Du Nether aussi ?

— Oui, confirma le jeune garçon. Nous les avons suivis sur ce serveur, à l'aide d'un portail créé par des établis en diamant. Nous allons les empêcher de détruire la Source.

Crafter s'approcha de Gameknight afin de poser sa petite main sur son épaule.

— L'Utilisateur-qui-n'en-est-pas-un va arrêter cette horde et sauver Minecraft.

Ses paroles furent saluées par les vivats des guerriers assemblés autour d'eux : « Gameknight ! », « Le sauveur de Minecraft ! », « Le guerrier invincible ! », « Il va sauver nos familles. ». Gameknight tressaillit. Il avait horreur de ces louanges et de cette attention.

Je ne suis qu'un gamin… un moins que rien.

Crafter leva les mains pour demander le silence, puis il poursuivit :

— Nous allons avoir besoin d'aide pour trouver la Source et nous préparer à la bataille finale. Il nous faut plus d'informations, nous ne comprenons pas comment fonctionne ce serveur. Pouvez-vous nous aider ?

— Eh bien, ce serveur est différent, dit Woodbrin de sa voix saccadée. Il ne ressemble pas aux autres plans. Il n'y a pas de villageois ici. Juste des artisans du code, comme moi.

— Des artisans du code ? dit Mason en contemplant Woodbrin de ses yeux verts, dont le soleil écarlate faisait ressortir les éclats mordorés.

— Oui… Comme vous pouvez le voir, nous portons tous des tuniques d'artisan, débita Woodbrin à toute vitesse, comme s'il était pressé. Cependant, nous n'accomplissons pas les mêmes tâches que votre ami qui se trouve ici. (Il montra Crafter.) Nous ne fabriquons pas d'objets. Nous sommes chargés de modifier le code de fonctionnement de Minecraft. (Il fit une pause avant de poursuivre son discours empressé.) Mon travail consiste à mettre à jour le code qui gère les blocs de bois et les planches. J'essaie d'en améliorer les mécanismes : texture, apparence, sons… absolument tout. Le résultat est plus réaliste pour les utilisateurs. Comme les autres PNJ, j'ai un nom anglais qui reflète mon activité principale : Woodbrin.

— Qu'est-ce que cela signifie ? demanda Crafter.

— *Wood* est le mot anglais désignant le bois, et *brin* est un terme de l'ancien langage de nos ancêtres, qui date de l'époque pré-alpha. *Brin* est synonyme de lumière. Je suis donc un tisse-lumière, comme tous mes collègues de ce village.

Du coin de l'œil, Gameknight perçut un mouvement. Il se retourna brusquement, l'épée au poing. Stitcher avait déjà encoché une flèche, mais elle baissa son arc en voyant la troupe d'artisans qui s'approchait. Ils avaient tous des cheveux clairs et une tunique noire traditionnelle, mais on pouvait tout de même les différencier, comme tous les villageois de Minecraft. Certains avaient les yeux bleus, d'autres verts ou noisette… uniquement des couleurs vives. Ils partageaient tous le même air optimiste.

— Je suis Sandbrin, déclara un des nouveaux venus qui avait les cheveux blond-roux.

— Et moi, c'est Cowbrin, ajouta un autre aux cheveux poivre et sel.

Ils se présentèrent l'un après l'autre : « Je suis Stonebrin… et moi Waterbrin… et moi… » Chacun d'eux portait le nom anglais du bloc qu'ils étudiaient, assorti du suffixe « brin ».

— Nous sommes les artisans du code de Minecraft, déclara fièrement Woodbrin d'une voix rocailleuse. Cependant, je dois vous prévenir : nous avons des *alter ego* maléfiques, des homologues qui cherchent à défaire ce que nous concevons.

— Que voulez-vous dire par là ? demanda Mason d'un ton inquiet.

— Nous sommes les tisse-lumière du biome désertique. Il existe également des tisse-ombre, expliqua Woodbrin avant de baisser la voix. Ce sont les artisans du code chargés des choses vivant dans les ténèbres.

— Vous voulez dire les…, commença Gameknight, sans aller au bout de sa phrase, car il connaissait déjà la réponse.

Woodbrin acquiesça.

— Oui… les monstres. Il y a également des artisans chargés du code de ces créatures.

— Je ne comprends pas, dit Crafter.

— Eh bien, nous avons un Cowbrin, un Sheepbrin et un Horsebrin, chargés respectivement des vaches, des moutons et des chevaux. De leur côté, ils ont un Creeperbrine, un Zombiebrine et un Blazebrine, expliqua Woodbrin d'une voix nerveuse.

Le silence se fit parmi les guerriers qui assistaient à la discussion. Tout le monde tendait l'oreille pour écouter les explications de Woodbrin, même si celles-ci étaient dures à avaler.

— Le travail du tisse-ombre consiste à améliorer les choses qui se terrent dans les ténèbres.

— Les monstres de Minecraft, soupira l'Utilisateur-qui-n'en-est-pas-un, l'esprit assailli par les visions terrifiantes de ces artisans maléfiques.

— Exact, dit Woodbrin en croisant le regard effrayé de Gameknight. Les tisse-ombre travaillent pour Minecraft, tout comme nous. Ils améliorent ces créatures afin d'offrir une meilleure expérience de jeu aux utilisateurs.

— Mais enfin, ces monstres tuent ! intervint Gameknight. En quoi est-ce bénéfique pour Minecraft ?

— Si jamais les PNJ naissaient sans jamais mourir, la surpopulation qui en résulterait ferait planter les serveurs, expliqua Woodbrin. Il faut atteindre une forme d'équilibre.

— Sans doute, mais la situation actuelle est clairement instable, dit Stitcher en montrant du doigt le soleil qui dominait le ciel. En voilà la preuve. Les tisse-ombre sont responsables de ce déséquilibre, ce sont eux qui ont cherché à rendre les monstres plus efficaces… plus forts et plus haineux. (Elle s'arrêta un instant, les larmes aux yeux.) Ils ont pris ma sœur !

Gameknight lui passa un bras autour des épaules pour la réconforter.

— Ne t'inquiète pas, nous la retrouverons, lui dit-il d'un ton rassurant.

Elle leva sa tête encadrée de boucles rousses vers lui. Pendant un instant, Gameknight eut l'impression de regarder Hunter.

— Tu me le promets ?

— Quoi ?

— Tu me promets de sauver Hunter ? demanda-t-elle d'une voix brisée par l'émotion.

Gameknight rengaina son épée afin de l'enlacer et la serrer bien fort contre lui.

— Je te jure que nous ne laisserons pas tomber, sœurette. Nous la retrouverons.

Alors, pour la première fois depuis leur arrivée dans cette terre inconnue, Stitcher laissa couler ses larmes. Toutes les émotions qu'elle avait soigneusement réprimées depuis l'enlèvement de sa sœur jaillissaient désormais en un torrent de chagrin. Gameknight la garda dans ses bras pendant tout ce temps, sans oser la lâcher…

Enfin, épuisée par cette avalanche d'émotions, Stitcher cessa de sangloter et essuya ses larmes. Ses yeux rouges et gonflés étaient presque aussi écarlates que sa chevelure, mais pleurer lui avait permis d'apaiser quelque peu la colère qui couvait en elle.

— Ne t'inquiète pas, lui chuchota Gameknight. Nous la retrouverons.

Elle acquiesça avant de s'écarter de lui.

— Pourquoi les tisse-ombre agissent-ils ainsi ? demanda Mason.

— Nous l'ignorons, répondit Woodbrin. Pendant des milliers de cycles informatiques, les tisse-ombre et les tisse-lumière ont maintenu l'équilibre de Minecraft. Hélas ! un nouveau tisse-ombre vient d'arriver. Il est profondément puissant et maléfique. Il pousse ses confrères à déstabiliser le système. Nous ne savons pas pourquoi il agit ainsi, mais nous arrivons à sentir sa présence.

— Comment s'appelle-t-il ? Enfin, quelle est sa fonction ? demanda Crafter.

— Nous l'ignorons, mais, quoi qu'il fasse, c'est néfaste pour Minecraft.

— Pouvez-vous nous aider à trouver la Source ? demanda Mason d'une voix qui trahissait son impatience.

— Nous ne pouvons vous dire où elle se trouve, mais sachez tout de même qu'il vous faudra les deux clés, répondit Woodbrin.

— Les deux clés ? demanda Gameknight en s'approchant de Crafter.

— Oui, il y en a deux. Elles vous mèneront à la Source. Nous savons seulement où se trouve la première, la Rose de fer, qui est bien gardée. Elle vous mènera à la seconde clé, qui vous conduira elle-même à la Source.

— Pouvez-vous nous dire où se trouve la Rose de fer ? demanda Gameknight d'un ton pressant.

— Je ne vais pas vous le dire, je vais vous le montrer, répondit Woodbrin. Vous aurez besoin de notre aide durant votre périple. Il nous faut agir vite, si les tisse-ombre arrivent avant nous, tout est perdu. (Il s'arrêta un instant pour regarder d'un air grave tous ceux qui l'écoutaient.) Nous n'avons pas de temps à perdre… Il faut partir dès maintenant.

Gameknight hocha la tête avant de se tourner vers Crafter, dont les yeux couleur azur rivalisaient avec le bleu du ciel. Un des dictons de son ami venait de lui donner une idée.

— Avant d'y aller, pourriez-vous nous fabriquer des objets ? demanda Gameknight.

— Nous sommes limités, nous ne pouvons agir que sur les matériaux que nous améliorons, expliqua Woodbrin. Je ne peux travailler que le bois, Sandbrin ne s'occupe que du sable, Stonebrin ne…

— Oui, j'ai compris, l'interrompit Gameknight. Avez-vous quelqu'un de spécialisé en poudre à canon ? Un Gunpowderbrin ?

Un artisan aux cheveux blonds et au sourcil blanc s'approcha. Sa tunique était tellement couverte de poudre grisâtre qu'on aurait dit qu'il venait de ramoner une cheminée. Il s'ébroua et la poussière tomba au sol, formant des petites piles grises.

— Gunpowderbrin, c'est moi, déclara-t-il d'une voix rauque.

— Qu'as-tu en tête, Utilisateur-qui-n'en-est-pas-un ? demanda Crafter.

— Il nous faut du sable et de la poudre à canon. Autant que nous pouvons en porter.

— Pour quoi faire ? demanda Mason.

Gameknight fit un clin d'œil à Crafter.

— Comme le disait son grand-oncle Weaver : « De nombreux problèmes de monstres peuvent être résolus avec un peu d'astuce et… » Tu connais la suite.

Crafter hocha la tête en souriant.

9

HUNTER

DES LAMBEAUX DE BRUME TOURNOYAIENT TOUT AUTOUR de Gameknight, tels des serpents fantomatiques. Il resta figé à regarder les nuées voltiger de plus en plus près, comme si des reptiles brumeux s'apprêtaient à le broyer dans leurs anneaux. Il se retrouva alors plongé dans un brouillard humide qui recouvrit sa peau d'une pellicule froide et luisante.

Soudain, le voile qui l'entourait se déchira, dévoilant une forêt qui émergeait du sol à une vitesse surnaturelle. Quelques instants plus tard, des pins dressaient leur cime majestueuse devant lui. Toutefois, plusieurs arbres étaient dénués de feuillages. Gameknight contempla les branches dénudées et sans vie, en se demandant comment Minecraft pouvait produire quelque chose d'aussi triste et morbide.

Il se retourna et remarqua que le paysage semblait légèrement flou, comme si les teintes pastel des objets dégoulinaient légèrement. Il comprit immédiatement où il se trouvait : les Contrées du rêve. Il se souvint alors d'une conversation avec Crafter sur le thème des rêves, une discussion qui semblait remonter à un millier d'années. Son ami avait utilisé un terme bien précis… Oui, il avait parlé des arpente-rêves, ces gens qui peuvent se déplacer dans les Contrées du rêve.

Voilà ce que je suis, un arpente-rêves.

La dernière chose qu'il se rappelait avant d'arriver ici, c'est que l'armée s'était remise en marche. Ils avaient quitté le village en direction de la première clé, la Rose de fer. Après avoir avancé tout l'après-midi, les troupes avaient monté le camp au bord d'une rivière. Woodbrin leur avait dit de la suivre pour arriver au Pont vers nulle part, sans plus s'étendre sur le sujet. Crafter lui avait alors demandé à quoi servait un pont ne menant nulle part, ce à quoi Woodbrin avait rétorqué qu'il comprendrait en le voyant.

Le soir, épuisé par la longue marche de la journée, Gameknight avait immédiatement sombré dans un sommeil agité… qui l'avait mené dans les Contrées du rêve.

Même s'il ignorait la raison de sa présence en ces lieux, il gardait un souvenir désagréable de ses dernières incursions. Grâce à Crafter et Hunter, il avait réussi à échapper à l'emprise onirique d'Erebus et de Malacoda. Qui sait ce qui pouvait se produire ici, sur ce serveur ?

Plutôt que d'attendre qu'un monstre lui tombe dessus, Gameknight décida de suivre son instinct et de trouver une cachette. Il repéra un gros buisson et s'accroupit derrière, avant d'examiner la zone à la recherche de menaces. Le brouillard permanent ne lui facilitait pas la tâche, ce qui le rendait nerveux. Il aimait bien pouvoir repérer ses ennemis de loin, pour mieux les cribler de flèches. Sur le serveur de Crafter, il disposait d'un arc fabuleux, enchanté avec Frappe II, Puissance IV et Infinité. C'était son arme favorite et elle lui manquait cruellement.

Soudain, l'arc se matérialisa dans sa main, son enchantement scintillant projetant une lueur bleutée sur la brume environnante. Il sortit une flèche de son inventaire et l'encocha avant de bander son arme. Les plumes de l'empennage lui chatouillèrent légèrement la joue alors qu'il fermait un œil pour viser une cible imaginaire. Gameknight entendit un bourdonnement familier au creux de son oreille, comme si l'enchantement résonnait à l'intérieur de l'arme. Pas de doute, il s'agissait bien de son arc fétiche.

Comment ai-je fait ? *songea-t-il en souriant.* Il m'a suffi d'y penser et l'arc est apparu dans ma main. Non, je n'ai pas fait qu'y penser. Je l'ai souhaité ardemment et l'image m'est facilement venue à l'esprit.

Plus rassuré, Gameknight se releva et s'avança dans la forêt étrange. Il relâcha la corde de son arc et observa les alentours. Il remarqua soudain qu'une énorme montagne s'élevait derrière lui, alors qu'il ne l'avait pas vue en arrivant.

Ce n'était pas une montagne ordinaire. Ses flancs abrupts étaient hérissés de pics acérés et d'arbres dénudés. Elle avait l'air déformée, comme si une terrible force s'était écrasée sur elle. Il n'y avait pas la moindre trace de vie à sa surface, ni rien d'agréable à l'œil. Tout était mort, aucun brin d'herbe ne couvrait les blocs de terre, aucun buisson ne poussait entre les rochers. Il n'y avait que de la pierre froide et sans vie.

Gameknight frissonna. Cette montagne lui faisait l'effet d'une douche glacée.

En détournant son regard vers la forêt, il se mit à penser à sa sœur. Elle adorait jouer à Minecraft, exprimant sa joie de vivre en bâtissant des formes colorées. Elle apparut alors devant lui. Son pseudo de Minecraft flottait au-dessus de sa tête : Monet113, en hommage à son artiste préféré. Elle avait l'air ravie, occupée à construire quelque chose à l'aide de blocs de laine de couleur vive. Cependant, il y avait quelque chose d'irréel chez elle, une sorte de miroitement diaphane. On aurait dit qu'elle n'était pas vraiment présente dans les Contrées du rêve, qu'elle faisait juste partie du paysage.

Derrière elle, Gameknight aperçut une autre silhouette… utilisateur ou PNJ, impossible à dire, mais cette personne n'avait pas l'air aussi ravie que sa sœur. Elle arborait même une expression malveillante, comme si elle haïssait tout Minecraft. Gameknight voulut détourner les yeux de cette horrible créature, mais son regard l'attirait irrésistiblement. Ses yeux formaient un halo blanc dans le brouillard... une lueur qui semblait exprimer un profond dégoût pour tout ce qui l'entourait.

Pourquoi ces yeux brillent-ils ainsi?

La silhouette disparut subitement, avalée par le brouillard, dans un dernier flamboiement de ses yeux luisants. Il sentit alors une présence juste à côté de lui. Il se retourna d'un bond, paré à tirer, lorsqu'une voix familière interrompit son geste:

—Range donc ça, tu vas te faire mal.

C'était Hunter... C'ÉTAIT HUNTER!

—HUNTER! cria Gameknight en lâchant son arc avant de la serrer dans ses bras à l'étouffer.

—Calme-toi, chuchota Hunter en le repoussant, et ramasse ton arc, triple buse. Tu n'iras nulle part sans arme, par ici... Il y a toujours des monstres dans les Contrées du rêve.

Elle sortit son propre arc enchanté et y encocha une flèche.

—Tu n'as pas besoin d'arme, tu fais juste partie de mon rêve, s'exclama Gameknight d'un ton interloqué.

Elle lui jeta un regard agacé, à la limite de la colère.

—Tu ne comprends rien, rétorqua-t-elle. Je suis même étonnée *que les utilisateurs arrivent à faire quoi que ce soit dans Minecraft.*

Un craquement sinistre retentit dans la forêt: une brindille écrasée sous un pied. D'un bond, Hunter s'abrita derrière un arbre, prête à tirer. Un autre craquement... Le bruit se rapprochait.

—Mets-toi à couvert, imbécile, le gronda-t-elle en lui montrant un autre arbre.

Gameknight, encore troublé par son apparition, lui obéit aussitôt.

Mais ce n'est qu'un rêve... Ce n'est pas réel, *se dit-il.*

Il se souvint alors des mains d'Erebus sur sa gorge, du choc des tentacules de Malacoda sur sa tête... Tout cela lui avait semblé bien réel. Il s'accroupit et encocha une flèche lui aussi.

Un halètement animal résonna dans la forêt, suivi d'un bruit de pas sur les feuilles et les branchages du sous-bois... La chose s'approchait. Un craquement sur la gauche... Il y en avait une deuxième, voire une troisième un peu plus loin. Gameknight ne savait plus où viser. Il se précipita au côté de Hunter.

—Qu'est-ce que c'est... Des zombies ? demanda-t-il.

—Je ne sais pas, chuchota-t-elle, mais nous n'allons pas tarder à le savoir.

Un claquement derrière eux, suivi d'un autre, puis tout un fracas. Ils étaient encerclés. Dos à dos avec Hunter, Gameknight surveilla leurs arrières.

Les créatures se rapprochaient. On entendait un halètement rauque, un son guttural qui lui fit immédiatement penser à un zombie en armure... ou peut-être une araignée. Il banda son arc et visa en direction du bruit le plus proche.

Quelque chose commençait à émerger de la brume. Des sortes de lueurs... deux petits points jaunes qui semblaient flotter au-dessus du sol, noyés dans le brouillard des Contrées du rêve. Une autre paire d'yeux jaunâtres apparut, bientôt suivie d'une multitude d'autres. Partout où portait son regard, Gameknight tombait sur ces points luisants. Il visa les plus proches et se prépara au combat.

Une des choses s'avança. Une tête hirsute, couverte de fourrure blanche, deux canines acérées et des yeux jaunes braqués sur eux : un loup. D'autres congénères s'approchèrent en montrant les dents, le poil hérissé, prêts à combattre. Gameknight savait que les loups étaient comme les cochons zombies : en attaquer un seul revenait à affronter toute la meute. Il aligna sa flèche sur la tête du plus gros, mais, à sa grande surprise, il entendit Hunter pousser un soupir de soulagement.

— Baisse ton arme, Gameknight, murmura-t-elle en se relevant.

En voyant Hunter, les créatures se détendirent aussitôt. Leur poil n'était même plus hérissé. L'arc baissé, elle tendit la main, paume vers le bas, vers le plus gros des loups. Il cessa de grogner dès qu'il la reconnut et s'approcha en remuant la queue. Les autres animaux frôlèrent Gameknight et vinrent se frotter contre les jambes de son amie et coller leur museau dans sa main.

— Contente de vous revoir, mes amis, dit-elle aux loups en passant ses doigts pixelisés dans leur fourrure épaisse.

— Hunter, que se passe-t-il ? demanda Gameknight en s'approchant d'elle, l'arc à la main.

Les loups se retournèrent instantanément, babines retroussées. Leurs yeux jaunes virant au rouge étaient braqués sur la pointe de sa flèche.

—Range ça, lui dit doucement Hunter en pointant son arme du doigt.

Il obéit tout doucement, et les animaux se calmèrent un peu, sans pour autant le quitter du regard. Il les sentait prêts à bondir, les pattes repliées, le dos arqué. On aurait dit les ressorts d'un piège prêt à se déclencher au moindre de ses mouvements.

—Mes amis, dit Hunter d'une voix calme, voici mon compagnon, Gameknight.

Elle s'avança pour lui poser une main sur l'épaule, puis elle lui saisit le bras et invita les loups à sentir sa paume. La plus grosse des bêtes s'approcha lentement, sans quitter Gameknight du regard, pour lui renifler la main. Après une petite minute, l'énorme loup lui lécha les doigts, avant de laisser sa place au reste de la meute. Un par un, les animaux vinrent s'approprier l'odeur de Gameknight. Chaque fois, la même scène se répétait : le loup reniflait sa main tendue, lui adressait un regard surpris, puis reculait de deux pas pour rejoindre ses congénères.

C'est curieux, *songea Gameknight,* on dirait qu'ils n'ont jamais rien senti de pareil et qu'ils ne savent pas comment réagir.

—Que font-ils ? demanda-t-il. Pourquoi restent-ils plantés là ?

—Je crois qu'ils sont troublés, répondit-elle.

— Peut-être qu'ils n'ont jamais senti d'utilisateur, suggéra-t-il.

— Ou peut-être qu'ils n'ont jamais senti un utilisateur qui n'en est pas vraiment un, dit Hunter en souriant.

Gameknight se contenta de grommeler en laissant les animaux finir de le renifler.

— Alors, dis-moi ce qu'il en est, dit-il en regardant tout autour de lui. Tu peux me dire ce qui t'est arrivé ? (Soudain, il tressaillit.) Est-ce que tu es morte ?

— Mais non, idiot, répondit Hunter. Ce sont les Contrées du rêve, le pays entre le sommeil et l'éveil. Tu es un arpente-rêves.

— Tu veux dire que tu n'es pas morte et que tout ceci n'est qu'un songe ?

— Non, andouille…, maugréa-t-elle. Moi aussi, je suis une arpente-rêves.

— Tu es toujours vivante, alors ?

— Évidemment, dit-elle. Je suis encore prisonnière de Malacoda.

— Tu n'es pas morte ? Ahhh… Je veux dire… c'est formidable… Tu es toujours en vie ! J'ai hâte de l'annonce à Stitcher.

— Stitcher, ma sœur… elle est ici ?

— Oui, elle t'a suivie à travers le portail, tout comme le reste de l'armée, expliqua Gameknight. Nous allons stopper les monstres et sauver la Source… et te secourir, bien sûr.

— Elle va bien ?

— Évidemment, répondit-il. Crafter et moi veillons sur elle. Elle est en sécurité.

En entendant cette bonne nouvelle, Hunter se laissa envahir par le soulagement. Elle poussa un profond soupir et un large sourire illumina ses traits tandis qu'une petite larme pixelisée roulait le long de sa joue.

— Dis-moi, comment ça se passe pour toi ? lui demanda Gameknight. Et quel est cet endroit ?

— Eh bien, Malacoda me retient toujours prisonnière. Son armée s'est arrêtée ici, au pied de ce pic désolé.

Elle montra les montagnes derrière elle, dont les excroissances rocheuses dépassaient de la brume comme des dents cassées. Le pic en lui-même s'élevait à une bonne centaine de blocs. Sa surface de pierres brutes était ornée çà et là de quelques arbres dénudés.

— Dès qu'ils sont arrivés, une troupe de PNJ vêtus comme des artisans est venue les accueillir. Ils avaient l'air étranges, presque maléfiques… Je n'en sais pas plus, excepté qu'ils se sont présentés sous le nom de…

— … tisse-ombre, l'interrompit Gameknight.

— C'est cela, des tisse-ombre. Aucune idée de ce que cela signifie.

— Ont-ils donné leurs noms ? demanda-t-il.

— Le chef de leur délégation s'appelait Ghastbrine, ajouta Hunter.

— Cela signifie qu'il travaille sur les ghasts, afin de les rendre plus forts, puis rapides… plus puissants, expliqua Gameknight. C'est ce que nous ont dit les tisse-lumière.

Ces tisse-ombre travaillent sur les choses des ténèbres : la pierre, la lave… et même les monstres.

—Donc, ces artisans maléfiques aident Malacoda et Erebus, dit-elle. Cela n'augure rien de bon.

Gameknight fit les cent pas dans la clairière, perdu dans ses pensées. Il frôlait machinalement les loups tandis que Hunter l'observait depuis les broussailles du sous-bois.

—Je dois te dire autre chose, annonça-t-elle.

Il cessa de tourner en rond pour la regarder.

—J'ai vu la taille de leur armée… Elle est gigantesque… Au moins cinq cents créatures, si ce n'est plus, dit Hunter d'une voix angoissée. Et leur horde grandit jour après jour. Tous les monstres de la région rejoignent Malacoda et Erebus. (Elle lui adressa un regard plein de tristesse.) Je ne crois pas que vous aurez assez de guerriers pour les arrêter.

Gameknight hocha la tête. Il s'en doutait depuis le moment où ils avaient quitté la forteresse de Malacoda, dans le Nether.

—Je sais que les utilisateurs étaient venus t'aider sur le serveur de Crafter, ajouta-t-elle, mais je ne pense pas qu'ils puissent venir ici. Tu seras seul.

— Tout seul, répéta-t-il.

Son cerveau fonctionnait à cent kilomètres à l'heure, tentant de démêler l'écheveau des possibilités qui se présentaient devant lui. Alors même qu'une idée commençait à bourgeonner dans un coin de sa tête, il entendit un ricanement qui lui glaça le sang.

—Eh bien, regardez qui voilà! mon vieil ami, Gameknight, s'écria Erebus en émergeant de la brume à la tête d'une troupe de creepers. Tu es venu te rendre... Comme c'est gentil!

Gameknight jeta un coup d'œil à Hunter. Elle était tassée derrière un tronc d'arbre, le regard terrifié. Elle essayait de lui dire quelque chose, mais il ne l'entendait pas. Il comprit alors qu'elle cherchait à articuler silencieusement un simple mot. Au bout de quelques essais, il déchiffra ce qu'elle essayait de dire:

« COURS. »

Elle disparut alors, engloutie par la brume, et les loups s'élancèrent après elle dans une foulée silencieuse.

En se retournant vers son ennemi, Gameknight sortit son arc et y encocha une flèche.

—Tu crois vraiment pouvoir me blesser avec cela? s'esclaffa Erebus. Si tu tires, je n'ai qu'à me téléporter auprès de toi pour t'écraser. De toute façon, je ne suis pas venu pour te tuer, Utilisateur-qui-n'en-est-pas-un. Seulement pour te torturer un petit peu. J'adore te retrouver ici, dans les Contrées du rêve, dès que je m'ennuie.

—Je n'ai pas peur de vous, Enderman, déclara Gameknight d'une voix aussi assurée que possible.

Erebus se contenta de sourire.

—Je vois clair dans ton jeu, Gameknight. Je sais de quoi tu as peur et je connais tes faiblesses. Ce n'est qu'une question de temps avant que je te retrouve et que

je t'écrase en personne. À présent, pose donc ton arme et viens subir ton châtiment.

Gameknight banda son arc et visa Erebus en pleine tête. Il sentait la peur couler dans ses veines à chaque battement de cœur, mais il savait aussi qu'il devait tenir tête à ce démon… Il devait pouvoir y arriver.

— Ta flèche ne peut rien contre moi, imbécile.

— Qui vous dit que c'est vous que je vise ? répondit Gameknight en souriant.

Il décocha son trait, qui fila dans l'air et frôla l'Enderman rougeâtre avant de terminer sa course dans un creeper. Cela déclencha aussitôt le clignotement annonçant l'explosion de la créature.

— Non… Je t'ordonne… de ne pas exploser ! cria Erebus de plus en plus fort.

Une deuxième flèche fila sous son nez pour s'enfoncer dans le flanc d'un second creeper, bientôt suivie d'une série d'autres. La corde de l'arc vibrait à chaque tir, tandis qu'une multitude de creepers commençait à clignoter. Les créatures poussèrent des sifflements alors que leurs corps, dans une pulsation blanche, commençaient à doubler de volume…

— JE VOUS ORDONNE…, hurla Erebus, avant de se téléporter à distance du premier creeper.

L'explosion fut rapidement suivie d'une série de détonations qui résonnèrent comme autant de coups de canon dans les Contrées du rêve. Lorsque la fumée fut dissipée, Erebus réapparut à son emplacement initial, fulminant de rage.

— C'est la dernière fois que je te laisse bouleverser mes plans, cria-t-il d'une voix geignarde.

Le roi des Endermen disparut dans un nuage de particules violettes pour réapparaître juste à côté de Gameknight.

Celui-ci, sans prendre le temps de réfléchir, se mit à crier :

— Réveille-toi ! Réveille-toi ! Réveille-toi !

Alors que le rideau de brume laissait place aux ténèbres, Gameknight entendit une dernière fois les hurlements de frustration d'Erebus.

— JE VIENS TE CHERCHER, UTILISATEUR-QUI-N'EN-EST-PAS-UN. JE VIENS TE CHERCHER…

Gameknight se réveilla en criant. Stitcher arriva immédiatement et lui posa une main apaisante sur la tête.

— Ça va aller… ça va aller, Gameknight, tu es avec tes amis.

Herder arriva à son tour, accompagné d'un de ses loups.

— Gameknight v… va bien ? balbutia-t-il.

Son animal alla renifler la main droite de Gameknight, à l'endroit même que le loup des Contrées du rêve avait léché. Il sembla reconnaître l'odeur d'un congénère et il frotta amicalement sa tête contre l'Utilisateur-qui-n'en-est-pas-un.

Crafter et Mason arrivèrent en courant, l'arme au poing et l'air interloqués.

— Que se passe-t-il ? demanda Mason. Nous sommes attaqués ?

— Est-ce que ça va ? demanda Crafter.

Gameknight regarda tout autour de lui et finit par se détendre. Il tendit la main vers Stitcher pour l'attirer à lui. Ignorant les questions de Mason et Crafter, il se pencha vers elle et lui murmura à l'oreille :

— Elle est en vie.

10

Attaque-surprise

Stitcher était assise dans l'herbe auprès de Gameknight. Elle pleurait à chaudes larmes, mais son visage était barré d'un grand sourire qui ne cessait de s'agrandir chaque fois que son ami répétait ses paroles.

— Dis-le encore, demanda-t-elle en souriant.

— Elle est en vie.

De nouvelles larmes de liesse coulèrent sur ses joues. Gameknight essayait de cacher sa joie, mais le sourire de Stitcher était contagieux.

— Bon, que se passe-t-il enfin ? demanda Mason d'un ton sévère.

— Ahhh… rien, répondit Stitcher en éclatant d'un rire joyeux.

— Gameknight ? demanda Crafter.

— Je vous expliquerai plus tard, dit-il. Laissons donc Stitcher profiter de ce moment.

À ce moment-là, Woodbrin le tisse-lumière se joignit à eux. Il adressa un regard pénétrant à Gameknight. Ses yeux bruns pétillaient dans la lumière matinale, mais son sourcil froncé trahissait son inquiétude.

— Nous devons lever le camp, annonça-t-il d'une voix pressante.

— Qu'y a-t-il ? demanda Crafter en le dévisageant.

— Ils arrivent, répondit celui-ci.

Deux autres tisse-lumière, Grassbrin et Dirtbrin, s'avancèrent vers eux.

— Grassbrin l'a senti. N'est-ce pas ? lui demanda Woodbrin.

Ils se tournèrent tous vers le PNJ trapu. Le regard épuisé, le sourcil froncé, il semblait souffrir énormément. Des petits cubes de sueur perlaient sur son front avant de tomber au sol.

— Ouuui, je les seeens, dit Grassbrin d'une voix traînante, mais étrangement mélodieuse.

Gameknight aimait beaucoup sa façon de s'exprimer. Il parlait sur un ton musical, les notes de chaque mot s'éternisant un instant avant de s'enchaîner. Ce jour-là, hélas ! ses paroles étaient empreintes de souffrance et de tristesse.

— Ils fooont souffrir l'herbe et ils avaaancent rapidement.

Gameknight adressa un regard anxieux à Crafter avant de chercher Mason du regard.

— Nous devons agir vite, déclara Crafter.

— Mason… où est-il ? demanda Gameknight.

— Nous n'avons pas besoin de lui, dit Stitcher d'un ton confiant. C'est l'Utilisateur-qui-n'en-est-pas-un qu'il nous faut… Nous avons besoin de toi.

Gameknight se redressa et regarda nerveusement autour de lui. Il sentit le poids écrasant des responsabilités s'abattre sur ses épaules. Les monstres arrivaient et il leur fallait un plan. Son cerveau envahi de visions terrifiantes refusait désespérément de fonctionner. Il chercha Mason du regard. Soudain, il aperçut le PNJ aux larges épaules qui se frayait un chemin parmi la troupe. Il s'avançait vers eux d'un d'air sévère, les yeux brillant sous l'éclat encore faible du soleil matinal.

— Que se passe-t-il ? demanda-t-il d'un ton sec dès qu'il arriva à leur portée.

— Les monstres sont en mouvement, bafouilla Woodbrin.

— Où sont-ils à l'heure actuelle ?

— Proches, trèèès proooches, chantonna Grassbrin.

Le général regarda Gameknight, comme s'il attendait une instruction de sa part, mais celui-ci se contenta de regarder le bout de ses pieds.

Je ne peux pas le faire, songea-t-il, *je ne peux pas résoudre ce problème et protéger toutes ces vies… Je ne suis pas un héros. Je ne suis qu'un gamin.*

Il retrouvait la même sensation qu'à l'école, lorsqu'il sentait que les brutes allaient s'en prendre à lui.

Le fait de savoir qu'il allait se faire harceler ne faisait qu'empirer les choses. La peur et l'attente rendaient l'expérience encore plus pénible.

Son père lui avait dit un jour : *« Parfois, l'angoisse d'anticipation est pire que la chose qui t'effraie. »* C'était il y a bien longtemps, mais ces paroles résonnaient dans son esprit comme si c'était la veille. Hélas ! il éprouvait toujours ce sentiment d'angoisse si familier, l'angoisse du moment où il allait devenir la victime des brutes… ou plutôt des monstres. Peut-être était-ce simplement la peur de l'échec ? En tout cas, il était sûr d'une chose : il ne voulait pas laisser souffrir ses amis. Et pourtant il n'arrivait pas à endosser une telle responsabilité. Plutôt que d'essayer de trouver une solution, d'élaborer une défense ingénieuse pour sauver des vies, il préféra se renfermer sur lui-même. Ses dernières réserves de courage disparurent peu à peu derrière un mur de peur, dont chaque brique portait le nom d'un monstre différent. Il continua de fixer le regard sur ses pieds, le visage honteux.

Stitcher poussa un soupir avant de poser une main rassurante sur l'épaule de son ami. Ensuite, elle adressa un regard entendu à Mason. Celui-ci hocha la tête et commença à aboyer des ordres.

— Je veux que des éclaireurs trouvent où sont ces monstres. Il me faut aussi des patrouilles sur tout le périmètre. Dès que vous verrez l'ennemi, tirez une flèche en direction du camp.

Alors que les éclaireurs sautaient à cheval, Mason s'adressa au reste de l'armée.

—Que les vieillards et les blessés se rassemblent au centre du camp. Je veux un cercle d'épéistes et des archers à l'extérieur. Dès que nous saurons où se trouvent les monstres, nous rétablirons nos défenses en conséquence.

—Je p… peux vous aider, dit une petite voix.

C'était Herder.

Gameknight releva la tête et s'apprêtait à parler au moment où Mason répondit:

—Nous avons besoin de guerriers, pas de gamins dans nos pattes. Occupe-toi de tes animaux, c'est tout. Allez, va faire ton travail.

Le PNJ trapu pointa du doigt le troupeau rassemblé près d'un bosquet, entouré par une meute de loups blancs.

—Mais je p… je peux…

—Non! Va t'occuper du bétail.

Herder avait l'air effondré. Gameknight voyait bien qu'il voulait à tout prix les aider… et se faire accepter parmi eux. Au lieu de cela, il se retrouvait de nouveau relégué avec les animaux. Découragé, le jeune homme retourna à ses bêtes d'un pas traînant, accompagné de commentaires désobligeants qui eurent le don d'énerver Gameknight.

—Ouais, Petit Cochon, retourne donc voir tes copains les animaux et laisse les hommes faire le travail…

— Tes bêtes puantes seraient tellement tristes sans leur cher papa…

— Tu pues tellement le cochon que les creepers ne sauront même pas que tu es un PNJ…

À chaque commentaire, le courage de Gameknight s'effondrait un peu plus… Il visualisait déjà les brutes remontant le couloir… la poubelle qu'on lui renversait sur la tête… les parois du casier lui rentrant dans le dos…

Intérieurement, il bouillonnait de colère, mais il resta sans rien dire. De l'autre côté du camp, il aperçut Herder qui rejoignait ses animaux, accueilli par les jappements joyeux de ses loups. Le jeune garçon s'agenouilla près d'eux. On aurait dit qu'il leur parlait. Gameknight se tourna vers Crafter pour le lui faire remarquer, mais au même instant les loups s'égaillèrent dans toutes les directions. Ils traversèrent le camp à toute allure, obéissant sans doute à un ordre de Herder.

Une petite main se posa sur son bras. C'était Stitcher, qui braqua ses yeux bruns sur les siens.

— Viens, les gens ont besoin de te voir, dit-elle en le tirant par le bras.

Elle le conduisit à son cheval, puis sauta en selle. De là, elle lui adressa un regard impérieux. Il poussa un profond soupir et enfourcha sa monture avant de prendre les rênes. Un cheval s'arrêta à côté de lui et Crafter, l'épée au poing, le regarda d'un air grave.

— Tu es prêt à t'y remettre ? demanda-t-il.

Gameknight se contenta de hausser les épaules.

Il examina les alentours à la recherche d'un endroit où se cacher, mais ils se trouvaient dans un biome de forêt, à courte distance d'un désert. En voyant les grands pins qui se dressaient sur sa gauche, il fut sur le point d'avoir une idée, mais elle lui échappa avant qu'il ait eu le temps de mettre le doigt dessus. Comment un bosquet d'arbres pourrait-il les aider face à la horde de monstres en approche ?

Je pourrais au moins nous y mettre à couvert, se dit-il.

Il tourna bride vers la plaine, en direction des petits bosquets qui se dressaient çà et là.

— Où vas-tu ? demanda Stitcher.

Il fit la sourde oreille et piqua des deux, lançant sa monture à pleine vitesse.

— Gameknight, nous ne savons pas où sont les monstres, s'écria Stitcher. Tu ne peux pas partir comme ça, tu vas peut-être même louper la bataille !

Gameknight continua d'avancer sans répondre. Ils se trouvaient désormais à une bonne quarantaine de blocs de l'armée lorsqu'un hurlement résonna dans l'air. Il stoppa aussitôt sa monture et tendit l'oreille, tout en continuant d'ignorer Stitcher. L'ululement exprimait un chagrin mêlé de fierté, mais il se termina abruptement dans un glapissement de douleur.

C'était un des loups de Herder, se dit-il. *Pourquoi hurlait-il*?

Soudain, une flèche s'éleva dans les airs avant de terminer sa course juste devant eux.

— UNE FLÈCHE… PAR ICI, hurla Stitcher.

Derrière lui, Gameknight entendit le vacarme de l'armée se mettant en marche pour rejoindre leur position. Tout en contemplant la flèche, il poussa un profond soupir. Il entendait Mason crier ses ordres, envoyant les archers d'un côté, les épéistes de l'autre.

— Dépêchez-vous de rejoindre vos positions ! La vitesse est l'âme de la guerre.

Encore ces paroles familières… Une citation du cours de M. Planck, à l'école… Comment est-ce possible ?

Gameknight tâcha de penser à autre chose. Il n'avait pas le temps de s'en préoccuper, sa priorité étant d'éviter de se faire tuer et de protéger Stitcher.

C'est alors qu'une autre remarque de Mason lui revint en mémoire. Il se retourna pour voir l'armée en mouvement : les troupes étaient en train d'adopter une formation standard, archers devant, épéistes derrière, cavalerie sur les flancs… Une tactique classique. Cependant, Gameknight avait l'impression étrange de passer à côté d'une information cruciale. Les pièces du puzzle tournoyaient dans sa tête, sans qu'il parvienne à les assembler.

Il regarda du côté des tisse-lumière, notamment Grassbrin et le grand Treebrin, qui s'étaient joints à eux durant la nuit.

— Gameknight, nous devons bouger… et vite, s'écria Stitcher. Je les entends arriver.

Il regarda la ligne d'arbres sur sa gauche et se rappela alors sa première rencontre avec Hunter. Crafter et lui fuyaient une troupe de zombies et ils avaient utilisé une ruelle à leur avantage pour éviter d'être encerclés. À cet instant précis, il aurait bien aimé pouvoir s'abriter dans une ruelle.

— Gameknight, nous devons…

La voix de Stitcher n'était plus qu'un bruit de fond. Il se concentra sur les pièces du puzzle qui semblaient sur le point de s'assembler dans sa tête.

Un concert de gémissements et de cliquetis d'os résonnait dans toute la zone. Ils arrivaient… et vite.

— GAMEKNIGHT ! hurla Stitcher.

Son cri le tira brutalement de ses réflexions.

— Quoi ? répondit-il d'un ton vague.

— Tu ferais mieux d'éloigner ton cheval avant qu'on ne finisse piétinés par cette horde de monstres.

Il regarda dans la direction qu'elle indiquait. Une armée de monstres de l'Overworld approchait à grands pas : zombies, araignées, squelettes et Endermen, mais aucun signe de son ennemi juré, Erebus. Pourtant, il était persuadé que le roi des Endermen se trouvait là, quelque part.

Il tourna bride et galopa vers les rangs des guerriers, qui l'accueillirent de leurs vivats.

C'est à ce moment précis, dans un éclair de lucidité, que son plan finit par prendre forme dans son esprit. Fou de joie, il sauta de cheval et se rua vers Mason, tout en faisant signe aux tisse-lumière de venir les rejoindre.

—Je sais ce que nous devons faire, dit Gameknight, mais nous n'avons pas beaucoup de temps.

—Nous pouvons vous aider, déclara la voix rocailleuse de Woodbrin, juste derrière lui.

Au loin, on devinait déjà les silhouettes des monstres qui approchaient… Il y en avait une quantité phénoménale.

—Voilà ce que nous allons faire.

Il leur dévoila alors son plan audacieux. Alors qu'il avançait dans ses explications, il se surprit à trembler de peur en se rendant compte à quel point sa stratégie était périlleuse. Ils allaient devoir marcher sur le fil du rasoir. Le moindre faux pas pouvait signifier leur anéantissement… ou pire encore.

11

La bataille

Les araignées chargèrent en premier, leur gros corps couvert de poils noirs oscillant au bout de leurs longues pattes. Elles dévalèrent la plaine bordée d'arbres, dont les ombres empêchaient de les distinguer correctement. Les archers eurent beau viser soigneusement, elles bondissaient de part et d'autre pour éviter les traits mortels. Les araignées semblaient plus puissantes et plus rapides sur ce serveur, comme si on les avait améliorées.

— Elles sont trop rapides pour qu'on les touche, cria un des archers, frustré.

— Continuez à tirer, cria Gameknight. Ne vous arrêtez pas.

L'Utilisateur-qui-n'en-est-pas-un jeta un coup d'œil aux tisse-lumière. Ils avaient l'air totalement terrifiés. Leur peur était compréhensible : ils n'avaient jamais assisté à une bataille ni encore moins à la charge féroce d'une horde de monstres.

— Grassbrin, dit Gameknight, maintenant.

— Ouuui, répondit le tisse-lumière en remontant jusqu'au premier rang des archers.

— Laissez-le passer, ordonna Mason. Les archers sur les flancs, continuez à tirer.

Grassbrin s'avança et posa la main sur le sol herbeux, juste à ses pieds. Les yeux fermés, il prit une grande inspiration avant d'expirer doucement, laissant courir son pouvoir d'artisan dans les blocs d'herbe.

Rien ne se produisit.

— Ils se rapprochent, cria quelqu'un.

— Archers, tirez plus vite, gronda Mason. Épéistes, parés à charger.

— Non… pas encore, s'exclama Gameknight. (Il s'agenouilla auprès de Grassbrin pour lui parler à l'oreille.) Tu peux y arriver.

Le tisse-lumière hocha la tête et prit une nouvelle inspiration, puis expira très lentement. Cette fois-ci, une douce lumière émeraude émana de ses mains. La lueur passa de celles-ci dans le sol, puis courut le long des blocs végétaux comme une vague à marée haute. Là où passait la lumière, les brins d'herbe se mirent à bouger.

— Gameknight, les araignées sont sur nous, dit Stitcher. Nous devons battre en retraite.

— Pas encore !

À cet instant, l'herbe se mit à pousser.

Sur toute la plaine, de longs brins d'herbe s'élevèrent vers le ciel. Les araignées tentèrent de se frayer un chemin, mais leurs pattes griffues se prenaient dans les hautes tiges. Alors que les monstruosités poilues tentaient de se ruer en avant, la masse végétale devint si épaisse qu'elles se retrouvèrent immobilisées.

Les araignées étaient totalement bloquées.

— Maintenant ! cria Gameknight.

L'épée au poing, les guerriers chargèrent en poussant des cris d'allégresse. Ils frappèrent les arachnides sans défense, les réduisant à des globes d'XP en l'espace de quelques instants.

— Les arbres… MAINTENANT ! cria Gameknight.

Une troupe de cavaliers s'avança. Ils étaient équipés d'armures complètes, mais ne portaient aucune arme. Ils plantaient au sol des pousses d'arbre sur deux rangs tout en trottant. Les soldats s'avancèrent jusqu'à ce que les flèches des squelettes commencent à pleuvoir autour d'eux, puis ils retournèrent au galop compléter la première ligne de jeunes pousses.

Alors que les cavaliers revenaient, Gameknight entendit un ricanement qui lui glaça le sang.

Erebus… il est ici.

En observant les lignes adverses, il repéra sa grande silhouette sur la droite. Sa peau rouge sombre, couleur de sang séché, ressortait clairement sur le blanc des squelettes et le vert des creepers. Depuis l'autre bout du champ de bataille, le roi des Endermen braqua sur lui son regard flamboyant et haineux.

— Je vois que notre ami est venu, fit la voix de Crafter près de lui.

Stitcher les rejoignit alors, l'arc à la main, prête à tirer.

— Qui est-ce ? demanda-t-elle en pointant sa flèche vers la créature rouge sang.

— Un des monstres qui se sont emparés de ta sœur, répondit Gameknight d'une voix tremblante.

Elle poussa un grognement et marmonna quelque chose à voix basse. Il sentit une vague de colère émaner de la jeune fille. Elle semblait vouloir se jeter sur l'Enderman, tout en sachant à quel point ce serait suicidaire. Elle se contenta de jeter un regard de défi à la horde de monstres sur le point de charger.

— Treebrin… MAINTENANT ! cria Gameknight.

Le grand tisse-lumière s'approcha, sa silhouette efflanquée dodelinant à chaque pas comme sous l'effet d'une légère brise. Il s'agenouilla et enfonça profondément sa main dans la terre, jusqu'à attraper une racine de jeune pousse. Ensuite il inspira profondément, avant d'expirer longuement. Le sol autour de son poignet prit une teinte sombre et luisante alors que ses pouvoirs d'artisan du code circulaient d'une racine à l'autre. Quelques instants plus tard, de grands épicéas se dressaient à la place des jeunes pousses, formant un tunnel végétal pour canaliser l'ennemi. Un groupe de soldats entreprit alors de bâtir des marches de terre menant au sommet des arbres.

— Est-ce que tout le monde a ses petits cadeaux pour les monstres ? demanda Gameknight. (Les têtes pixelisées des soldats acquiescèrent à l'unisson.) Bien, dans ce cas, allez-y et prenez garde à vous.

Une troupe de trente soldats en armure en diamant, porteurs de cubes noir et gris, s'empressa de grimper dans les branches et de se répartir sur les différents arbres. La horde de monstres choisit le même instant pour passer à l'assaut.

— Vite… dégagez-moi ces marches, s'écria Mason. Archers… Tir de soutien… MAINTENANT !

Un déluge de flèches s'abattit pendant que les guerriers arpentaient le sommet des arbres. Les branches étaient suffisamment proches pour leur permettre de circuler d'un bout à l'autre du bosquet sans tomber. Gameknight regarda les soldats évoluer en hauteur alors que les monstres s'engouffraient entre les deux rangées de troncs. Le gémissement des zombies s'ajoutait au vacarme des cliquetis d'os en une véritable symphonie de terreur. Certains squelettes essayèrent de tirer sur les soldats, mais les feuilles offraient un excellent couvert contre leurs traits mortels.

Les PNJ dans les arbres lancèrent des blocs de TNT au sol, juste devant la horde en pleine charge.

Les blocs noir et gris ressortaient clairement sur la verdure du sol.

— ENCORE ! cria Gameknight à leur intention.

L'air était désormais saturé de flèches tirées des deux camps, touchant d'un côté les guerriers PNJ et de l'autre l'armée monstrueuse. Des hurlements de douleur ponctuaient chaque tir réussi des squelettes. Même si des gens mouraient autour de lui, Gameknight devait attendre que tous les monstres aient pénétré dans leur piège.

— Attirez-les ! ordonna-t-il.

Les soldats lui obéirent aussitôt, lançant des quolibets et des insultes à l'encontre de l'armée adverse. En réponse, les créatures poussèrent des grognements furieux en accélérant la cadence. Les blocs de slimes rebondissaient de plus en plus haut tandis que les quelques araignées restantes redoublaient d'ardeur pour mener la charge. À l'arrière de la horde, Gameknight aperçut des cochons zombies dont les épées d'or resplendissaient sous le soleil écarlate. L'un d'eux, vêtu de la tête aux pieds d'une armure dorée, faisait une bonne tête de plus que ses congénères. Ce colosse arborait une expression de haine visible sur son visage porcin. À l'évidence, c'était un ennemi redoutable.

Une flèche siffla aux oreilles de Gameknight avant de toucher un malheureux PNJ derrière lui. Deux autres flèches s'ensuivirent, déclenchant des cris de douleur assourdissants… suivi d'un silence de mort.

Une autre victime, par ma faute, se lamenta-t-il en laissant la colère monter en lui.

— On y est presque, cria Gameknight. Épéistes, parés à attaquer.

— Gameknight… Gameknight, laisse-moi t… t'aider, balbutia quelqu'un derrière lui.

C'était Herder.

— Pas maintenant, intervint Mason. Nous t'avions dit de surveiller les animaux. Ce n'est pas un endroit pour les bergers ici. Fiche le camp !

— On y est presque…

La plupart des monstres s'étaient engagés dans le boulevard végétal. Il y en avait une bonne centaine… beaucoup trop. S'ils parvenaient à franchir leurs premiers rangs, ils se répandraient parmi leurs forces en causant un véritable carnage.

Il vaudrait mieux que ça marche, songea Gameknight alors que le doute et la peur lui taraudaient l'esprit.

D'autres flèches sifflèrent dans les airs, s'enfonçant dans les membres et les corps. Des cris de douleur et de terreur résonnaient dans ses oreilles.

Il commença à imaginer le pire, l'échec de son plan, le massacre de tant de vies innocences à cause de sa bêtise.

Non… concentre-toi ! Pense à L'INSTANT PRÉSENT, pas aux PEUT-ÊTRE !

C'est alors que le dernier monstre pénétra sous le couvert des arbres.

— MAINTENANT… BLOQUEZ LA SORTIE ! cria Gameknight.

Les guerriers sautèrent d'arbre en arbre et lancèrent leurs blocs de TNT à l'entrée du passage. Gameknight vit un des soldats tomber au sol, en plein sur un groupe de zombies. Le malheureux disparut dans une mêlée furieuse. Les autres PNJ ignorèrent leur camarade et continuèrent de lâcher les blocs au niveau de l'entrée. Gameknight dégaina son arc et encocha une flèche.

Il décocha son trait droit dans les airs. Le projectile enflammé fila dans les cieux comme un météore, suivi du regard par tous les PNJ. Des flammes magiques couraient sur sa pointe. Certains monstres s'arrêtèrent même pour admirer la traînée incendiaire de la flèche, qui poursuivit sa courbe majestueuse jusqu'au sol.

Elle atterrit en plein sur les vingt blocs de TNT placés derrière les monstres.

Alors que les explosifs commençaient à clignoter, Gameknight décocha une nouvelle série de flèches sur les blocs gris nichés dans les herbes, près de l'avant-garde ennemie.

Les monstres qui menaient la charge tentèrent vainement de rebrousser chemin, mais il était trop tard : la masse de créatures dans leur dos les poussait en avant vers les blocs mortels. Un vent de panique souffla parmi les zombies pourrissants et les squelettes implacables. Malheureusement pour eux, ils ne pouvaient échapper à leur funeste destin.

Le sol se souleva dans un grand bruit de tonnerre.

Des blocs de terre voltigèrent dans les airs sous l'effet de l'explosion, qui déclencha une réaction en chaîne. Les creepers touchés par le souffle se mirent à exploser à leur tour, semant le chaos parmi les rangs. Les monstres à l'arrière accélérèrent l'allure pour éviter le brasier, mais le TNT du devant explosa à son tour en une boule de feu qui déchiqueta les créatures. Une série de déflagrations remontait de chaque extrémité de la colonne, traçant une plaie béante dans le sol de Minecraft.

Une pluie d'os de squelettes et de poudre tomba au sol alors que les dernières détonations finissaient d'illuminer le paysage. Les slimes avaient subi tellement de dégâts et de divisions successives qu'il ne restait que les plus petits.

— Et maintenant, épéistes, en avant ! cria Gameknight en passant son arc à Stitcher pour mieux dégainer son épée.

— POUR MINECRAFT ! hurla-t-il.

Assoiffé de vengeance, l'Utilisateur-qui-n'en-est-pas-un se lança à l'assaut, sautant dans le cratère qui éventrait désormais le passage. Il avait vu tant d'innocents mourir ce jour-là. Ces personnes auraient dû s'occuper de leurs champs ou de leurs foyers, mais elles étaient mortes sur le champ de bataille. Son esprit passa en mode automatique. Il lança une série de coups virevoltants de son épée de diamant, achevant un zombie blessé, découpant un squelette puis tranchant les pattes d'une araignée. D'une roulade, il esquiva une flèche, puis se jeta sur l'archer squelettique qui encochait un deuxième trait. Avant qu'il ait pu l'atteindre, un autre guerrier s'écrasa de tout son poids sur sa cible, avant de la réduire à une pile d'ossements de quelques coups d'épée bien placés.

— POUR MINECRAFT !

Le cri assourdissant se réverbéra jusque dans le sol. En se retournant, Gameknight vit que l'armée chargeait à l'unisson. Tous les visages arboraient la même expression rageuse, tous les yeux étaient braqués sur les monstres survivants englués dans le cratère. La masse de guerriers s'écoula tout autour de Gameknight, comme une marée irrépressible, avant de s'écraser sur l'ennemi. Il en restait encore beaucoup, mais les PNJ avaient désormais l'avantage du nombre.

C'est alors que les gémissements des cochons zombies couvrirent le tumulte des combats. Une cohorte de ces créatures plus mortes que vives se ruait dans les décombres en brandissant leurs armes d'or. L'énorme commandant menait la charge en personne. Il faisait de grands moulinets avec son épée, traversant comme du beurre les armures de fer. La lame était illuminée de pourpre, la couleur habituelle des enchantements. Son armure semblait dotée d'une magie similaire, car les nombreux traits des archers rebondissaient sans lui infliger de dégâts.

Ce monstre tout d'or vêtu se fraya un chemin sanglant dans la mêlée, massacrant tous les malheureux qui osaient s'interposer. On aurait dit une force de la nature, sauvage et invincible.

Il faut que j'agisse, pensa Gameknight en esquivant une nouvelle flèche. *Ce monstre va faire un véritable carnage. Qu'est-ce que je peux faire… Qu'est-ce que je peux faire ?*

Mason entra alors en scène. Le PNJ trapu se jeta au beau milieu de la horde de monstres, tranchant et repoussant les nombreux squelettes et zombies qui lui barraient le passage. Il se dirigeait droit vers le chef, suivi de près par une escouade de PNJ.

Gameknight vit des archers se placer en rang derrière la troupe de cochons zombies, de l'autre côté du cratère. Ils avaient encerclé la horde !

Au même moment, les deux généraux se retrouvèrent face à face. Leurs épées s'entrechoquèrent dans un bruit de tonnerre. Gameknight élimina quelques monstres survivants avant de s'approcher du combat de titans. Le zombie venait d'abattre son énorme épée sur Mason en espérant le toucher à la tête, mais celui-ci parvint à éviter le coup. Là où les morts-vivants habituels étaient lents et patauds, le général adverse était aussi rapide qu'un PNJ. D'un geste agile, il ramena sa lame vers le haut, portant un coup de taille au torse du Mason.

Le PNJ trapu clignota en rouge.

Malgré ses talents de guerrier, il avait affaire à un zombie particulièrement vivace. Gameknight songea un instant à se précipiter au côté de Mason, mais ses jambes de plomb refusèrent de lui obéir.

Mason recula d'un pas pour préparer une nouvelle attaque.

— C'est tout ce que tu sais faire, cochon zombie ? s'esclaffa Mason. Tes cousins de l'Overworld se battent mieux que toi.

Le monstre laissa échapper un grognement de rage avant de lancer une série de moulinets féroces. Mason bloqua l'attaque avec son épée, puis il porta un coup d'estoc aux jambes du monstre, qui clignota en rouge à son tour. La créature gémit avant d'avancer sur son adversaire une nouvelle fois. Sa lame décrivit un arc étincelant en s'abattant sur l'épaulière de Mason, qui perdit de précieux PV au passage.

D'une roulade, Mason s'écarta de la trajectoire du monstre avant de se retourner vers son adversaire.

— Moi qui pensais que les cochons zombies étaient dangereux, dit Mason d'un ton moqueur. Je crois que les bébés slimes sont plus redoutables.

Il éclata de rire à la face du monstre avant de se tourner vers ses troupes qui achevaient les derniers survivants.

— Plus que ce dernier à abattre et nous en aurons fini avec ces minables, leur cria-t-il en brandissant son épée.

Les guerriers poussèrent des cris de victoire, mais le cochon zombie poussa un hurlement avant de se jeter sur Mason. Le PNJ esquiva habilement la charge, mais la lame d'or passa à un cheveu de son bras. Il enchaîna avec une attaque bien trop lente, que le zombie bloqua immédiatement avant de contre-attaquer sauvagement.

Son coup fit mouche, et Mason clignota de nouveau en rouge.

Le général zombie en profita pour pousser son avantage avec une série de moulinets sauvages.

Encore un clignotement rouge...

Le zombie redoubla alors d'efforts, maniant l'épée à une vitesse incroyable pour assener une série de coups violents qui repoussèrent le PNJ. Certains guerriers s'avancèrent pour l'aider, mais Mason leur fit signe de rester en place.

— C'est mon combat, leur dit-il en souriant. Restez où vous êtes et profitez du spectacle.

— Tu es sur le point de mourir et pourtant tu parles comme si tu allais l'emporter, s'exclama le zombie d'une voix geignarde. Je vais sans doute mourir aujourd'hui, mais je te tuerai certainement avant.

Mason plongea son regard dans les yeux du monstre pourrissant et lui adressa son plus beau sourire.

— Ta mort sera aussi insignifiante que celle de tous tes congénères, lui dit-il d'un ton moqueur. Vous avez infecté ce monde pendant trop longtemps. Le créateur vous avait bannis dans le Nether après l'Union, car vous étiez aussi pathétiques qu'inutiles. Tu ne mérites même pas mon épée.

Sur ce, Mason commit l'impensable et jeta son épée au sol.

Le cochon zombie poussa un hurlement de rage et se rua en avant dans un déchaînement de fureur. Au moment où il abattait sa lame d'or sur Mason, celui-ci dégaina une épée de diamant pour parer l'attaque. Il enchaîna ensuite une série de mouvements si rapides qu'on pouvait à peine les discerner à l'œil nu. Son épée de diamant étincelante tailla la créature au flanc, aux jambes, au torse. Il virevolta avant d'enfoncer sa lame dans l'avant-bras du monstre, puis de lui frapper son plastron.

L'armure d'or finit par céder sous l'avalanche de coups et disparut brutalement, exposant le mélange de chair rosâtre et d'ossements à vif du monstre. Mason visa les côtes avec une férocité surprenante. Le cochon zombie essaya de reculer, mais le PNJ le poursuivit sous un déluge de coups implacables qui touchaient leur cible à tous les coups.

La hardiesse du zombie s'était évanouie en même temps que ses PV. Il poussa un long mugissement de rage et de désespoir, qui s'interrompit au moment où Mason lui porta le coup de grâce. Le général ennemi disparut dans un « pop ».

La bataille était terminée.

12

Conséquences

Les guerriers poussaient des vivats en acclamant Mason. Gameknight courut rejoindre le PNJ trapu.

— Qu'est-ce qui t'a pris ? demanda Gameknight. On aurait dit que tu jouais avec ce monstre.

— Si tu es fort, parais faible ; si tu es faible, parais fort, déclama Mason comme s'il citait un livre sacré. J'ai fait semblant d'être inférieur pour mieux décupler son arrogance.

J'ai déjà entendu ces citations… j'en suis sûr, pensa Gameknight. *De quoi s'agit-il ?*

— C'était un adversaire redoutable, doublé d'un bon escrimeur, poursuivit Mason. Si je m'étais contenté de foncer tête baissée, il aurait pu me vaincre. J'ai donc choisi de le faire enrager tout en lui faisant croire qu'il allait l'emporter. Un ennemi qui est certain de sa victoire commet des erreurs. Un ennemi qui se laisse emporter par la rage ne réfléchit plus. Mes moqueries ont achevé de l'énerver. Dès qu'il a perdu son sang-froid, j'ai su que j'allais gagner le combat. Parfois, il est nécessaire de prendre des coups afin de forcer son adversaire à commettre une erreur.

—C'était un jeu dangereux, remarqua Gameknight.

—La guerre est un jeu dangereux, répliqua Mason. De toute façon, je savais que je ne craignais rien. En cas de danger, l'Utilisateur-qui-n'en-est-pas-un aurait accouru à mon secours… n'est-ce pas ?

—Ouais… bien sûr, répondit Gameknight sans pouvoir le regarder en face.

Les guerriers se déversaient dans le cratère pour venir leur taper dans le dos et les féliciter.

—Quel combat glorieux ! s'exclama quelqu'un.

—Du jamais-vu, dit un autre.

D'autres soldats poussaient des cris de victoire en donnant des coups de pied aux piles d'ossements et de poudre.

Rapidement, les célébrations tournèrent court : un gémissement de chagrin montait crescendo depuis un coin du champ de bataille. Bientôt, on n'entendit plus que ce cri déchirant qui résonnait comme une corne de brume, sapant toute envie de fêter la victoire. Gameknight chercha la source des pleurs et trouva une vieille femme agenouillée devant une pile d'objets : l'inventaire de quelqu'un.

—Mon fils… il est mort, gémit-elle.

Il ne connaissait pas son nom, elle faisait partie de la cohorte de PNJ anonymes qui avaient été plongés dans ce conflit.

— C'était mon fils unique… et il est… il est mort.

Elle poussa un gémissement de chagrin à vous briser le cœur.

Gameknight s'approcha de la femme en deuil, s'agenouilla à côté d'elle et serra son corps tremblant contre lui. Ensuite, il laissa couler ses larmes. Il ne connaissait ni son fils… ni cette femme… mais il comprenait sa douleur et il la tint contre lui jusqu'à ce que ses pleurs s'amenuisent.

Alors, il aida à la vieille dame à se relever et se tourna vers l'armée. Beaucoup de soldats étaient encore en train de se féliciter mutuellement, certains arborant des sourires de victoire… Pour Gameknight, ce fut la goutte d'eau de trop.

— Ce n'est pas l'heure des réjouissances, s'écria-t-il, mais plutôt celle du deuil.

Il se tourna vers la vieille femme, qui s'occupait de ramasser l'inventaire de son fils. Elle leva un regard larmoyant vers l'Utilisateur-qui-n'en-est-pas-un, puis s'éloigna du champ de bataille, le corps toujours secoué de sanglots.

— Le combat n'est jamais glorieux…, poursuivit Gameknight. Au contraire, c'est un moment terrible. La guerre n'apporte pas la gloire… juste la souffrance. La violence n'est jamais une solution, car elle ne produit que du chagrin. Nous ne devrions pas nous réjouir, car nous avons perdu des amis et des parents aujourd'hui.

— Mais on a gagné ! s'écria quelqu'un.

— NON ! répliqua Gameknight en pointant du doigt la vieille femme. Nous avons perdu.

Alors il brandit sa main bien haut, les doigts écartés.

Il ne faut jamais se réjouir de la défaite de quelqu'un, même de celle de son ennemi, songea-t-il en voyant d'autres mains se dresser en l'air.

Il songea aux brutes de son école, qui prenaient plaisir à harceler les élèves comme lui. Il s'était comporté de la même façon dans Minecraft, s'en prenant à plus faible que lui pour mieux soulager sa propre frustration… Sur le coup, cela lui avait plu. Il se rendait compte aujourd'hui à quel point c'était mal.

Pourquoi n'ai-je pas essayé d'aider les joueurs les plus jeunes ou les plus faibles ? Pourquoi ai-je choisi de les harceler ? Cela m'aurait fait plus de bien de les aider que de m'en prendre à eux.

Il referma lentement le poing et le serra aussi fort que possible pour canaliser toute sa frustration, sa colère, son chagrin… et même son sentiment de culpabilité pour ses années de vandale.

Cela m'aurait fait plus de bien d'aider les autres que de m'en prendre à eux.

Il abaissa doucement le bras et regarda autour de lui. Tous les regards étaient braqués sur l'Utilisateur-qui-n'en-est-pas-un.

—Ramassez tout ce que vous pourrez, dit-il d'une voix calme en essuyant les larmes sur ses joues. Récupérez les ossements de squelettes et donnez-les à Herder. Récoltez toutes les flèches que vous trouverez. Nous devons partir avant la prochaine attaque.

—La prochaine attaque ? demanda Crafter, qui avait rejoint son ami entre-temps.

—Exactement. Ce n'était qu'un échantillon de leur immense armée. Ils sont largement supérieurs en nombre. Erebus a simplement voulu se défouler contre nous… contre moi. Nous affronterons cinquante fois plus d'ennemis avant d'en avoir terminé avec cette guerre. (Il chercha Mason du regard. Celui-ci était toujours au fond du cratère, entouré de guerriers, l'épée de diamant à la main.) Nous devons mettre la main sur ces clés aussi vite que possible, avant que Malacoda et Erebus ne nous tombent dessus. Nous devons les prendre de vitesse et nous placer en meilleure position.

—Celui qui occupe le terrain le premier et attend l'ennemi est en position de force, récita Mason.

Encore une citation connue, songea Gameknight en le regardant avec curiosité. *D'où provient-elle ? Je n'arrive pas à mettre le doigt dessus.*

Avant qu'il ait pu poser la question qui lui brûlait les lèvres, Mason aboya une série d'ordres pour déployer leurs troupes et envoyer les éclaireurs surveiller leurs flancs. Tandis que l'armée reprenait sa route vers la Rose de fer, Gameknight aperçut une silhouette fugitive au sommet d'une petite butte. On aurait dit un PNJ, petit et trapu, mais ses cheveux étaient d'un noir de jais particulièrement inhabituel. Et ses yeux… son regard… brûlait d'une haine débordante qui lui glaça le sang dans les veines.

13

Les tisse-ombre

L'armée de monstres de Malacoda avançait avec précaution en direction du massif montagneux hérissé de roches acérées. Leurs yeux froids et sans vie se tournaient régulièrement vers le pic distordu. Une menace sourde émanait de cet endroit sinistre. Même si leur instinct leur criait de s'enfuir, les créatures n'osaient pas braver la colère mortelle de leurs maîtres.

— Je n'aime pas cela, dit Malacoda d'un ton inhabituellement calme.

Erebus acquiesça d'un grognement. L'Enderman était prêt à se téléporter au moindre signe de danger.

— Envoyons nos blazes en première ligne, suggéra Erebus de sa voix stridente, et protégeons nos flancs avec les Wither squelettes.

— Oui, cela me semble une bonne idée, approuva Malacoda.

Le roi du Nether adressa un regard hargneux à l'un de ses généraux.

— Exécution, ordonna-t-il.

Le Wither squelette fit tourner bride à son araignée et s'éloigna à toutes pattes pour dispenser ses ordres.

Erebus contempla ses Withers, les torses squelettiques à trois têtes qui flottaient à proximité. En guise de jambes, ces créatures n'avaient qu'un moignon de colonne vertébrale qui leur permettait de flotter au-dessus du sol. Le reste de leur corps était composé d'une cage thoracique noircie et de trois crânes couleur cendre qui surveillaient toutes les directions à la fois. S'ils repéraient la moindre menace, ils avaient ordre de tirer une salve de crânes empoisonnés qui explosaient en une giclée de venin mortel. Ces puissants guerriers étaient les généraux personnels d'Erebus.

D'un geste discret de ses doigts noirs, il leur ordonna de se disperser et de rester sur le qui-vive. Les cauchemars flottants s'éloignèrent, disparaissant derrière les arbres.

Ces derniers étaient dépourvus de la moindre feuille. Depuis leur arrivée à proximité de la montagne, tous les arbres présentaient le même aspect dépouillé et maladif, comme si on avait délibérément arraché leur feuillage pour donner une teinte morbide au paysage.

Qui a bien pu faire cela ? songea Erebus en grimaçant.

L'Enderman aperçut bientôt le pied du massif montagneux. Toute la zone avait été ratiboisée. Le sol à nu paraissait presque stérile. Erebus aperçut ses Endermen postés en cercle à la base de la montagne, les yeux brillants. En apercevant leur roi, ils se redressèrent de toute leur taille, dans un nuage de particules violettes. Il se téléporta au milieu d'eux, puis il examina les environs avant de se tourner vers le massif rocheux qui les dominait. Il entrevit la bouche d'une caverne au flanc de la montagne, surplombée de crénelures acérées.

— Tout est calme, sire, déclara un des Endermen.

Erebus hocha la tête dans sa direction.

— Vous avez bien travaillé, répondit-il. Où sont-ils ?

— Ils ont emprunté ce tunnel. Nous avons un message de leur part, pour vous et Malacoda.

— De quoi s'agit-il ?

— Nous avons reçu l'ordre de le délivrer uniquement à vous deux en même temps.

Erebus observa Malacoda qui approchait de leur position en flottant bien haut.

— Dites-le-moi, ordonna Erebus.

— Mais, nous avons…

— MAINTENANT !

L'Enderman s'inclina et lui délivra le message :

— Vous devez emprunter le tunnel tous les deux et descendre dans les profondeurs, jusqu'à atteindre la lave. C'est là qu'ils vous rencontreront.

Erebus hocha la tête avant de se téléporter auprès de Malacoda. Au moment où il se matérialisait auprès du ghast géant, il aperçut un nuage de vapeur sur le flanc de la montagne. Une cascade s'écoulait d'une fissure, plongeant sur environ vingt blocs avant de terminer sa course dans une grande mare. Il nota mentalement son emplacement, afin d'éviter à tout prix de s'y téléporter : l'eau était mortelle pour les Endermen.

Les deux chefs d'armée s'approchèrent prudemment et s'arrêtèrent juste devant l'entrée imposante du tunnel.

Même si les Endermen avaient examiné les lieux, Erebus n'était pas tranquille. L'endroit lui faisait penser à la gueule béante d'une énorme bête attendant sa prochaine victime. Malacoda déploya ses forces pour protéger leurs arrières d'une attaque-surprise de l'Utilisateur-qui-n'en-est-pas-un. Il posta également des zombies et des squelettes sur tout le périmètre, ainsi qu'une troupe de blazes autour de l'entrée. Enfin, il ordonna à ses ghasts de patrouiller les airs, afin de repérer toute force en approche. Une fois leur position sécurisée, il se tourna vers Erebus.

— Les tisse-ombre nous demandent de pénétrer dans le tunnel, expliqua Erebus.

Malacoda se rapprocha du sol, sans cacher sa suspicion.

— Laisse tes monstres de l'Overworld ici, ordonna-t-il. Nous irons dans cette caverne accompagnés de mes Withers et d'une escouade de blazes.

— Et pour la prisonnière ? demanda Erebus en montrant Hunter.

— Laissons-la ici. Mes ghasts lui tiendront compagnie. (Il s'adressa au ghast qui la détenait entre ses tentacules gluants.) Surveille-la en attendant mon retour.

— À vos ordres, répondit le ghast en s'élevant dans les airs avec sa captive.

— Et maintenant, entrons dans la caverne de nos amis, déclara Malacoda d'une voix mal assurée. Enderman, tu passeras en tête.

Les ghasts poussèrent des feulements moqueurs.

Erebus grimaça avant de s'engouffrer dans le tunnel, prêt à se téléporter au moindre signe de danger. Apparemment, Malacoda le suivait de près : il entendait ses longs tentacules traîner sur le sol comme des serpents inanimés. En jetant un coup d'œil par-dessus son épaule, il vit que le roi du Nether semblait mal à l'aise. Le ghast était toujours nerveux dans ces espaces clos. L'étroitesse du tunnel l'empêchait de s'envoler en cas de danger.

— Qu'est-ce qui te fait rire, Enderman ? demanda Malacoda d'un ton sec.

— Euh… rien… sire, bafouilla-t-il.

Le tunnel descendait abruptement dans les profondeurs de la roche. Au départ, la température baissa d'un cran mais, au fur et à mesure de leur périple, l'atmosphère se réchauffa. Ils approchaient de la lave. Le roi des Endermen avait le sentiment délicieux de rentrer enfin chez lui, dans son domaine : les cavernes enfumées et remplies de magma de l'Overworld, qu'ils connaissaient mieux que quiconque. Cependant, le tunnel s'ouvrit sur une salle d'une taille démesurée, éclairée par des torches.

Ils tombèrent sur un spectacle incroyable : des villageois, ou c'était tout comme, étaient disséminés dans toute la salle, sur des plates-formes, dans des crevasses, des mares de lave, au plafond… absolument partout. Ils avaient l'air d'être en plein ouvrage, mais aucun n'avait d'établi.

Erebus examina ces étranges villageois en pénétrant dans la caverne. Étrangement, il ne ressentait ni haine ni envie de tuer. Ces créatures semblaient différentes des PNJ honnis. Tout cela n'avait aucun sens pour lui. Au moment où il s'apprêtait à parler à Malacoda, l'un des sombres villageois approcha de leur groupe.

— Vous voilà enfin, déclara le PNJ aux cheveux noirs.

Erebus examina attentivement leur hôte. Il avait le nez proéminent et le monosourcil des villageois, ainsi qu'un trait particulier qui le distinguait clairement des PNJ habituels : ses yeux luisaient d'une flamme intérieure.

— Es-tu celui qui m'a parlé dans les Contrées du rêve ? demanda Malacoda.

Le villageois hocha la tête et s'avança dans la lueur des torches. Son visage et ses bras étaient d'un vert pâle et maladif.

On dirait presque un zombie en bonne santé, se dit Erebus en le regardant s'approcher.

C'est alors qu'il vit la teinte noire de sa tunique, barrée d'un trait gris vertical.

C'est un artisan !

Il regarda les autres PNJ et remarqua alors qu'ils portaient tous la même tenue… C'étaient à la fois des artisans et… autre chose…

— Oui, on m'a ordonné de vous contacter dans vos rêves, répondit le PNJ d'une voix à la fois ténébreuse et gémissante. Mon nom est Zombiebrine. Je travaille sur les zombies.

— Quoi ? s'exclama Malacoda.

— Nous sommes les tisse-ombre de Minecraft, expliqua Zombiebrine. Nous révisons et améliorons les éléments des ténèbres. Les zombies sont ma spécialité. Creeperbrine se trouve là-bas, ajouta-t-il en indiquant un artisan. (Il avait une peau tachetée de vert, similaire à celle du creeper sur lequel il travaillait.) Au-dessus de nous, Batbrine s'occupe des chauves-souris. Lavabrine est là-bas, dans la lave. Nous cherchons tous à améliorer les créatures de l'ombre, à les rendre plus rapides et plus fortes. Notre but est de faire pencher la balance de Minecraft en notre faveur.

— Pourquoi ? s'interrogea Erebus.

— Euh… quoi ? balbutia Zombiebrine de sa voix gémissante.

— Pourquoi cherchez-vous à avantager les créatures de la nuit ?

Zombiebrine semblait interloqué. Il leva les yeux vers un autre tisse-ombre, qui les observait depuis un balcon sculpté dans la paroi de la caverne. Même sans sa vision nocturne, Erebus l'aurait repéré facilement : les yeux de l'artisan brillaient d'une lueur froide et malsaine, plus vive que les autres sources de lumière… même la lave et les torches. La créature avait une attitude de chef. C'était clairement lui qui commandait ici. Zombiebrine lui jeta un regard nerveux, puis il reporta son attention sur Erebus.

— C'est la tâche pour laquelle nous avons été programmés, répondit-il, le visage perlé de sueur. Aujourd'hui, notre programmation nous ordonne de vous assister dans votre quête. Nous allons vous aider à détruire la Source.

— Voilà ce que je voulais entendre, déclara Malacoda en se portant à la hauteur de Zombiebrine.

Erebus releva les yeux vers le balcon et vit que le tisse-ombre aux yeux brillants avait disparu.

Celui-ci est dangereux. Très dangereux, songea-t-il.

Il remarqua alors que Zombiebrine tendait l'oreille, comme s'il écoutait quelque chose dans le lointain. L'artisan s'approcha d'eux.

— Je vais vous aider à trouver la Source, leur dit-il, mais avant cela nous devons trouver la première clé.

— La première clé ? demanda Malacoda tout en épiant du coin de l'œil les recoins obscurs de la caverne.

— Oui, répondit Zombiebrine dans un gémissement qui résonna dans toute la caverne. La première clé de la Source… la Rose de fer. C'est le point de départ de votre périple. Il vous faudra ensuite la seconde clé, puis vous pourrez atteindre votre but.

— Où se trouve cette seconde clé ? demanda Erebus.

— Nul ne le sait, répondit l'artisan. La première vous mènera à la seconde, qui elle-même vous guidera jusqu'à la Source. Venez, suivez-moi. Nous n'avons pas de temps à perdre.

Zombiebrine passa à côté de Malacoda et ses gardes pour remonter le tunnel vers la surface. Erebus lança un regard au ghast et haussa les épaules, avant d'emboîter le pas au tisse-ombre, sans attendre le roi du Nether.

Quelques minutes plus tard, Zombiebrine émergea des profondeurs, suivi des deux chefs et de leur escorte.

— La Rose de fer est dans cette direction, déclara-t-il en indiquant le nord. Venez.

Erebus n'avait pas fait deux pas à l'extérieur qu'il se mit à pleuvoir. La peau de son visage grésillait à chaque goutte. De petits filets de fumée s'élevaient de chaque nouvelle brûlure.

De l'eau… J'ai horreur de ça, grimaça Erebus tandis que les gouttelettes lui brûlaient la peau.

Il disparut dans un nuage de particules violettes pour se mettre à l'abri du tunnel rocheux, la peau encore fumante. Malacoda sortit lentement du souterrain et s'éleva dans les airs, nullement indisposé par la pluie qui martelait son corps adipeux. Il se tourna vers l'Enderman et lui adressa un sourire méchant avant de pousser un feulement de rire qui résonna dans toute la forêt.

—Quel est le problème, Enderman ? Tu n'aimes pas la pluie ? railla-t-il.

Erebus se contenta d'adresser un regard mauvais à l'énorme ghast.

Zombiebrine s'avança à son tour sous la pluie. Il grimaça en regardant les gouttes tomber.

—La pluie, gémit-il. Je hais la pluie !

Son visage prit une teinte vert sombre sous le coup de la colère.

—Rainbrin et sa maudite pluie ! Comme je les hais ! s'écria-t-il avant d'entamer sa marche vers le nord.

—Général ! lança Malacoda à son commandant wither squelette.

La créature s'approcha à dos d'araignée et leva la tête vers le ghast.

—Tu vas prendre une partie de l'armée avec toi pour me récupérer cette Rose de fer. (Il adressa un petit sourire à Erebus avant de poursuivre.) Nous allons laisser nos frères de l'Overworld mener cette tâche, avec quelques blazes et cochons zombies pour s'assurer de leur bonne volonté.

Le roi du Nether contempla son armée tandis que la pluie dégoulinait sur son corps massif. Tous les Endermen s'étaient réfugiés dans l'ouverture du tunnel, ce qui provoqua l'hilarité de Malacoda. Son rire résonna comme un coup de tonnerre sous l'averse.

— Allez, camarade ! Rapporte-moi cette Rose de fer et débarrasse-nous au passage de l'Utilisateur-qui-n'en-est-pas-un. Allez, PARS !

Le squelette lança son araignée à la suite du tisse-ombre. Un gros contingent de monstres de l'Overworld lui emboîta le pas. Leurs regards haineux balayaient le paysage à la recherche d'une cible à détruire.

Malacoda se rapprocha doucement du sol pour faire face à Hunter, sa prisonnière.

— Quant à toi, ma chère, tu vas rester avec moi un petit moment.

Le ghast fit un signe de tentacule en direction d'un des tisse-ombre qui venait d'émerger du tunnel.

— J'ai un petit cadeau à t'offrir, quelque chose que j'ai fait faire spécialement pour toi.

— Vous ne me faites pas peur, ghast, s'exclama Hunter.

— Oh ! je sais bien. (Malacoda se tourna vers le tisse-ombre.) Ironbrine, vas-y.

L'artisan s'avança et sortit de son inventaire une grande cage munie de barreaux de fer, ouverte à son sommet.

— Jette-la dedans, ordonna Malacoda.

Le ghast qui la détenait entre ses tentacules s'éleva dans les airs avant de la relâcher brusquement. Elle tomba au beau milieu de la cage, clignotant en rouge sous l'effet de la chute. Avant qu'elle n'ait pu s'extirper, Ironbrine scella l'ouverture à l'aide de barres de fer. Hunter agrippa les barreaux et les secoua violemment.

Malacoda éclata d'un rire sardonique en la voyant s'escrimer en vain.

— Profite bien de ta nouvelle maison, PNJ, dit Malacoda. Tu vas y rester un bon moment.

Le roi du Nether lui jeta un dernier regard malveillant, puis il se tourna vers Erebus. Son visage poupin affichait un sourire entendu.

Est-ce qu'il se doute de quelque chose ? se demanda l'Enderman en détournant le regard.

L'averse touchait à sa fin. Les Endermen purent enfin sortir du tunnel, sous les quolibets de Malacoda.

— Allez, dépêchez-vous de suivre vos camarades. Ne revenez que si vous êtes victorieux, ordonna-t-il.

Les créatures sombres hésitèrent un instant. D'un hochement de tête, Erebus leur intima d'obéir au roi du Nether. L'un après l'autre, ils disparurent dans un nuage de particules violettes pour rejoindre la horde. Malacoda interpella Erebus :

— Eh bien ? qu'attends-tu pour obéir aux ordres de ton maître ?

Celui-ci ne put réprimer une grimace pleine de rancœur.

Je ferai comme bon te semble… pour le moment, songea Erebus. *Bientôt, ton règne prendra fin et le roi des Endermen aura sa juste place.*

Il se téléporta alors pour échapper au rire tonitruant de Malacoda.

14

La prison de Herder

Les PNJ avaient monté le camp dans un endroit calme, niché au milieu d'une forêt de bouleaux. Ils avaient suivi la rivière qui longeait le désert pendant deux jours, sans même dormir, et les soldats étaient exténués. Gameknight avait suggéré de prendre une bonne nuit de repos avant d'atteindre la première clé. Woodbrin avait mentionné un pont vers nulle part, mais personne ne savait de quoi il s'agissait.

— Pourquoi avoir construit un pont ne menant nulle part ? avait demandé Stitcher au tisse-lumière. C'est du gâchis de temps et de ressources.

— C'est le nom du pont, avait-il rétorqué d'une traite, comme à son habitude. Il mène bien quelque part, en l'occurrence à la Rose de fer, mais c'est ainsi qu'on l'a appelé.

Il régnait une atmosphère mêlant impatience et crainte sur le campement. Woodbrin les avait prévenus que la Rose était gardée par des sentinelles impitoyables. L'aventure s'annonçait dangereuse… ce qui n'était pas fait pour rassurer Gameknight.

L'Utilisateur-qui-n'en-est-pas-un frissonna en pensant à ce qui les attendait. Il décida de se changer les idées en arpentant le camp. Les grands bouleaux leur fournissaient un couvert appréciable en rendant l'armée difficile à repérer de loin. Il contempla la beauté majestueuse de ce biome forestier. Les arbres faisaient bien dix à douze blocs de haut. Chaque tronc moucheté de blanc était surmonté d'une couronne de feuillage vert sombre. Il se sentait à l'abri à l'ombre des géants sylvestres, comme si ces arbres avaient le pouvoir de s'animer pour le défendre des monstres… Une idée puérile, mais réconfortante.

La forêt s'étendait à perte de vue, jusqu'à une série de collines et de canyons à l'horizon. C'était un spectacle extraordinaire, qui invitait à l'exploration… à condition d'oublier les monstres. La nuit restait leur territoire, même dans cette contrée paisible. Gameknight aperçut des gardes postés dans la canopée, à l'affût de la moindre menace. Il leur avait fallu les efforts conjugués de plusieurs bâtisseurs pour grimper là-haut, à l'aide de marches de bois placées en spirale tout le long du tronc. Une fois au sommet, il leur était facile de sauter d'arbre en arbre. Ces vigies pouvaient donc surveiller toute la forêt.

Tout en traversant le camp, Gameknight entendait les ronflements des hommes et des femmes endormis. La plupart, épuisés par la longue marche, s'étaient écroulés au sol sans même prendre le temps de retirer leur armure.

Au moment où il allait rejoindre la rivière, il entendit du bruit dans le sous-bois, comme si des gens couraient dans la forêt, foulant du pied les feuillages et les branches mortes.

Une attaque ? pensa-t-il immédiatement. *Non, on dirait une cavalcade. Les zombies et les squelettes ne courent pas. Ce doit être des soldats.*

Gameknight s'avança en direction du son, non sans avoir dégainé son épée de diamant. La lame enchantée projetait des éclats bleutés sur l'écorce blanche des troncs. Tout en approchant, il lui sembla entendre des gémissements, ou plutôt... des pleurs. C'est alors qu'il entendit le bruit d'un outil de bois martelant de la roche. Le tambourinement fut bientôt suivi d'un craquement sonore qui résonna dans toute la forêt : à l'évidence, l'outil en bois, inadapté à l'obstacle de pierre, venait de rendre l'âme.

Un nouveau son s'éleva dans le sous-bois : celui de poings martelant la roche. Quelqu'un essayait de briser un bloc de pierre à mains nues.

Un PNJ a des ennuis ?

Accélérant le pas, Gameknight se dirigea en silence vers l'origine du bruit. Il entendit alors des pas sur sa gauche et derrière lui. Il s'accroupit derrière un arbre afin d'examiner les alentours.

Est-ce un piège ? Qui peut bien rôder dans les parages ?

La peur venait de s'insinuer dans son esprit. Il scruta le sous-bois plongé dans l'obscurité, sans parvenir à discerner l'origine des bruits de pas. Une ombre dépassait de derrière un tronc. Elle semblait tenir quelque chose, mais impossible de distinguer quoi… *Une arme ?*

Une autre silhouette, un peu plus grande, émergea de derrière un buisson. Malgré le clair de lune qui perçait les frondaisons, la créature restait plongée dans la pénombre.

Que se passe-t-il ? Est-ce Erebus ?

Une faible voix résonna alors dans la forêt.

—Au secours !

On l'entendait à peine, comme si la personne craignait d'être entendue, mais bientôt elle se mit à crier d'une voix forte… et pleine de chagrin.

—AU SECOURS !

C'était Herder.

Soudain, Gameknight entendit un bruit de cavalcade derrière lui. Une série de silhouettes blanches fusaient à travers le bois comme un éclair. Elles évoluaient à travers les troncs avec une grâce incroyable et se dirigeaient tout droit sur Herder. Il comprit immédiatement de quoi il s'agissait… Les loups… la meute de Herder. Gameknight partit en courant derrière eux, en suivant le son des pleurs.

Vingt pas plus loin, il déboucha sur une petite clairière. Une structure de pierre haute de trois blocs était érigée au milieu des arbres. Les loups apprivoisés formaient un cercle tout autour. Ils montraient les crocs à Mason, Crafter et trois autres soldats qui se tenaient devant eux, l'épée au poing. Les pleurs de Herder résonnaient à l'intérieur de la prison de pierre. Lorsque Gameknight déboucha dans la clairière, tous les regards se portèrent sur lui.

— Herder, c'est Gameknight. Tout ira bien, je suis là.

Les appels à l'aide cessèrent, mais les loups continuaient de gronder.

— Comment faire pour l'atteindre ? demanda Crafter. Les loups refusent de nous laisser passer.

Mason fit un pas en avant et les grondements redoublèrent.

On entendit alors d'autres bruits de pas derrière eux : des soldats venus les aider… ou admirer le spectacle. Gameknight distingua des ricanements parmi les nouveaux venus.

C'est alors que Stitcher apparut à son côté.

— Que s'est-il passé ? demanda-t-elle.

— Je ne sais pas trop, répondit Gameknight. Nous n'arrivons pas à approcher pour le sortir de là.

— Laissez-moi essayer.

Stitcher posa son arc et s'avança lentement. Elle fut aussitôt accueillie par un concert de grognements qui la forcèrent à battre en retraite.

— Tuez les bêtes, cria quelqu'un derrière eux.

— Ouais… Tuez-les, ça apprendra au Petit Cochon à venir fouiner par ici.

Gameknight ignora ces commentaires et rengaina son épée. Il tendit alors la main, celle-là même que le loup des Contrées du rêve avait léchée, et s'avança. Les loups lui grognèrent après à son tour.

— Gameknight… recule, conseilla Crafter. C'est trop dangereux. Ces loups pourraient te tuer.

Il ignora son ami et continua d'avancer. Derrière lui, il entendit le craquement caractéristique du bois sous pression : les PNJ encochaient des flèches et bandaient leurs arcs. Il leva la main gauche pour prévenir tout tir intempestif et continua d'approcher, la main droite tendue devant lui.

Au bout de quelques pas, il regarda l'un des loups droit dans les yeux. Ce n'était pas le chef de meute, mais il faisait déjà une belle taille. En cas d'attaque, Gameknight n'aurait même pas le temps de dégainer son arme… Il prolongea le contact visuel et fit un pas de plus.

— C'est bon, personne ne va te faire de mal, déclara Gameknight d'un ton calme. (Le loup poussa un grondement sourd.) Je suis un ami.

Un nouveau grognement, des oreilles plaquées en arrière. Gameknight tendit la main vers l'animal. Le loup claqua des mâchoires et dénuda ses crocs. Soudain, il renifla l'air tout près des doigts tendus. Son museau extrêmement sensible avait capté une odeur. Il sentit le dos de la main, puis se figea, indécis, pendant un temps qui sembla durer une éternité à Gameknight. Alors le loup redressa les oreilles, la teinte rouge de ses yeux s'estompa, et il lécha la main tendue. Les autres bêtes s'approchèrent pour faire de même. Du coin de l'œil, Gameknight vit que les guerriers rengainaient leurs armes.

— Vite, sortez Herder de là, ordonna-t-il tout en caressant la tête du chef de meute.

Trois guerriers équipés de pioches s'avancèrent et, quelques secondes plus tard, Herder émergea de sa prison de pierre, l'air embarrassé.

— Que s'est-il passé ici ? demanda Mason d'un ton ferme. Nous essayons à tout prix d'échapper aux monstres et voilà que tu cries à l'aide. Comment as-tu fait pour t'emprisonner là-dedans ?

— Mais... euh... je n'ai p... je n'ai p... euh...

— Herder, c'est quelqu'un d'autre qui t'a fait cela ? demanda Crafter.

Le garçon dégingandé hocha la tête, l'air honteux.

— Qui a... qui a fait cela ? s'exclama Mason.

Crafter posa une main sur l'épaule du général et s'adressa à Herder :

— Peux-tu nous expliquer ce qui s'est passé ?

Herder regarda en direction des guerriers, puis de l'Utilisateur-qui-n'en-est-pas-un. Il avait encore les yeux rougis et des traces de larmes sur les joues.

Gameknight s'avança pour passer un bras autour de ses épaules. La présence rassurante de son idole permit au jeune garçon de reprendre son calme. Il respira un grand coup avant de parler :

— Bon, d'accord… Alors, vous voyez, certains guerriers ont dit que je p… que je pourrais devenir des leurs… vous savez… un soldat. Mais je devais d'abord pass… passer l'épreuve. Ils m'ont dit que je n'aurais qu… qu'une épée de bois. Je leur ai donné tous m… mes outils et j'ai pris l'épée, mais alors ils ont placé ces b… blocs autour de moi.

Tout en donnant ses explications, Herder gardait le regard braqué sur une vache qui ruminait à la lisière de la clairière.

— Qui a fait cela ? aboya Mason.

— C'est ma faute… tout est ma faute, balbutia le garçon. Mon papa av… avait raison. C'est ma faute.

— De quoi il parle ? demanda un des guerriers.

— Je crois qu'il a une case en moins, dit un autre.

Stitcher gronda comme un loup et se retourna pour lancer un regard furibond aux soldats.

Quelqu'un éclata de rire.

— Nous n'avons pas de temps à perdre avec tout ça, dit une voix revêche derrière Gameknight.

C'était Woodbrin, qui contemplait la scène d'un air agacé.

— C'est ma faute. J'aurais d… dû rester avec les an… les animaux comme papa me l'avait dit, bégaya

Herder en passant ses bras autour de l'encolure du plus gros loup, le chef de meute.

Il tapota amicalement le flanc de l'animal, puis il se tourna vers Gameknight.

— C'est là que je d... dois être, avec les animaux. C'est ma faute si je suis d... différent.

— NON ! s'exclama Stitcher. Nous sommes tous différents. C'est cela qui rend chaque communauté unique. Nous avons tous un don particulier qui profite aux autres. Moi, c'est l'arc. Mason, c'est le commandement. Quant à toi, c'est... euh...

— Ce qu'elle veut dire, intervint Crafter, c'est que nous avons tous nos particularités et nos différences. C'est comme ça. (Il haussa la voix afin que tout le monde l'entende.) Quant à ceux qui lui ont joué cette farce cruelle, sachez que vous faites du mal à toute la communauté en agissant ainsi. En nous aidant les uns les autres, en acceptant nos différences, nous pourrons accomplir de grandes choses. Mais si vous persistez à agir ainsi, vous finirez seuls et plus personne ne vous fera confiance.

Quelqu'un ricana.

En cherchant l'origine de ce rire, le regard de Gameknight tomba sur Wood Cutter, qui contemplait Herder avec un vilain sourire. Instinctivement, il recula d'un pas. Ses mésaventures à l'école le poussaient à éviter les brutes de ce genre à tout prix. Cependant, il buta sur Stitcher, juste derrière lui. La main crispée sur son arc, elle bouillait intérieurement en contemplant Wood Cutter. Gameknight avait honte de ne pas ressentir la même colère.

J'ai peur de ces harceleurs alors qu'ils ne peuvent rien me faire, songea Gameknight. *Quand je vois Stitcher, qui n'a peur de rien ni de personne... C'est sa sœur tout crachée. J'aimerais avoir ne serait qu'une once de son courage.*

Pourtant, l'espace d'un instant, il sut quoi dire au jeune garçon.

— Herder, tu as juste besoin d'être toi-même, lui dit-il. Ne cherche pas à changer ce que tu es pour des imbéciles comme eux... Ils sont trop égocentriques pour t'apprécier à ta juste valeur. (Il posa la main sur l'épaule du garçon.) Il te suffit de croire en toi et d'accepter le fait que tu es le meilleur dans ton travail. Personne n'a le droit de te rabaisser !

Herder hocha la tête.

— Nous nous occuperons de ce problème plus tard, gronda Mason en jetant un regard sévère à l'assemblée de PNJ. Pour l'instant, nous allons lever le camp et rejoindre le Pont vers nulle part. Que tout le monde ramasse ses affaires... nous partons.

Les soldats cessèrent de ricaner et se mirent aussitôt au travail.

Gameknight frotta amicalement la chevelure de Herder et lui murmura à l'oreille.

— Va t'occuper de tes animaux, Herder. Personne ne s'occupe d'eux aussi bien que toi.

Le garçon maigrichon essuya ses larmes et offrit un petit sourire à son idole.

— C'est vrai ?

L'Utilisateur-qui-n'en-est-pas-un lui tapota l'épaule.

— Vas-y, je passerai te voir tout à l'heure, ajouta-t-il.

En se retournant, il vit que Stitcher l'attendait de pied ferme.

— Tu dois les empêcher de le harceler, dit-elle d'un ton réprobateur.

— Que puis-je faire ? demanda Gameknight.

— Commence donc par lui parler ! Tu peux faire en sorte qu'il cesse de souffrir en silence. Lui donner de l'espoir, comme tu le fais avec les guerriers sur le champ de bataille. (Elle lui fit un petit sourire, tentant d'adoucir ses paroles.) Tout ce que je te demande, c'est d'être présent pour lui.

Sur ces mots, elle tourna les talons et prit le chemin du camp pour y rassembler ses affaires.

Gameknight poussa un soupir en la regardant s'éloigner, puis il se dirigea vers sa monture. Elle avait raison, il le savait pertinemment, mais voir Herder se faire harceler lui rappelait trop de mauvais souvenirs de l'école. Il voulait faire preuve de courage, aider son ami, mais il n'avait qu'une seule envie : se rouler en boule et disparaître. Il ne savait pas comment réagir face à ces brutes. Il monta à cheval en poussant un nouveau soupir. Une fois que tout le monde fut prêt, l'armée sortit du bois pour rejoindre la rivière qui longeait le biome désertique.

Alors qu'il marchait le long des dunes, Gameknight aperçut quelque chose à l'horizon. C'était une sorte de structure de pierre, très élaborée, qui montait vers le ciel et disparaissait quelque part dans les nuages… Ils venaient de trouver ce qu'ils cherchaient. En observant cette immense structure, Gameknight ne put retenir un frisson de peur. Quelles sortes de dangers les attendaient au bout du Pont vers nulle part ?

15

Le Pont vers nulle part

L'armée progressait dans le désert brûlant en direction du Pont vers nulle part. L'arche montait droit vers les cieux en une courbe élégante et traversait les nuages sans qu'on puisse en voir l'extrémité. C'était la plus grande structure que Gameknight ait jamais vue dans Minecraft… à l'exception de la terrible forteresse du Nether de Malacoda. Elle faisait au moins vingt blocs de large, si ce n'est plus. Une vaste volée de marches partait des sables du désert et surplombait la rivière qu'ils longeaient actuellement. De grandes colonnes de pierre taillée soutenaient tout du long l'arche majestueuse. Chaque pilier était orné de blocs étincelants de lapis-lazuli et d'émeraudes. Le tablier du pont arborait des blocs de redstone qui flamboyaient sous la lumière écarlate du soleil. Gameknight eut l'impression d'y voir des gouttes de sang fossilisées et il frissonna devant cette vision morbide.

Il sauta de sa monture et s'approcha de l'escalier, puis monta les marches avec appréhension. Arrivé au palier menant à la chaussée du pont, il aperçut une pancarte fixée sur la rambarde. En allant plus près, il constata qu'il s'agissait en fait d'un cadre contenant une rose. Celle-ci n'avait plus la moindre couleur, comme délavée par le soleil ou le passage du temps. En collant son visage contre le cadre, il se rendit compte que les pétales semblaient légèrement brillants, presque métalliques.

La Rose de fer! Nous l'avons trouvée!

Gameknight tendit la main vers la rose pour la saisir mais, au lieu de se refermer sur les pétales de fer, sa main passa à travers l'image.

—Alors, vous arrivez à la prendre? demanda un des PNJ derrière lui.

Gameknight réitéra l'expérience, mais sans succès. Sa main se refermait sur le vide, comme si la fleur n'avait aucune substance.

—Non, répondit-il en reculant d'un pas.

Un PNJ s'approcha pour essayer à son tour, mais ses doigts pixelisés n'arrivèrent pas à saisir la fleur.

—Qu'est-ce que ça signifie? demanda quelqu'un.

—Ce n'est qu'une pancarte, dit Crafter. Un signe pour confirmer que nous sommes sur la bonne voie. Ce n'est pas la Rose de fer, elle doit se trouver de l'autre côté du pont.

—Nous ne savons même pas où mène ce pont, dit Gameknight d'une voix légèrement tremblante.

— Il mène à la Rose de fer, répondit Woodbrin juste derrière lui.

Le tisse-lumière avait le don de surgir là où on ne l'attendait pas, ce qui ne manquait jamais d'agacer Gameknight.

— Il nous suffit de savoir qu'elle se trouve de l'autre côté, déclara Mason d'un ton confiant. Nous devons atteindre cette clé avant les monstres.

Il se tourna vers le vaste rassemblement de PNJ qui s'étendait du pied du pont jusqu'aux étendues désertiques qu'ils venaient de traverser. Tous leurs regards confiants étaient braqués sur lui.

— Un petit groupe va traverser ce pont et rapporter la Rose de fer, proclama Mason. Ceux qui resteront de ce côté-ci devront fortifier la zone, au cas où l'ennemi oserait s'attaquer à nous ici.

Il s'arrêta pour que la foule prenne la mesure de ses paroles, puis il poursuivit :

— Celui qui, prudent, se prépare à affronter l'ennemi qui n'est pas encore ; celui-là même sera victorieux, déclara-t-il avec emphase.

Gameknight observa Mason et réussit à croiser son regard. Le PNJ trapu ne put retenir une expression coupable, comme s'il avait été pris la main dans le sac, et détourna aussitôt la tête.

Je me souviens bien de cette phrase, se dit Gameknight. *Elle était affichée sur le mur de la classe de M. Planck, près du taille-crayon.* C'était une citation d'*un général japonais… Comment s'appelait-il ? Ah*! *oui, Sun Tzu. Elle provenait de son livre,* L'Art de la guerre… *Comment connaît-il ces choses-là ?*

— Préparez des champs de tir croisé pour les archers et de l'espace pour que la cavalerie charge l'ennemi, continua Mason, tout en évitant soigneusement le regard de l'Utilisateur-qui-n'en-est-pas-un. Bâtissez des couverts, des murs et des colonnes. Assurez-vous de…

Gameknight laissa son esprit vagabonder. Il repensa à cette bataille près du village de Crafter, là où Shawny et lui avaient affronté Erebus pour la première fois. Cela lui semblait remonter à un million d'années. Les conseils tactiques de Shawny leur seraient bien utiles en ce moment… C'est alors qu'il se rappela les paroles de son ami.

« *Nous attendons un raz-de-marée, mes amis*, avait déclaré Shawny. *On ne peut pas espérer stopper cette masse en restant rigide. Au contraire, il faut l'épouser et la guider là où nous voulons.* »

Un raz-de-marée… guider la masse… Ces paroles se réverbéraient dans son esprit, sans qu'il parvienne à combiner les pièces du puzzle. Soudain, il eut un éclair de lucidité.

— Il faut guider la masse de monstres et leur préparer une petite surprise, déclara-t-il avant d'éclater de rire.

Mason cessa aussitôt de donner ses instructions et se tourna vers Gameknight avec un air surpris.

— Hein ? s'exclama-t-il.

Gameknight planta son regard dans les yeux verts du PNJ. Il lui posa alors une main sur l'épaule en lui adressant un grand sourire.

— Je sais ce qu'il faut faire… Shawny me l'avait montré à l'époque, sur le serveur de Crafter.

— Guider la masse ? s'interrogea Mason. C'est vrai… C'est une solution…

Gameknight descendit quelques marches pour présenter son plan aux guerriers. Voyant les schémas qu'il traçait dans le sable, les PNJ hochèrent la tête : le plan était solide.

Quant à Mason, son sourire s'élargissait au fur et à mesure des explications de Gameknight.

Une fois qu'il eut fini, le général se redressa et ordonna de sa voix de stentor :

— Pendant que certains construisent, je veux que les autres commencent à miner. Nous avons besoin de ressources, alors autant commencer par ici. (Mason réfléchit un instant en contemplant Woodbrin du coin de l'œil.) Les tisse-lumière nous accompagneront de l'autre côté du pont. Votre aide pourra nous être utile.

— Nous ne pourrons pas vous aider là-bas, dit Woodbrin. (Il semblait aussi tendu qu'une branche sur le point de rompre.) Les tisse-lumière vont rester ici pour participer aux préparatifs de combat.

— Très bien, admit Mason à contrecœur. Nous irons récupérer la Rose pendant que vous autres tiendrez le pont.

Il dégaina alors son épée et la brandit bien haut.

— Les monstres vont avoir une mauvaise surprise s'ils tentent de s'en prendre à nous. POUR MINECRAFT !

— POUR MINECRAFT ! répondirent les guerriers en brandissant leurs armes.

Malgré les vivats des guerriers, Gameknight avait un sombre pressentiment. Il sentait que leurs ennemis n'allaient pas hésiter à les affronter ici et qu'une grande bataille aurait lieu au pied de ce pont. Il visualisait déjà Erebus, ricanant comme un dément, envoyant ses créatures vague après vague s'écraser contre leurs défenses. Le scénario de leur défaite tournait en boucle dans son esprit, sapant peu à peu son courage et sa résolution.

Mon plan va-t-il marcher ? Est-ce que nous allons tous mourir ? Et si Erebus trouve une parade et contourne nos défenses ? Et si…

Heureusement, les paroles familières de son père retentirent de nouveau dans sa tête, d'abord sous forme de murmure, puis sous celle d'un cri qui chassa d'un coup toutes ses hantises et le remplit de confiance :

« Ne gâche pas ton temps à appréhender l'avenir ! Oublie tes appréhensions et concentre-toi sur l'instant présent ! »

L'instant présent… Oui, c'est cela… Je vais me concentrer sur l'instant présent et oublier le reste.

Il fit le vide dans son esprit, repoussant ses peurs et rejetant ses angoisses qui l'empêchaient d'aller de l'avant. Ensuite, il dégaina son épée et commença à remonter le pont.

— Regardez, l'Utilisateur-qui-n'en-est-pas-un part chercher la Rose de fer, s'écria Mason. Avec Gameknight, rien ne peut nous arrêter. Son courage est un exemple pour nous tous !

Les soldats poussèrent des vivats.

Concentre-toi sur l'instant présent.

Une cavalcade résonna à ses oreilles. Crafter l'avait rejoint sur sa monture. Il tenait également la bride d'un autre cheval.

— Viens, chevauchons ensemble, lui dit-il.

Gameknight attrapa les rênes et sauta en selle. De là, il pouvait mieux distinguer la courbe du pont, mais son extrémité restait toujours invisible.

Mason les rejoignit au petit trot, suivi d'une vingtaine de cavaliers.

— Nous sommes prêts, dit Mason d'une voix ferme. Passez devant, Utilisateur-qui-n'en-est-pas-un. Menez-nous jusqu'à la Rose de fer.

Avant que Gameknight ait pu faire le moindre geste, une petite main le saisit au mollet : c'était Stitcher, accompagnée de Herder.

— Tu n'iras nulle part sans moi, dit-elle d'un ton sans appel. Ma place est à ton côté. Jusqu'au retour de ma sœur, je dois t'empêcher de faire des bêtises et m'assurer que tu restes sain et sauf.

Gameknight fronça les sourcils, mais elle se contenta de faire de même.

—Tu peux toujours m'abandonner derrière toi, je te suivrai quand même, ajouta-t-elle.

—Moi aussi, intervint Herder.

—Herder, ta place est auprès des…, commença Gameknight.

—Ma place est à votre côté ! s'écria-t-il d'un ton ferme en braquant son regard vairon sur Gameknight. Vous m'avez dit de c… croire en moi. Eh bien, c'est ce que je fais. Je sais que je p… peut aider et je v… viens avec vous.

Il étendit le bras et se hissa en selle, derrière Gameknight.

Celui-ci jeta un regard suppliant à Crafter, mais il se contenta de sourire en hochant la tête.

—Viens, Stitcher, dit le jeune artisan, tu peux monter avec moi. Je crois qu'il n'y a plus de place sur le cheval de Gameknight.

La jeune fille éclata de rire avant de rejoindre Crafter. D'un bond agile qui fit voltiger sa crinière rousse, elle monta en selle derrière lui, l'arc à la main.

—Allons-y, s'exclama-t-elle en adressant un sourire victorieux à Gameknight.

16

Le pont vers quelque part

Ils remontèrent le pont pendant une bonne dizaine de minutes. L'arche montait si haut que la rivière était désormais totalement hors de vue. De grands nuages cubiques dérivaient tout autour des grands piliers qui soutenaient le tablier multicolore. Les flamboiements de rouge, vert et bleu étaient atténués par ces nappes de brume.

En observant la pente des blocs, Gameknight comprit qu'ils approchaient du sommet de l'arc et qu'ils n'allaient pas tarder à redescendre. Cependant, ils découvrirent avec stupeur que le pont s'achevait sur un portail.

Un énorme rectangle de lumière violette coupait la voie sur toute sa longueur. Les manteaux du portail étaient bâtis directement sur les piliers soutenant le pont. Des petites particules violettes voltigeaient tout le long de l'ouverture, comme portées par un courant invisible.

Après s'être approché, Gameknight descendit de cheval pour regarder par-dessus la rambarde. En s'accrochant au bord, il se pencha pour regarder de l'autre côté du portail : le pont s'achevait brutalement au milieu des cieux. Même en construisant une plateforme pour éviter le portail, il n'y avait nulle part où aller. Il ne leur restait plus qu'à emprunter ledit portail ou faire demi-tour.

Gameknight conduisit sa monture par la bride jusqu'à l'ouverture scintillante, mais le cheval renâclait.

— Là, là, ça va aller, dit-il en lui tapotant l'encolure.

— Caressez-le comme cela, conseilla Herder en flattant doucement le museau du cheval.

Effectivement, sa méthode se révéla efficace.

— Nous devons franchir le portail, déclara Mason en les rejoignant.

— Je propose que Gameknight et moi partions en reconnaissance de l'autre côté, déclara Crafter en s'approchant, l'épée dans une main et la bride de son cheval dans l'autre.

— Herder, Stitcher, j'ai besoin que vous restiez ici, leur intima gentiment Gameknight.

Crafter hocha la tête pour marquer son approbation.

— Il vaut mieux éviter d'alourdir les montures, expliqua Gameknight. Nous allons peut-être devoir galoper.

— D'accord, on reste, admit Stitcher, mais faites vite, ou bien nous vous rejoindrons.

Crafter lui adressa un sourire avant de se tourner vers le portail. En s'approchant du champ d'énergie violet, il adressa un regard appuyé à Gameknight, puis il s'engouffra dans la lumière en entraînant son cheval à sa suite. Sa silhouette vacilla quelques instants avant de disparaître.

Tous les regards se braquèrent sur Gameknight. Les soldats attendaient que l'Utilisateur-qui-n'en-est-pas-un rejoigne son ami. Il agrippa fermement les rênes de sa monture et s'approcha du portail. La peur qui montait en lui menaçait d'étouffer son courage, mais il réussit à l'ignorer le temps de franchir le seuil lumineux.

Pendant un court instant, il fut pris de vertige alors que le champ de force violet emplissait son champ de vision. En émergeant du portail, il fut d'abord surpris par la température ; il s'attendait à la fournaise du Nether, mais il régnait une atmosphère tempérée, plutôt agréable...

En levant la tête, il aperçut Crafter qui l'attendait sur sa monture.

— Ravi de te revoir ici, déclara le jeune PNJ d'un ton mi-figue mi-raisin.

— Allez, c'est parti, dit-il en enfourchant sa monture.

Le pont se prolongeait de ce côté du portail, descendant en pente douce vers le sol. Il n'y avait aucune menace visible.

— Attends-moi ici, dit Gameknight à son ami en entamant la descente.

Il éperonna son cheval et partit au galop. Le pont surplombait une vaste étendue d'eau, un gigantesque océan qui venait s'échouer sur une plage, droit devant. La chaussée se terminait par une volée de marches descendant jusqu'au sable. Cependant, il ne s'agissait pas d'un biome de désert ; le paysage qui l'attendait était étrangement pâle, couvert de sable, sans blocs de grès ni de collines rocailleuses. Tout était d'une blancheur laiteuse, un peu comme de la neige. Un sentier de gravier partait du pied de l'escalier et rejoignait plus loin deux grandes colonnes blanches, gravées toutes deux d'une silhouette de PNJ. Chaque statue arborait une longue robe à capuche. Une main brandissait une épée tandis que l'autre était tendue vers le haut, comme pour faire signe de s'arrêter.

En examinant le paysage de plus près, Gameknight ne vit aucune menace. Il n'y avait rien d'autre que ces deux statues de pierre qui gardaient l'entrée d'un lieu inconnu. Il tourna bride et remonta le pont au galop pour prévenir Crafter.

— Alors ? demanda le jeune PNJ. Il y a des monstres ?

— Non, rien, répondit Gameknight. Juste l'extrémité du pont.

Il descendit de cheval pour laisser à sa monture le temps de souffler.

— Fais venir les autres, dit-il à son ami. Je vous attends ici.

Crafter s'exécuta, descendant de cheval pour franchir le portail en tirant sa monture derrière lui. Il disparut en un clin d'œil puis, quelques minutes plus tard, il revint accompagné de Mason et de la troupe.

Stitcher était déjà sur le cheval de Crafter. Herder remonta avec plaisir avec Gameknight.

— Qu'est-ce qui nous attend là-bas ? demanda Mason en montant en selle.

— Il y a une terre étrange au pied du pont, répondit Gameknight, mais aucun monstre à proximité.

— Bonne nouvelle, s'exclama le guerrier. Nous sommes arrivés à la clé avant les créatures de la nuit. Allons-y.

Les guerriers descendirent la colline, Mason et Crafter en tête, Gameknight à l'arrière-garde. Une fois arrivés en bas, les soldats se mirent en position défensive, l'œil aux aguets.

Gameknight rejoignit au petit trot la tête de la troupe.

— Et maintenant, où allons-nous ? lui demanda Mason.

L'Utilisateur-qui-n'en-est-pas-un pointa du doigt le sentier de gravier et éperonna son cheval. Il partit au galop, l'épée en diamant au poing, suivi de près par Mason et Crafter. Les deux énormes statues surplombaient le chemin. Leurs robes sculptées de grès semblaient voltiger sous un vent imaginaire, tandis que leurs bras tendus paraissaient bâtis en blocs de fer. Gameknight et Herder jetèrent un regard nerveux aux deux silhouettes en passant auprès d'elles.

J'espère qu'elles ne vont pas s'animer subitement et nous écraser, songea Gameknight.

—À votre avis, dit-il à voix haute, qui a construit ces statues ?

—C'est le Créateur qui a tout construit ici, répondit Crafter d'un ton solennel. Il s'agit de son serveur privé, où il a effectué une bonne partie du développement de Minecraft. Tout ce que tu as sous les yeux a été conçu par lui.

—J'aurais préféré qu'il conçoive un moyen plus rapide d'arriver à sa stupide Rose, grommela Gameknight d'un ton agacé.

Sa remarque fit tiquer Crafter et Mason, mais arracha un éclat de rire à Stitcher.

Le sentier de gravier menait à un mur de huit blocs de haut. Derrière, on apercevait une montagne absolument colossale, faite entièrement de blocs d'un blanc étincelant. Il n'y avait pas la moindre trace de végétation autour d'eux : ni arbres, ni herbes, ni fleurs, juste une vaste étendue de cubes blancs et aseptisés. Devant eux, le chemin franchissait une petite ouverture de deux blocs de large. En arrivant au mur, Gameknight se pencha pour assener un léger coup d'épée à un bloc pâle. Il donna un son de cloche très pur, qui résonna dans tout le mur en une véritable harmonie sonore.

— Des blocs de fer, déclara Gameknight alors qu'ils empruntaient en file indienne le petit passage. Pourquoi quelqu'un s'est-il amusé à bâtir un mur et une montagne en blocs de fer ?

Une fois de l'autre côté, on distinguait plus clairement la montagne au loin. Sa surface lisse et brillante confirmait la présence de blocs de fer. Le sentier s'élargissait jusqu'à mener à une véritable arène entourée de hauts murs qui renfermait un bassin. La zone faisait bien cinquante blocs de large, d'un mur à l'autre. Seules quelques collines douces parsemaient les lieux. Là encore, il n'y avait aucun brin d'herbe ni la moindre fleur. La région semblait totalement stérile, à l'exception de quelques plantes grimpantes incrustées dans les murs de l'arène, étirant leurs filaments verdâtres sur les cubes de fer.

Une colline d'environ huit blocs de haut se dressait au centre de la zone. Le sommet brillait d'une vive lueur blanche, comme si quelqu'un y avait placé une sorte de torche.

— Ce doit être la Rose, déclara Crafter en montrant la butte du doigt. Allons-y.

Il était sur le point d'éperonner son cheval lorsque Mason lui saisit le bras.

— Attends, lui dit-il avant de se retourner en direction de la plage. Venez ici, vous autres, cria-t-il.

Un grand bruit de cavalcade résonna entre les parois de fer alors que la troupe de guerriers les rejoignait au galop.

— La Rose se trouve sur cette colline, leur dit Mason. Nous allons nous en approcher doucement et avec précaution. Que tout le monde descende de cheval et sorte ses armes.

Les soldats s'exécutèrent aussitôt, parés à toute éventualité, mais rien ne se produisit. L'arène baignait dans un silence sinistre. On n'y entendait aucun son, pas même le souffle du vent… absolument rien.

— Herder, tu vas rester ici pour retenir les chevaux, dit Mason. Les autres, suivez-moi

Le jeune garçon descendit de cheval et prit les rênes que lui tendait chaque guerrier. Il avait l'air déçu, mais résigné, car il savait qu'il était le plus apte à effectuer cette tâche.

Mason parcourut les derniers mètres du sentier jusqu'à la limite de l'arène, là où le gravier cédait la place à des blocs de fer. Il examina les lieux avant de poser un pied hésitant sur le sol de métal. Aussitôt, une série de tremblements et de grondements retentit. On aurait dit que les murs prenaient vie. Les blocs couverts de lierre commencèrent à bouger et des silhouettes émergèrent des parois. Elles avaient des jambes courtes et trapues, de longs bras et de larges épaules surplombées d'une grosse tête au sourcil froncé. Des yeux noirs s'ouvrirent brusquement avant de se braquer sur les intrus.

— Des golems de fer, s'exclama Gameknight en serrant fermement la poignée de son épée pour mieux lutter contre sa peur qui montait en flèche.

— Notre village en avait un, dans le temps, dit un des guerriers en rengainant son épée.

Le PNJ s'approcha alors du géant de métal le plus proche.

— Il n'y a rien à craindre, dit-il. Les golems sont amicaux envers les PNJ. Ils protègent nos villages des créatures. Ce sont nos amis. Regardez.

Le soldat marcha droit vers le golem, sans éprouver la moindre peur. Au contraire, il semblait même heureux d'avoir retrouvé une silhouette amicale. Hélas ! arrivé à moins de dix blocs du géant, celui-ci commença à émettre un grondement mécanique, semblable à celui de rouages cliquetant dans un tonneau de métal. Le bruit gagnait en puissance à chaque enjambée du guerrier.

Arrivé à quelques blocs du géant, le PNJ s'arrêta et tendit amicalement la main. La créature de métal le rejoignit en quelques enjambées, mais elle releva alors ses deux bras d'un coup sec, envoyant valser le guerrier dans les airs. Le soldat clignota en rouge une première fois sous l'impact du coup, puis une deuxième fois en s'écrasant au sol, avant de disparaître : l'impact l'avait tué sur le coup.

— Qu'est-ce qui s'est passé ? s'écria un des soldats.

— Il est mort, le golem a tué Carver…, gémit un deuxième.

— Qu'est-ce qu'on va faire… Fichons le camp d'ici !

Alors qu'ils contemplaient d'un air désemparé les possessions de leur camarade flottant au sol, d'autres géants de métal s'extirpèrent des parois. Ils avancèrent d'un pas pesant en direction du groupe, dans une cacophonie de grincements métalliques. Leurs regards haineux étaient braqués sur les PNJ… et sur Gameknight.

17

Battre le fer

Le sol tremblait tandis que de nouveaux colosses de métal émergeaient des murs pour s'avancer tout droit sur les PNJ. Leurs yeux sombres couronnés d'un sourcil froncé semblaient luire d'une haine farouche pour ces intrus.

— Voilà le plan, dit Mason. On fonce, on s'empare de la Rose puis on déguerpit en vitesse. L'Utilisateur-qui-n'en-est-pas-un conduira la manœuvre.

Tous les guerriers reprirent leur monture auprès de Herder et sautèrent en selle… à l'exception de Gameknight, qui semblait plongé dans ses pensées.

— Attention…, commença Mason.

Ce plan est un véritable suicide, songea Gameknight. *Comment puis-je y arriver ? Je ne sais pas si je serai assez futé et encore moins assez costaud pour affronter un de ces golems. Comment faire ? Et si jamais j'échouais ?*

— Prêt…, continua Mason.

Soudain, il eut un déclic. La solution était là, à portée de main…

Une ferme.

—Je sais ce qu'il faut faire, je sais ce qu'il faut faire! s'exclama soudain Gameknight. Vite, que tout le monde quitte les blocs de fer!

Les golems se rapprochaient de plus en plus.

Les soldats tournèrent bride pour galoper hors de l'arène et retourner sur le sentier de gravier. Dès que le dernier d'entre eux eut quitté les blocs de fer, les golems s'arrêtèrent net, puis commencèrent à faire demi-tour. Ils marchèrent d'un pas pesant jusqu'aux parois de l'arène et se coulèrent dans leurs emplacements désignés, disparaissant dans les murs métalliques. Certains guerriers restèrent bouche bée, d'autres poussèrent des vivats. Tous baissèrent leurs armes en écoutant l'Utilisateur-qui-n'en-est-pas-un prendre la parole.

—Écoutez, un jour, j'ai créé une ferme à golems pour récupérer leur fer, et je…

—Tu as fait quoi? demanda Crafter en rengainant son épée.

—Une ferme à golems, pour récolter leur fer. Tu vois…

—Tu veux dire que tu les as t… tués pour leur fer? demanda Herder.

—Eh bien… c'était à l'époque où j'étais un… Enfin, je veux dire que… (Gameknight baissa le regard, honteux.) Oui, lorsque j'étais un vandale, je les ai tués pour leur fer. Ce qui signifie que je sais comment les arrêter sans avoir à les combattre. Je sais comment nous en débarrasser sans les éliminer… et ainsi accéder à la Rose de fer.

Les soldats jetaient des coups d'œil nerveux aux rameaux de lierre qui serpentaient sur les parois de fer, dévoilant l'emplacement des golems prêts à tout pour protéger leur trésor. Il y en avait partout dans l'arène.

— Dis-nous de quoi tu as besoin, lui dit Mason en rengainant son arme, avant de faire signe à ses hommes de faire de même.

— Il nous faut beaucoup d'eau, expliqua Gameknight. Est-ce que certains d'entre vous possèdent des seaux ?

Quelques soldats s'avancèrent avec un récipient à la main.

— Parfait. Allez les remplir dans l'océan, au pied du pont. Rapportez-en autant que possible, ordonna Gameknight. Les autres, sortez vos pioches, nous avons du pain sur la planche. Nous n'aurons pas le droit à l'erreur. Vous avez tous vu ce qui se passe lorsqu'on essaie de tenir tête à ces monstres.

— Ce ne sont pas des monstres, intervint Herder.

— Oui, d'accord, admit Gameknight, mais ils sont tout de même dangereux. À présent, approchez-vous afin que je vous explique ce qu'il faut faire…

Tandis qu'il leur présentait son plan en détail, les soldats hochaient la tête en signe d'approbation.

Une fois qu'il eut fini, il fit le tour de l'assemblée pour récapituler le rôle de chacun. Ensuite, ils se rassemblèrent au bord de l'arène, en prenant bien soin de ne pas poser le pied sur les blocs de fer… Du moins, pas pour l'instant.

— Est-ce que tout le monde est prêt ? demanda Gameknight.

Les guerriers hochèrent la tête à l'unisson. Leurs visages pixelisés arboraient un mélange de peur et de doute.

— C'est parti, s'écria Gameknight en sautant à cheval, aussitôt imité par Crafter. Il faut que vous soyez prêts dès que nous arriverons sur vous, ajouta-t-il à l'adresse de Mason. Nos vies en dépendent.

— Nous serons prêts, répliqua le PNJ trapu, qui trépignait d'impatience.

— Et maintenant… POUR MINECRAFT ! hurla Gameknight en éperonnant son cheval.

Dès que sa monture et celle de Crafter pénétrèrent dans l'arène, le sol se remit à trembler alors que les golems émergeaient des parois couvertes de lierre pour converger sur les deux PNJ.

Mason et le reste de la troupe attendirent une minute ou deux, le temps que Gameknight et Crafter attirent les géants métalliques loin de leur position, puis ils partirent en courant, pioches et seaux d'eau en main. Ils se mirent alors à l'ouvrage, creusant un large rectangle dans le sol. Le vacarme des pioches de fer creusant les blocs du même métal était assourdissant. Peu de temps après, une fosse de six blocs de large sur douze de long s'ouvrait au milieu de l'arène.

Pendant que les guerriers s'affairaient, Gameknight et Crafter galopèrent vers la petite butte, suivis des golems à la démarche lente, mais implacable.

— N'oublie pas, nous devons agir comme sur le serveur précédent, face à Erebus et son armée, expliqua Gameknight. Il faut foncer et frapper, comme dans Wing Commander.

— Wing Commander ? s'interrogea Crafter.

— Peu importe, assure-toi que ces golems nous suivent pour protéger Mason et les autres. Nous devons les tenir occupés pendant qu'ils se préparent.

— Eh bien, ça ne devrait pas poser trop de problèmes, dit Crafter en pointant du doigt sur leur droite.

En tournant la tête dans cette direction, Gameknight aperçut une bonne dizaine de golems convergeant sur eux en battant des bras. Sur leur gauche, cinq colosses de fer s'approchaient avec un air féroce.

— Vite, fonçons au centre ! cria-t-il en piquant des deux.

Ils passèrent entre les deux groupes de monstres, à courte distance de leurs coups rageurs. Une fois passés de l'autre côté, ils obliquèrent chacun de leur côté vers les parois de l'arène, Gameknight à gauche et Crafter à droite. Chevauchant à bride abattue, ils tournèrent le long du périmètre, attirant les golems en direction des murs afin de créer une nouvelle ouverture au centre.

— Maintenant ! cria Gameknight.

Ils pivotèrent l'un vers l'autre et entraînèrent chacun leurs poursuivants vers le centre de la zone. Gameknight obliqua vers la Rose tandis que Crafter se dirigeait tout droit sur Mason, afin d'aller récupérer un golem qui menaçait les troupes en plein travail.

Gameknight remonta au galop la petite colline et, arrivé au sommet, il aperçut une rose solitaire, plantée dans un bloc de fer, dont les pétales métalliques dégageaient une aura éblouissante. Détournant le regard de son but, il se concentra sur les golems qui arrivaient de tous côtés. Une dizaine de créatures progressaient depuis une extrémité de l'arène en battant des bras, tandis qu'un groupe approchait depuis l'autre direction. Il avait du mal à déterminer leur nombre, tellement les grincements et les claquements métalliques se réverbéraient entre les parois.

Tirant sur sa bride, il força sa monture et ses poursuivants à partir sur sa gauche, droit sur une autre troupe de golems. Les créatures l'attendaient de pied ferme, impatientes de pouvoir écraser l'intrus, mais il se déporta au dernier moment, évitant de justesse un énorme poing métallique.

Gameknight frissonna. Il avait vu la mort de près.

J'ai eu chaud, se dit-il.

Cravachant sa monture à l'aide de ses rênes, il fit volte-face pour partir vers le fond de l'arène, attirant encore plus de golems vers lui. En jetant un coup d'œil du côté de l'entrée, il vit que Mason avait terminé la fosse rectangulaire et qu'ils étaient occupés à la remplir d'eau.

Ouf… il était temps.

—Allez, mes petits géants de métal, venez, cria Gameknight. Suivez-moi si vous le pouvez.

Poussant sa monture à l'extrême limite de ses forces, il galopa en zigzag, attirant les golems à sa poursuite tout en les menant vers le piège.

—Que tout le monde retourne à l'entrée, cria-t-il en s'approchant de la fosse remplie d'eau.

En arrivant, Gameknight vit que l'eau avait bien été placée à un angle du rectangle. Elle coulait ensuite sur six blocs de long, avant de tomber dans une fosse de deux blocs de profondeur. Il réduisit sa vitesse pour permettre aux golems de se rapprocher, puis il galopa tout droit dans le piège. Après avoir plongé dans l'eau courante, il avança de travers pour éviter d'être attiré vers la fosse. Une fois sorti de l'eau, Gameknight fit volte-face pour admirer le spectacle. Les golems fonçaient droit sur lui en battant des bras. Leurs grincements métalliques résonnaient comme des coups de tonnerre entre les parois toutes proches. Refrénant l'envie de se boucher les oreilles, Gameknight dégaina son épée.

Le premier groupe de créatures plongea dans l'eau. Leur rage fit rapidement place à la surprise lorsque le courant violent les emporta tout droit vers le canal, à l'extrémité de la fosse. Ils se rendirent rapidement compte qu'ils étaient coincés au fond, sans espoir de sortie.

Derrière Gameknight, les guerriers poussèrent des vivats en voyant les premières victimes du piège. À cet instant, Crafter galopa à son tour à travers le courant, poursuivi par une autre troupe de golems. Les titans de fer coulèrent à pic avant de subir le même sort que leurs camarades. Les puissantes créatures battaient des bras, luttant vainement contre le courant qui les emportait, mais ils n'étaient pas assez rapides pour échapper au piège.

Gameknight fut salué par de nouvelles acclamations en descendant de sa monture. Les guerriers scandaient son nom et portaient le poing à leur torse en guise de salut martial. Pendant ce temps, les golems restants continuaient d'affluer vers lui. Chacun d'eux le fusillait de son regard haineux. Leurs yeux étaient animés d'une rage meurtrière qui lui fit immédiatement penser à son ennemi juré, Erebus. On aurait dit que les colosses de fer étaient prêts à donner leur vie pour pouvoir le réduire en morceaux.

Quelques minutes plus tard, il ne restait plus qu'un seul golem dans l'arène. Cependant, celui-ci semblait plus grand, plus dangereux. Il avait des pupilles d'un jaune d'or qui étincelaient sous le soleil carmin. Les rameaux de lierre qui couvraient ses bras remontaient également sur sa tête, formant une sorte de couronne qui s'accordait parfaitement à son air majestueux.

Ce doit être leur chef. Le roi des golems, songea Gameknight.

La créature s'était arrêtée au bord du piège et dardait un regard venimeux sur l'Utilisateur-qui-n'en-est-pas-un. Celui-ci sortit son arc pour tirer sur le géant de métal, mais ses flèches rebondirent sur le corps de fer du golem, qui resta impassible. Après avoir examiné le rectangle, le roi des golems se mit à en longer le bord pour le contourner.

Oh! non, il ne va pas tomber dans le piège, pensa Gameknight. *Je vais devoir trouver le moyen de l'énerver pour qu'il fonce sur moi.*

C'est alors que son regard tomba sur la colline, loin derrière le colosse.

C'est évident. La Rose de fer.

Sautant en selle, Gameknight galopa de l'autre côté du bassin et fonça droit sur la rose. Du coin de l'œil, il vit que le roi des golems le pourchassait.

Je vais devoir l'atteindre et la déterrer avant que ce monstre ne me rattrape.

Piquant des deux, il cavala jusqu'au sommet de la colline. Une fois arrivé, il sauta au sol, une pioche à la main. Visant le bloc juste sous la rose, il frappa aussi vite que possible. Pendant ce temps, le grincement métallique du golem continuait de s'approcher.

— Va-t'en ! cria Stitcher depuis l'entrée. Il arrive !

— Allez-vous-en, Gameknight, cria quelqu'un d'autre. VITE !

Il ignora leurs cris et continua de cogner.

Le bloc de fer résistait à tous ses efforts. Gameknight persévéra, même s'il sentait désormais le sol trembler à chaque pas pesant du géant.

— Il est tout prêt, partez ! cria un PNJ.

Gameknight accéléra la cadence. Des fissures commençaient à apparaître sur le bloc de métal, mais sa pioche montrait également des signes de faiblesse.

« BLOUM », « BLOUM ».

L'impact des pas du golem était tellement fort que Gameknight manqua de basculer. Il mourait d'envie de lever la tête, juste un instant, pour voir la mort s'approcher. Toutefois, il savait que la moindre hésitation lui ferait perdre cette rude bataille. Il redoubla d'efforts, frappant le bloc de fer de toutes ses forces.

Soudain, dans un grand « crac », sa pioche rendit l'âme… Il avait perdu son pari. Par pur instinct, Gameknight baissa la tête juste au moment où un énorme poing s'abattait vers lui. En se relevant, il fut surpris de voir que le bloc de fer avait lâché en même temps que son outil, libérant la rose qui flottait au sol. D'un bond, il l'attrapa et esquiva une deuxième attaque, qui passa à un cheveu de sa tête.

Il courut vers son cheval sans se retourner et sauta habilement en selle, avant de foncer droit sur la fosse. Un grincement de rage retentit dans toute l'arène. Le roi des golems partit à sa poursuite à toute vitesse, ses traits métalliques déformés par la rage.

Une fois arrivé au bassin, Gameknight plongea dans la fosse remplie d'eau mais, plutôt que de remonter de l'autre côté, il resta au milieu, à lutter contre le courant. Il parvenait tout juste à rester sur place lorsque le golem arriva. Gameknight sortit alors la Rose de fer de son inventaire avant de la brandir bien haut. Les pétales émettaient une lueur vive qui l'engloba tout entier, comme s'il luisait de l'intérieur. Il entendait les golems hurler de rage depuis leur fosse, mais leurs cris furent vite couverts par celui du roi des golems. Il poussa un immense grondement mécanique qui fit vibrer les parois de l'arène.

— C'est ça que tu veux ? cria Gameknight au gardien. Alors, viens la chercher.

Le roi des golems hurla de nouveau, d'un cri si retentissant que la plupart des PNJ lâchèrent leurs armes pour s'écrouler au sol, paralysés par la peur.

— Rapportez ce que vous avez volé, rugit le géant de métal d'une voix de rouages grinçants.

— Ah ouais ? VIENS DONC LA CHERCHER ! hurla Gameknight en se rapprochant du bord du bassin.

Cette fois, le golem sauta à l'eau en battant violemment des bras. Gameknight fit volte-face au dernier moment, sans pouvoir éviter le poing métallique qui racla son épaule, manquant de lui faire lâcher la rose. Malgré la douleur qui irradiait dans tout son bras, il tint bon et poussa son cheval contre le courant, vers le bord opposé. Sa monture fit appel à toutes ses forces pour sortir de l'eau et remonter sur la terre ferme.

Le roi des golems lâcha un nouveau râle mécanique alors que l'eau l'entraînait de plus en plus loin, jusqu'à la fosse profonde où il se retrouva emprisonné avec ses sujets.

J'ai réussi, se réjouit Gameknight, *et je suis toujours en vie. Youpi !*

Le fracas des golems cessa brutalement. Ils se tournèrent à l'unisson vers l'Utilisateur-qui-n'en-est-pas-un et leur chef prit la parole.

— Nous reprendrons ce qui nous appartient, déclama le roi des golems d'une voix de stentor. Rien ne nous arrêtera. Nous surgirons là où vous vous y attendrez le moins et, cette fois-là, nous aurons l'avantage. Nous reprendrons ce qui nous appartient. À vous de voir si vous voulez mourir.

Gameknight frissonna, comme si les paroles du golem étaient prémonitoires. En descendant de cheval, il fut aussitôt entouré d'une nuée de soldats qui l'acclamèrent et le couvrirent d'éloges. Gameknight brandit la Rose de fer bien haut, laissant la lumière des pétales se déverser dans toute la zone. Plusieurs PNJ s'abritèrent les yeux face à son éclat.

— Allons, nous devons rejoindre les autres et trouver la seconde clé, déclara Crafter à la cantonade.

— Oui, allons retrouver le reste de l'armée, approuva Gameknight.

Après être remontés à cheval, ils s'engagèrent sur le sentier de gravier menant au pont. Les bruits de sabots se réverbéraient entre les parois de l'arène. Soudain, un bruit régulier résonna dans toute la zone. On aurait dit une sorte de tambourinement, comme si quelqu'un tapait sur une énorme cloche à l'aide d'un marteau de métal. En se tournant vers les bruits de gong, Gameknight vit que Herder s'affairait à briser les blocs entourant le piège à eau. Il tourna bride et trottina jusqu'au jeune garçon efflanqué.

— Qu'est-ce que tu fais ? lui cria-t-il par-dessus le vacarme.

— Ils sont p… piégés. On ne p… peut pas les laisser comme ça.

— Hein ? s'écria Gameknight en descendant de cheval.

Il rejoignit Herder et posa une main rassurante sur son épaule et l'autre sur son outil, en prenant soin d'éviter un coup de pioche. Dans le silence qui s'ensuivit, il lui demanda :

— Herder, qu'est-ce que tu fais ?

Abaissant sa pioche, le garçon se tourna vers son idole. Derrière lui, les golems continuaient de battre des bras dans l'eau, luttant contre le courant ou frappant les rebords du piège. Le sol vibrait à chaque coup alors que les colosses essayaient vainement de sortir de leur prison liquide. Seul le roi des golems restait sans bouger, contemplant d'un œil froid et haineux celui qui les avait emprisonnés : Gameknight.

— Ils sont piégés, dit Herder. Ils ne p... peuvent pas sortir.

— Oui, c'est le but.

— Que se passe-t-il ? demanda une voix derrière eux.

C'était Crafter, accompagné de Stitcher. Mason les rejoignit, un air impatient sur le visage.

— Il faut y aller, dit le PNJ trapu d'une voix forte, qui résonna dans toute l'arène.

En entendant sa grosse voix, les golems de fer cessèrent de lutter. Ils tournèrent leur regard noir vers Mason. Toute trace de haine s'était évaporée de leur visage. Même le roi des golems semblait étrangement apaisé en regardant le PNJ, mais sa colère se raviva dès qu'il tourna les yeux vers Gameknight.

— On ne peut pas les laisser p... piégés là, répéta Herder d'une voix brisée par l'émotion. C'est comme lors de ma partie de sp... spleef. Ce n'est pas bien... Il faut les libérer.

Il leva sa pioche et reprit son ouvrage, fissurant peu à peu les blocs de fer.

— Tu sais ce que c'est d'être piégé, n'est-ce pas, Herder ? demanda Crafter d'une voix douce.

Malheureusement, nous devons continuer notre route. Il faut atteindre la seconde clé.

Le jeune PNJ maigrichon ignora sa remarque et continua de s'activer.

Stitcher sortit sa pioche et se joignit à lui pour creuser une tranchée jusqu'aux géants. Gameknight poussa un soupir résigné et prit son propre outil. Au moment où il s'avança, les golems de fer recommencèrent à s'agiter, battant des bras dans tous les sens.

— Ils n'ont pas l'air de m'apprécier, dit Gameknight en reculant d'un pas avant de replacer la pioche dans son inventaire.

Mason lui tapota l'épaule, puis il s'avança en tenant une belle pioche de fer toute neuve. Les créatures de métal se calmèrent immédiatement en le voyant.

— Vous feriez mieux de retourner au pont, Utilisateur-qui-n'en-est-pas-un, déclara Mason. Vous avez toujours leur Rose de fer. Dès qu'ils seront libérés, ils se jetteront à votre poursuite. Il vaudra mieux ne pas être dans les parages.

— Ah bon ? répliqua-t-il d'un ton sarcastique. Stitcher, viens avec moi.

La jeune fille lui sourit et rangea sa pioche avant de le rejoindre en courant. Elle sauta en selle d'un bond agile, faisant voltiger sa chevelure rousse derrière elle.

Gameknight monta à son tour, prit les rênes et engagea sa monture sur le sentier de gravier menant au pont. En jetant un dernier coup d'œil par-dessus son épaule, il aperçut Mason qui délogeait le dernier bloc à coups de pioche, avant de reculer précipitamment pour laisser les monstres de fer sortir du piège. Ils ne retournèrent pas vers leurs réceptacles dans les parois de l'arène : les golems se mirent en branle pour suivre l'Utilisateur-qui-n'en-est-pas-un et leur Rose de fer.

Gameknight partit au galop en direction du pont. Un bruit de cavalcade lui indiqua que ses amis s'y dirigeaient aussi. En arrivant aux marches ornementées, il jeta un coup d'œil derrière lui. Les golems de fer avançaient d'une démarche pesante. À leur tête, on devinait la silhouette de leur roi, dont la couronne de lierre brillait sous l'éclat carmin du soleil. Même à cette distance, Gameknight sentit peser sur lui son regard haineux.

18

Encore une fois sur la brèche

Gameknight traversa le portail en premier. Dans son inventaire, la Rose de fer palpitait comme une chose vivante. Il sentait son pouvoir d'attraction le guider vers le nord, en direction de la seconde clé.

Il réprima un frisson. L'autre clé serait tout aussi dangereuse à obtenir, si ce n'est plus.

Stitcher tendit le cou pour essayer de voir au-delà de la courbe du pont.

— Tu aperçois l'armée ? demanda-t-elle.

— Je pense que nous sommes encore trop haut, mais ça ne devrait plus tarder.

Poussant son cheval au galop, il se laissa guider par la Rose de fer. D'un rapide coup d'œil derrière lui, il vérifia que le reste de l'escouade franchissait le portail. Crafter émergeait de la brume violette, accompagné de la silhouette malingre de Herder.

En se retournant, Gameknight sentit un frisson lui parcourir l'échine, comme si on avait parsemé sa peau de minuscules éclats de glace, s'enfonçant dans sa peau comme des aiguilles.

Il y a quelque chose qui cloche, songea-t-il.

Stitcher dut sentir sa nervosité, car elle se retourna aussitôt.

— Que se passe-t-il ?

— Je ne sais pas, répondit Gameknight, mais il y a un problème.

Éperonnant son cheval, il descendit en trombe la voûte du pont, tout en restant à l'affût de menaces potentielles.

Une sueur froide lui coulait dans le dos. C'était une sensation familière. Il l'avait déjà ressentie d'innombrables fois, lors de son rêve dans le sous-sol ou de ses incursions dans les Contrées du rêve.

— Il est là… Je le sens.

— Qui ça ? demanda Stitcher.

— Il est là… Il est ici.

En arrivant en bas du pont, il constata immédiatement que son instinct avait dit vrai. Un raz-de-marée de monstres s'écrasait sur leurs défenses. Pourtant, Gameknight comprit aussitôt qu'il ne s'agissait que d'une fraction des troupes de Malacoda : il n'y avait pratiquement que des créatures de l'Overworld dans cette horde, accompagnées de quelques alliés du Nether. Ce n'était pas un assaut en règle, mais plutôt une mise à l'épreuve de leurs forces. Le résultat était tout aussi mortel…

Des colonnes d'araignées géantes affrontaient les défenseurs sur la muraille de pierre qui délimitait le périmètre. À intervalles réguliers, des explosions de creepers éventraient des portions de mur pour permettre aux monstres de passer.

En l'absence de Gameknight, les villageois avaient bâti une série de murs. La palissade extérieure était désormais aux mains des monstres, qui tuaient sans pitié les PNJ trop lents ou trop occupés pour fuir. Heureusement, la majeure partie des défenseurs s'était repliée en bon ordre, comme prévu dans leur plan.

Les créatures se trouvaient désormais face à une nouvelle muraille de terre et de sable. Au sommet, des archers arrosaient de flèches les attaquants, mais leurs traits acérés ralentissaient à peine leur approche.

À l'arrière de la horde ennemie, Gameknight aperçut une importante troupe d'Endermen, dont la teinte noire contrastait vivement avec le sable du biome désertique. Une grande silhouette dominait ce groupe. Sa peau rouge sombre oscillait entre la couleur du sang séché et celle du charbon, tandis que ses yeux brûlaient d'un éclat écarlate. C'était Erebus, son ennemi juré… et son cauchemar personnel.

— C'est lui ? demanda Stitcher.

Gameknight opina du chef alors qu'un frisson glacé lui parcourait l'échine.

— Je crois que le temps est venu de lui apprendre à avoir peur de nous, dit-elle en sortant son arc de son inventaire.

— Non, range ton arme, lui dit Gameknight. (Stitcher se retourna pour lui adresser un regard surpris.) Range ton arc, répéta-t-il en descendant les dernières marches du pont.

Elle obtempéra, le sourcil froncé. Gameknight sortit alors son propre arc enchanté, dont la lumière iridescente illumina leurs deux visages.

— Ta sœur me l'avait offert, mais je crois que tu en feras meilleur usage.

Il lui offrit l'arme étincelante d'énergies magiques. Elle le contempla un instant, puis encocha une flèche, qu'elle décocha aussitôt dans les airs. Le trait enflammé grimpa bien haut dans le ciel avant de retomber dans la rivière, en contrebas. Elle se retourna vers Gameknight et lui adressa un sourire qui faisait chaud au cœur.

— Elle serait ravie de savoir que tu l'utilises, dit Gameknight.

— On le lui dira dès que nous l'aurons sauvée, répondit Stitcher. Nous allons bien la secourir, n'est-ce pas ?

— Si jamais nous survivons à cette journée… oui, nous irons chercher ta sœur.

Elle lui adressa un autre sourire radieux, avant de tourner le regard vers l'armée ennemie.

La horde se pressait vainement contre la barricade de terre. Soudain, dans un nuage de particules violettes, des Endermen apparurent au premier rang. Les créatures sombres décrochèrent des blocs de sable et de terre avant de se téléporter de nouveau, creusant ainsi des trous dans la muraille. Ils entamèrent alors un lent va-et-vient pour démolir l'édifice. Les archers avaient cessé de tirer, pour éviter d'énerver les créatures. Il ne leur restait plus qu'une seule chose à faire : battre en retraite.

Courant jusqu'au dernier mur, les défenseurs se positionnèrent comme prévu. Cet ultime rempart était composé de pierres à gauche et à droite, mais de sable au milieu. Des tourelles hérissées d'archers surplombaient ce dernier mur. Des épéistes, l'arme au poing, patientaient derrière les murailles avec la cavalerie. Devant les blocs de sable, le sol du désert avait été remplacé par de la terre. Depuis sa position, Gameknight distinguait des pousses d'arbre plantées çà et là : sans doute une petite surprise préparée par les tisse-lumière.

Une fois rejoints par Mason et Crafter, ils dirigèrent leurs montures vers un petit monticule de sable pour y observer la bataille. Les monstres arrivaient en masse à la dernière muraille. Au premier rang, des creepers tout crépitant d'électricité s'apprêtaient à la dévaster avec leurs explosions deux fois plus puissantes que la normale.

— Prêts ? cria Gameknight.

Tous les yeux des défenseurs se braquèrent sur l'Utilisateur-qui-n'en-est-pas-un.

— Lâchez les chiens de guerre, murmura-t-il avant de se redresser sur sa selle. MAINTENANT !

Les PNJ actionnèrent les leviers activant des circuits de redstone, qui enclenchèrent alors des pistons sous les monticules de sable. En moins d'une seconde, le mur sablonneux s'écroula dans un trou au sol, révélant une ligne de canons à TNT. Il s'agissait de longues structures rectangulaires, construites en pierre et alimentées par de l'eau courante. Dès que les soldats actionnèrent les torches de redstone reliées aux blocs de TNT, toute la zone s'illumina de clignotements blancs.

Au même moment, Grassbrin et Treebrin passèrent à l'action, utilisant leurs pouvoirs de tisse-lumière pour faire pousser des chênes majestueux, bloquant ainsi le champ de vision de la horde ennemie, et des étendues d'herbes hautes pour ralentir la charge.

Le premier canon cracha le feu. Un bloc de TNT détona, envoyant un cube clignotant dans les airs. Le TNT déjà allumé tomba au beau milieu de la foule piégée par les herbes. L'explosion éventra la terre, fit trembler le sol et élimina une bonne dizaine de monstres.

— FEU… FEU ! hurla Gameknight.

D'autres canons crachèrent leurs projectiles clignotants dans les airs. La cavalerie se prépara à charger.

— Encore une fois sur la brèche ! cria Mason. CHARGEZ !

Les cavaliers se jetèrent sur les monstres les plus proches, leurs épées cognant avec fracas sur les armures des squelettes et les armes des cochons zombies. Le combat fut terrible. Gameknight vit des gens qu'il connaissait disparaître dans un nuage d'objets, mais chaque guerrier tombé était remplacé par un autre. Les PNJ ne pouvaient battre en retraite. Ils combattaient pour sauver leur vie… celle de leur famille… et Minecraft.

La bataille tournait en leur faveur… les monstres semblaient sur le point de reculer. Hélas ! une flèche perdue alla frapper un des Endermen. Sous le choc, la créature sombre se mit à trembler. Ses yeux d'un blanc brûlant se posèrent sur ses congénères qui devenaient eux aussi enragés.

Une seconde plus tard, les Endermen se joignirent au combat et la balance pencha de nouveau en faveur des monstres. Les créatures ténébreuses se téléportaient d'un endroit à l'autre, attaquant sans relâche les PNJ, semant le chaos partout où elles apparaissaient.

Pour couronner le tout, les détonations des canons à TNT s'étaient tues. On entendait à la place un horrible grincement, comme des plaques de métal frottant l'une contre l'autre. Gameknight tourna la tête et le spectacle lui glaça le sang.

Les golems de fer.

Ils avaient traversé le portail et se dirigeaient vers leur groupe. Étrangement, ils ne semblaient pas s'intéresser aux défenseurs : ils fonçaient droit sur Gameknight.

Le roi des golems poussa un hurlement de rage métallique qui surprit tout le monde sur le champ de bataille.

— Je ne peux pas y arriver, marmonna Gameknight. Je ne peux pas l'emporter.

— Ne t'inquiète pas, lui dit Stitcher. (Assise en selle devant lui, elle tirait sans relâche sur les monstres.) Nous allons trouver une solution. Contente-toi de…

La fin de sa phrase fut noyée sous la vague d'angoisse qui lui submergea le cœur et l'esprit…

Tu n'es qu'un gamin… Enfuis-toi… Va te cacher.

S'enfuir… c'est exactement ce qu'il fit.

Piquant des deux, Gameknight chargea tout droit vers la horde de monstres, filant à travers les zombies, les creepers et les araignées. Tout en galopant, il aperçut Erebus au loin et croisa son regard surpris. Il se contenta de foncer aussi vite que possible, droit devant.

Stitcher poussa une exclamation de joie en regardant derrière eux. Les golems de fer poursuivaient leur but, la Rose de fer, mais les monstres leur barraient la route. Battant des bras, les puissantes créatures envoyèrent voltiger les créatures, qui périssaient en s'écrasant violemment, abandonnant derrière elles de la chair de zombie, des toiles d'araignées ou de la poudre. Les golems semblèrent redoubler de furie en affrontant leurs ennemis jurés de l'Overworld.

Les géants de métal écrasaient les monstres l'un après l'autre, broyant sous leurs pas ceux qui tentaient vainement de les combattre, envoyant valser les autres dans les airs. Au bout de quelques minutes, ce fut la débandade, et les rares ennemis survivants s'enfuirent sans demander leur reste.

Une fois suffisamment éloigné de la mêlée, Gameknight se retourna pour assister aux combats. De l'autre côté du champ de bataille, Erebus semblait fulminer de rage. Il disparut soudainement, dans un nuage de brumes violettes.

— Gameknight… nous avons gagné, s'écria Stitcher en se retournant vers lui.

— Hein… quoi ?

— Regarde, nous avons gagné.

Il détourna le regard de l'endroit où se trouvait Erebus. Il constata alors que les monstres s'enfuyaient vers le sud, poursuivis par la cavalerie, qui achevait les traînards. En revanche, les golems continuaient de se diriger tout droit sur lui.

— Écoute-moi, dit-il à Stitcher. Je vais attirer les golems loin d'ici, puis je vous rattraperai.

— Qu'est-ce que tu racontes ?

— Ils ne n'arrêteront pas tant qu'ils n'auront pas récupéré la Rose de fer. Je vais les conduire vers le sud et peut-être même en profiter pour tuer quelques monstres. Dis à Mason de se diriger vers le nord. C'est là que se trouve la seconde clé. Je vous rattraperai dès que je les aurai semés. Allez, vas-y.

Il la poussa gentiment du cheval avant de partir au galop.

Stitcher atterrit au sol et se redressa pour regarder Gameknight s'en aller, puis elle partit rejoindre l'armée à pied. Le sol tremblait sous les pas des géants de fer pourchassant leur proie. Leur souverain se dirigea alors vers Stitcher. Il s'arrêta devant elle, si prêt qu'elle distinguait les détails de sa majestueuse couronne de lierre. Elle se raidit en prévision d'une attaque mais, au lieu de cela, le golem leva lentement son poing. À l'intérieur, il tenait une rose, dont la couleur rouge contrastait vivement avec sa peau de métal. Elle accepta l'offrande d'une main timide, avant de regarder les golems continuer leur traque, sur la piste de Gameknight.

Elle porta la fleur à son nez pour inhaler son parfum. En entendant un bruit de sabots, elle leva les yeux. C'était une escouade de cavaliers, menée par Mason et Crafter. Elle accepta la main tendue de ce dernier et se hissa en selle. Au loin, les golems poursuivaient leur route.

— Prends garde, Utilisateur-qui-n'en-est-pas-un, et reviens vite, murmura-t-elle. Nous ne pourrons pas y arriver sans toi.

En rangeant son arc, elle eut une pensée émue pour sa sœur. Elle contempla alors les montagnes déchiquetées qui se dressaient au loin.

— Nous te retrouverons, ma sœur, proclama-t-elle à haute voix. (Elle regarda ensuite du côté où Gameknight était parti et poussa un long soupir.) Nous te retrouverons… je te le promets.

19

Erebus

Erebus se matérialisa au pied des montagnes escarpées. Une fois le nuage de particules dissipé, il contempla le pic rocheux. Le faîte de la montagne était constitué d'une aiguille pointant droit vers le ciel, entourée d'une série de pics presque aussi hauts. On aurait dit une gigantesque main griffue surgie du sol, les doigts tordus par une douleur immense.

Cette vision d'horreur lui réchauffa le cœur.

En examinant les environs, il aperçut l'entrée du tunnel. Des arbres mornes et dégarnis parsemaient la zone. Leurs branches dénudées se tordaient vers le ciel en une parodie de geste de désespoir. Au début, ces arbres difformes l'avaient rendu mal à l'aise, mais il commençait désormais à apprécier leur beauté tourmentée. Sur sa droite, le roi des Endermen aperçut quelques arbres encore dotés de feuilles. Rapidement, le feuillage de l'un d'eux commença à virer au gris, avant de partir en cendres. Erebus sourit devant ce spectacle réjouissant.

En s'approchant du tunnel, il repéra un tisse-ombre qui sortait de derrière les arbres mourants. Il s'agissait de celui qui ne parlait jamais, se contentant de les regarder de ses terribles yeux luisants. Zombiebrine ne leur avait jamais révélé son nom, mais tout semblait indiquer qu'il était le chef ici.

Il hocha la tête en direction du tisse-ombre et remarqua alors que cet artisan n'avait ni le nez bulbeux ni le monosourcil habituels des villageois et tisse-ombre de Minecraft. En fait, cette créature ressemblait plus à un utilisateur qu'à un PNJ. Cependant, il n'y avait aucun nom ni fil de serveur flottant au-dessus de sa tête. Il appartenait à ce plan d'existence, au même titre qu'Erebus et toutes les autres créatures, mais son apparence semblait trompeuse.

Intéressant, songea Erebus.

Le tisse-ombre s'engouffra dans le tunnel. Erebus s'apprêtait à lui emboîter le pas lorsqu'il vit le tunnel s'illuminer. Une forme enflammée approchait. C'était un blaze, en tête d'une troupe de ses congénères, suivi d'un groupe de Wither squelettes dont les ossements noircis prenaient une teinte orangée à la lueur des flammes. Ensuite, Malacoda en personne émergea de l'embouchure du tunnel. Le roi du Nether souleva immédiatement son énorme carcasse dans les airs. La grimace nerveuse qui barrait son visage poupin disparut aussitôt qu'il flotta de nouveau à l'air libre.

Zombiebrine et quelques tisse-ombre suivaient Malacoda de près. Erebus aperçut les yeux luisants de leur chef, au fond du tunnel. Il était assez proche pour tout entendre, mais suffisamment loin pour ne pas être vu… sauf par le roi des Endermen et sa vision affûtée.

Une nouvelle décoration trônait à droite de l'entrée : la cage de fer et sa prisonnière rousse, juchée sur un piédestal de pierre. Il lui adressa un vilain sourire avant de se tourner vers Malacoda.

— Où sont passées tes troupes, Enderman ? lui demanda le roi des ghasts.

— Détruites, pour la plupart. Les rares survivants devraient nous rejoindre d'ici peu.

Erebus courba la tête en signe de soumission. Malacoda pouvait facilement s'énerver en entendant ces mauvaises nouvelles. Il se prépara à cette éventualité en déployant ses pouvoirs de téléportation, mais il se rendit compte avec horreur que les particules violettes ne lui obéissaient plus : impossible de se dématérialiser.

En relevant la tête, il tomba nez à nez avec le sourire malveillant de Malacoda. Ses petits yeux rouges flamboyaient de colère et ses tentacules luisaient légèrement, comme s'il pratiquait une forme de sorcellerie.

— Tu t'en vas déjà, Erebus ?

— Euh… non… je voulais juste…

— J'en ai assez de tes excuses, rugit Malacoda. La seule raison pour laquelle tu es toujours en vie, c'est que tu peux encore m'être utile. À présent, dis-moi ce qui est arrivé au ramassis d'incapables que tu commandais.

— C'était l'Utilisateur-qui-n'en-est-pas-un, grimaça Erebus en prononçant le nom de son ennemi. Il disposait d'une forte troupe de PNJ. Ils s'attendaient à notre venue, mais leurs fortifications ne faisaient pas le poids face à nous.

— Et pourtant tu as été vaincu. Comment expliques-tu cela, Enderman ?

— Il avait des golems… euh… sire.

— Que dites-vous ? intervint Zombiebrine en s'approchant. Il commandait des golems de fer ? À quoi ressemblaient-ils ? Étaient-ils tous identiques ? Est-ce que l'un d'eux portait une couronne de lierre ?

— Oui, l'un d'entre eux portait une sorte de couronne de feuillage, répondit l'Enderman.

Zombiebrine se tourna vers l'entrée du tunnel. Grâce à sa vision nocturne, Erebus aperçut le changement d'expression du tisse-ombre caché dans les ténèbres : la nouvelle l'avait manifestement troublé et la lueur de ses yeux redoubla d'intensité. On aurait dit qu'il communiquait en silence avec Zombiebrine. Une fois leur conversation muette terminée, celui-ci se retourna vers Malacoda.

— Ils se sont emparés de la première clé ! s'exclama l'artisan au visage verdâtre. Les golems de fer étaient les gardiens de la Rose de fer. En temps normal, le roi des golems n'aurait jamais quitté son poste. C'est donc que la Rose leur a été dérobée.

Malacoda jeta un regard venimeux à Erebus, comme s'il était responsable de la situation.

— Ils ont dû bénéficier d'une aide extérieure, répliqua le roi des Endermen. Ils ont utilisé la nature pour battre nos forces : des arbres qui poussaient en un instant, des herbes hautes pour ralentir mes araignées... Ils ont forcément fait appel à quelqu'un.

— Pourquoi ne m'avez-vous pas informé de tout cela avant ? demanda Zombiebrine d'un ton acerbe.

Il jeta un coup d'œil à l'entrée du tunnel, puis il s'adressa de nouveau à Erebus et Malacoda.

— Ce sont les tisse-lumière qui les aident, expliqua-t-il.

Il porta ensuite ses mains verdâtres à sa bouche et émit un sifflement perçant qui fit grincer des dents son auditoire. Dans un grand bruissement de robes, une multitude de tisse-ombre émergea du passage souterrain.

— Nous devons partir à la poursuite de l'armée de la lumière afin de les anéantir, déclara Zombiebrine. Ils ont la première clé. Nous devons les exterminer. L'heure est venue de passer à l'attaque !

— Non ! s'exclama Erebus.

Tous les regards se tournèrent vers le grand Enderman.

— Il faut laisser l'Utilisateur-qui-n'en-est-pas-un nous mener à la seconde clé. Nous allons le laisser affronter les gardiens. Il nous suffira d'attendre qu'il débloque la Source pour nous. Ensuite, nous pourrons les attaquer.

— Voilà que tu parles comme si tu étais le chef ici, susurra Malacoda d'une voix venimeuse.

Erebus déploya ses pouvoirs de téléportation, mais sans succès. Du coin de l'œil, il aperçut une légère lueur à l'extrémité des tentacules de Malacoda.

C'est donc ainsi qu'il arrive à inhiber mon pouvoir de téléportation, songea-t-il.

Il se résolut alors à courber l'échine devant le regard haineux du roi des ghasts.

— Je ne vis que pour servir le roi du Nether, proclama-t-il d'une voix stridente.

Malacoda lui adressa un sourire méprisant.

— Je suis content de ne pas avoir à te remettre à ta place, Enderman, dit Malacoda. Pour l'instant, j'ai décidé de suivre l'Utilisateur-qui-n'en-est-pas-un. Je le tuerai lorsque le moment sera venu. (Il se tourna vers ses Wither squelettes.) Rassemblez les troupes, nous partons au plus vite.

— Et la prisonnière ? demanda un des blazes de sa voix monocorde et sifflante.

— Notre petit trésor restera ici, en sécurité. Mes Wither squelettes se chargeront de lui tenir compagnie.

— Vous êtes d'une grande sagesse, dit Erebus d'un ton obséquieux. Cependant, nous ferions peut-être mieux de l'emmener dans les tunnels et d'entourer sa cage de lave pour empêcher toute tentative d'évasion.

— Je n'ai pas besoin de lave pour la garder prisonnière, rétorqua Malacoda. Je vais laisser des gardes ici pour la surveiller. Ils n'échoueront pas dans leur tâche, contrairement à toi.

Malacoda fit un signe de tête à son général. Celui-ci brandit l'arc de Hunter pour saluer son maître, puis il rassembla une troupe. Une vingtaine de squelettes cendreux se mirent en position autour de la cage, l'arme au poing.

Pendant ce temps, le roi des Endermen s'approcha d'un de ses congénères pour lui murmurer :

— Reste ici discrètement et garde un œil sur la prisonnière. Viens me prévenir s'il se passe quoi que ce soit d'inhabituel. C'est compris ?

L'Enderman hocha la tête avant de s'éloigner jusqu'à un bosquet. De là, il se figea, indiscernable parmi les silhouettes d'arbres morts.

Soudain, Erebus sentit un picotement parcourir son corps. C'était une sensation étrange, comme si ses forces se trouvaient soudain décuplées. Il examina les environs, sans rien trouver d'anormal. Personne n'avait remarqué les changements survenus dans son corps rouge sombre. Il regarda tout de même en direction du tunnel, où il aperçut la silhouette du tisse-ombre aux yeux brillants travaillant sur quelque chose. Ses mains qui bougeaient à une vitesse folle s'arrêtèrent brusquement, en même temps que la sensation de picotement. L'artisan leva alors ses yeux brûlants vers le roi des Endermen et lui adressa un sourire entendu…

20

Un rêve éveillé

Gameknight rêvassait en avançant vers le nord. Il avait diminué l'allure pour permettre à sa monture de se reposer, après le galop effréné qui lui avait permis d'échapper aux golems.

Il venait d'attirer les géants de métal tout le long d'un pont de terre surplombant un gouffre. Il avait eu l'idée de créer cette passerelle pour piéger les monstres de l'autre côté et son plan avait été couronné de succès. Les golems l'avaient suivi comme des souris attirées par du fromage. Une fois arrivé de l'autre côté, il avait fait volte-face, franchi au grand galop le pont de terre puis fait sauter le tout avec du TNT. La crevasse s'étendait à perte de vue dans chaque direction : les colosses de métal allaient être bloqués un bon moment… mais pour combien de temps ? En le voyant s'échapper, le roi des golems lui avait lancé un regard haineux en proclamant ces dernières paroles :

— Vous n'échapperez pas à notre courroux, avait tonné le monstre de l'autre côté du gouffre. Rien ne peut nous arrêter. Nous reprendrons ce qui nous appartient. À vous de voir si vous voulez mourir.

Gameknight frissonna en se remémorant ces paroles sinistres. Il savait pertinemment que le roi des golems poursuivrait sans relâche la Rose de fer.

Il tâcha de se détendre en se laissant bercer par le pas tranquille de sa monture. Peu à peu, il se plongea dans ses pensées, sans plus rien voir du monde extérieur. Des souvenirs de sa vie d'avant défilaient devant ses yeux : ses parents, sa sœur, Shawny, la Team Apocalypse, l'équipe dont il faisait partie à Minecraft… jusqu'à ce qu'il les trahisse et qu'il soit banni pour vandalisme. Alors que ses pensées vagabondaient, une voix familière résonna dans son esprit. Une voix qu'il n'avait pas entendue depuis très longtemps, celle d'un ami… son seul ami, d'ailleurs.

C'était celle de Shawny.

Il essayait de le contacter, tapant son nom encore et encore sur son clavier. C'était d'ailleurs la méthode qu'avait utilisée Gameknight pour joindre son ami, lorsqu'il était au village de Crafter. Rien que d'y penser, il soupira intérieurement. Il aurait aimé retourner en arrière. À l'époque, il était juste plongé dans le monde de Minecraft, pas dans un conflit titanesque. Au moment où son esprit s'apprêtait à répondre à Shawny, ses messages disparurent, remplacés par la voix d'une autre personne familière… Hunter.

Une vision remonta à la surface de son esprit : *son amie, prisonnière d'une cage de fer, secouait les barreaux en insultant une troupe de Wither squelettes. Les monstres se moquaient d'elle en ricanant de leur voix cliquetante. Derrière elle, il pouvait distinguer une série de longues aiguilles rocheuses pointant vers le ciel. Des rubans de brume argentée s'effilochaient sur les flancs des pics montagneux. Les formations rocheuses étaient toutes courbées, comme si une entité maléfique s'était amusée à les déformer. Une large caverne s'ouvrait au pied d'un des pics et l'intérieur du tunnel était plongé dans des ténèbres terrifiantes.*

Une brume argentée se leva soudain et engloutit le paysage, squelettes compris. Hunter cessa alors de crier et regarda Gameknight droit dans les yeux.

— Utilisateur-qui-n'en-est-pas-un, tu dois venir me chercher, dit-elle d'une voix calme alors que les barreaux s'évanouissaient à leur tour.

Elle flottait désormais au milieu des nappes de brouillard. Ses cheveux roux flamboyant semblaient flotter dans des courants invisibles, entourant son visage d'un halo écarlate. Son regard brun se posa sur Gameknight et il comprit alors qu'elle le voyait réellement.

— Le temps est venu de devenir le véritable Utilisateur-qui-n'en-est-pas-un de la prophétie. Cependant, tu dois d'abord me secourir. Je connais leurs plans. L'armée va tomber dans un piège. Erebus et Malacoda ont l'intention de…

Soudain, il fut brutalement expulsé des Contrées du rêve. Son cheval venait de partir au galop, effrayé par un creeper caché derrière un arbre. La créature avait eu le temps d'exploser en emportant une partie du sol avec elle, mais la vitesse de réaction du cheval les avait sauvés.

Je dois la secourir avant qu'il soit trop tard.

Éperonnant sa monture, il partit au grand galop vers le nord. Au bout d'un moment, il commença à apercevoir des troupes dispersées.

C'était l'arrière-garde de l'armée.

En voyant le cavalier approcher, ils se placèrent en position défensive, épéistes à l'avant et archers derrière. Dès qu'ils reconnurent Gameknight, les guerriers poussèrent des vivats.

— L'Utilisateur-qui-n'en-est-pas-un est de retour !

Il traversa toute la formation pour rejoindre la tête de colonne, mais la nouvelle de son arrivée l'avait devancé. L'armée entière finit par s'arrêter.

Mason descendait de selle au moment où il les rejoignit. Stitcher était encore à cheval, devant Crafter, l'arc enchanté à la main. Gameknight s'avança jusqu'à eux et mit pied à terre.

— Je vois que l'Utilisateur-qui-n'en-est-pas-un a survécu aux golems et nous revient sain et sauf, dit Mason. J'espère que vous ne les avez pas anéantis.

— Ils sont toujours en vie, répondit Gameknight. Je n'ai fait que les retarder. Si nous traînons trop, ils peuvent encore nous prendre par surprise.

Il sentit alors une paire de bras l'enlacer ; c'était Stitcher, qui levait la tête vers lui en souriant.

— Je savais que tu reviendrais, dit-elle. J'avais dit à Crafter que tu…

— Nous n'avons pas le temps de discuter, l'interrompit Gameknight. Mason, Malacoda et Erebus manigancent quelque chose. L'armée est sur le point de tomber dans un piège.

— Un piège ! s'exclama le PNJ trapu en dégainant son épée.

Tout autour d'eux, le son des armes sorties de leurs fourreaux résonna dans l'air. Les autres guerriers avaient suivi l'exemple de leur chef et se préparaient au combat.

— Non, le piège n'est pas ici… du moins, je ne crois pas, expliqua Gameknight.

— De quoi s'agit-il, dans ce cas ? demanda Crafter, l'arme au poing, lui aussi.

— Je l'ignore, mais Hunter m'a dit…

— Hunter… Tu as parlé à ma sœur ?

— Oui, dans les Contrées du rêve. Elle a entendu les monstres discuter de leur plan. Nous devons partir la secourir sans tarder !

— Attendez, dit Mason en rengainant son épée. Vous avez parlé à Hunter dans un rêve et vous voulez qu'on parte à sa rescousse avec toute l'armée ?

— Exactement, répondit Gameknight.

— Et où se trouve-t-elle ?

L'Utilisateur-qui-n'en-est-pas-un se trouva à court de mots. Il ignorait où elle se trouvait exactement. Il examina rapidement les environs et son regard tomba alors sur une série de pics, tout juste visibles derrière la ligne d'horizon. Il y avait cinq éperons rocheux dressant leurs formes biscornues vers le ciel. Il ferma les yeux un instant afin de se remémorer la montagne de son rêve : son aspect difforme et maladif, les arbres dénudés parsemant ses flancs... Il ouvrit les yeux, dégaina son épée de diamant et la pointa vers le massif rocheux.

— Elle est là-bas, déclara-t-il d'une voix résolue, et je vais aller la chercher.

— Écoutez, Gameknight... je comprends votre sentiment de culpabilité d'avoir laissé Malacoda capturer Hunter à la forteresse du Nether, dit Mason. Cependant, partir à l'aventure en se fondant sur un simple rêve ne va pas nous la ramener. Vous ne pouvez rien y faire.

— NON ! Je la sauverai... seul, si nécessaire, mais je la sauverai.

— Tu ne seras pas tout seul ! s'exclama Stitcher en brandissant son arc.

— Toi aussi ? soupira Mason.

Stitcher hocha la tête.

Gameknight sortit la Rose de fer de son inventaire. Aussitôt, ses pétales métalliques illuminèrent la zone d'une lueur d'un blanc si pur que même l'éclat rougeâtre du soleil sembla s'atténuer. Il tendit la fleur à Mason.

— Prends-la, elle vous guidera jusqu'à la seconde clé, déclara Gameknight. Je vais sauver Hunter, puis je vous rejoins.

— Comment comptez-vous nous retrouver sans la Rose ? demanda Mason.

— Je le g… guiderai jusqu'à vous, bégaya quelqu'un.

Herder s'approcha de Gameknight en essayant de bomber le torse.

— Je peux sentir les animaux de t… de très loin. Ils nous gu… guideront jusqu'au camp.

Gameknight regarda le jeune garçon efflanqué et lui tapota amicalement l'épaule. Derrière eux, il entendit le chorus habituel de quolibets et d'insultes destiné à Herder. Le pauvre regardait désormais ses pieds, les épaules voûtées, alors que ces lâches le harcelaient de leurs chuchotements moqueurs. Pourtant, le jeune garçon ne cherchait qu'à aider. Gameknight regarda une dernière fois Herder et Stitcher avant de se tourner vers Mason.

— Nous partirons tous les trois sauver Hunter.

— Tous les quatre, intervint Crafter en s'approchant du groupe.

En sentant la main de l'artisan se poser sur son épaule, le garçon maigrichon releva la tête en souriant, le regard plein d'admiration pour ses héros.

Gameknight adressa un sourire à Mason en levant quatre doigts devant lui.

— Apparemment, nous sommes quatre, dit l'Utilisateur-qui-n'en-est-pas-un.

— Les quatre samouraïs, plaisanta Mason avant de leur adresser un sourire.

Pourtant, aucun d'entre nous ne porte de kimono, s'amusa Gameknight, qui avait reconnu là une référence à un vieux film.

— Nous reviendrons rapidement avec notre amie. Ensuite, nous affronterons Malacoda et Erebus.

Mason opina du chef et demanda qu'on leur apporte des montures fraîches. Une fois qu'ils furent tous à cheval, il s'approcha de Gameknight et lui murmura tout bas :

— N'oubliez pas notre but… sauver Minecraft.

— Bien sûr.

— Ne vous faites pas tuer en essayant de sauver une seule personne.

— Je n'abandonnerai personne, répliqua Gameknight. C'est notre dévouement envers nos amis qui nous différencie des monstres. (*Et des brutes*, songea-t-il.) Nous reviendrons rapidement, je te le promets.

— J'y compte bien, répondit Mason avant de lui adresser son large sourire dont il avait le secret.

Gameknight lui sourit à son tour, puis, suivis de ses amis, il guida son cheval en direction des pics rocheux qui se dressaient au loin.

21

Les monts déchiquetés

Ils chevauchèrent en silence, tout droit vers les escarpements rocheux, poussant leurs montures à la limite de leurs forces. En approchant des pics, Gameknight se rendit compte que le massif montagneux était gigantesque. La base faisait une bonne centaine de blocs de large.

Comment savoir lequel de ces cinq pics abrite Hunter ? Où peut-elle se trouver ?

Un défi impossible à relever.

— Quelle montagne allons-nous choisir en premier ? demanda Crafter.

Gameknight haussa les épaules.

— Je n'en ai aucune idée. Je n'ai aperçu qu'une seule fois l'endroit où elle est retenue prisonnière. De là où nous sommes, tout se ressemble.

— Écoute, dit Crafter, comme le disait ma grand-tante Baker : « Si tu es perdu, il te suffit de fermer les yeux et d'être à la fois à l'écoute de Minecraft et de toi-même. »

— Fermer les yeux. C'est évident ! s'exclama Gameknight en menant son cheval près d'un grand chêne, pas loin d'un des immenses pics rocheux.

Il mit pied à terre avant de s'allonger sur le sol.

— Qu'est-ce que tu fais ? demanda Stitcher.

— Je vais localiser Hunter, répondit Gameknight. Je vous conseille de descendre de cheval. Je ne sais pas combien de temps cela va me prendre.

Il ajusta son armure pour être le plus à l'aise possible. La dernière chose qu'il vit avant de fermer les yeux, c'était Herder qui courait vers les bois en marmonnant quelque chose. Alarmé, il se redressa aussitôt.

— Herder, où vas-tu ? cria Gameknight.

— Des amis… besoin de plus d'amis, répondit-il avant de disparaître au milieu des branches épaisses de la forêt.

— Il va revenir ? demanda Gameknight.

— Évidemment, répliqua Stitcher.

— Comment peux-tu en être sûre ?

— Parce qu'il ne t'abandonnerait jamais, expliqua-t-elle. Tu es comme un père pour lui. Il a beaucoup de respect et d'admiration pour toi. Tu ne vois pas à quel point il cherche à te faire plaisir ? Tu es sa famille, à présent, comme Hunter et moi. Herder me ressemble, de ce point de vue là : nous n'abandonnons jamais notre famille.

Ces paroles déclenchèrent un tourbillon de pensées dans son esprit…

Comme son père… mais je ne suis qu'un gamin. Je ne peux pas le considérer comme mon fils… ce serait trop bizarre… Bon, peut-être comme un petit frère.

Il poussa un soupir en tentant d'oublier le poids écrasant de ses responsabilités. Ensuite, il ferma les yeux et essaya de sombrer dans le sommeil… ce qui n'était pas une tâche facile, avec Stitcher et Crafter qui le regardaient, la montagne effrayante qui se dressait non loin de là et le fait de savoir que Herder était parti vagabonder. Il concentra ses pensées sur les Contrées du rêve… et se retrouva brusquement plongé dans la brume.

Les nappes argentées flottaient autour de lui. Il dégaina son épée avant de progresser lentement au milieu du brouillard. Il devait faire preuve de prudence, car il n'était pas le seul à pouvoir arpenter cette contrée : Erebus y était tout autant à son aise. Il essaya de contacter Hunter par la pensée, de sentir son courage, sa ténacité… et il la trouva.

Gameknight se tenait à l'orée d'une étrange forêt composée d'arbres dénudés, dont l'aspect torturé et maladif le mettait mal à l'aise. Entre les troncs, il distingua la cage de Hunter, montée sur un pilier de pierre. Une dizaine de Wither squelettes montaient la garde autour d'elle, un sourire haineux plaqué sur leurs visages squelettiques. Près de la captive, un énorme tunnel ouvrait sa gueule menaçante dans le flanc de la montagne. Une protubérance rocheuse en dents de scie surplombait l'entrée. Sur la gauche, une cascade s'écoulait de la montagne sur une bonne vingtaine de blocs avant de terminer sa course dans une large mare.

Il regarda de nouveau les arbres morbides et décharnés qui l'entouraient.

Je sais comment la retrouver.

— Réveille-toi… Réveille-toi… Réveille-toi.

Gameknight ouvrit les yeux en souriant.

— Tu l'as trouvée ? demanda Stitcher.

Après s'être redressé, il sourit en hochant la tête. La jeune fille se jeta alors dans ses bras, l'étreignant si fort qu'il aurait eu le souffle coupé sans son armure de diamant. Elle relâcha son étreinte pour le regarder droit dans les yeux.

— De quel côté ?

Il examina les pics rocheux, à la recherche d'arbres dépouillés de leurs feuilles.

— Celui-ci, annonça-t-il après l'avoir trouvé.

— Dans ce cas, allons-y, s'écria Stitcher.

— Que fais-tu de Herder ? demanda Crafter en préparant les chevaux.

— Il devra nous rattraper, répondit Gameknight en montant en selle. Je suis persuadé qu'il saura nous rejoindre. Je lui fais confiance. Allons-y, il faut retrouver Hunter avant la tombée de la nuit.

Les trois amis partirent en direction de la montagne. Pendant le trajet, Gameknight fouillait les bois du regard, dans l'espoir d'apercevoir Herder, mais en vain. Il entendait parfois des hurlements de loups… mais il n'y avait aucun signe du jeune garçon.

J'espère que j'ai pris la bonne décision, soupira-t-il intérieurement.

22

L'attaque des loups

Gameknight menait leur petite troupe le long de l'orée de la forêt, à l'ombre des pics qui se dressaient comme des griffes acérées vers le ciel. Même en faisant le tour de la montagne, le périmètre à couvrir était gigantesque. Sans la vision des Contrées du rêve, ils auraient pu fouiller la zone en vain pendant des jours.

Tout en progressant aussi discrètement que possible, l'Utilisateur-qui-n'en-est-pas-un cherchait des points de repère avec attention.

C'est alors qu'il tomba sur ce qu'il cherchait.

C'était un arbre mort aux branches dénudées. En s'approchant, il vit des cendres au sol, comme si les feuilles avaient subitement brûlé. Crafter s'approcha de l'arbre et posa la main sur son tronc noueux. Alors qu'il caressait l'écorce, Gameknight s'aperçut que son ami avait les yeux embués de larmes.

— Que genre de monstre peut infliger cela à un arbre innocent ? gronda Crafter, le regard plein de colère.

— Tu veux dire que ce n'est pas un phénomène naturel ? demanda Gameknight.

— Non, répondit l'artisan. Cela a été fait de manière délibérée, par un être cruel et maléfique. (Il tourna son regard vers Gameknight.) Nous devons trouver cette créature et la détruire avant qu'elle ne fasse souffrir Minecraft encore plus.

— Je crois que nous devrions commencer par sauver Minecraft, répliqua Gameknight, et ensuite nous nous occuperons de ton tueur d'arbres.

— Il n'a pas tué les arbres, expliqua Crafter d'un ton acerbe. Il les a meurtris. Il leur a arraché la capacité de pousser et les a condamnés à une vie de souffrances inutiles. Plus rien ne poussera jamais à cet endroit, même si nous le coupons. Cet être a blessé l'essence même de Minecraft. Nous devons l'arrêter.

— Je suis d'accord avec Gameknight, intervint Stitcher. Nous devons d'abord sauver Minecraft, et pour cela il faut secourir ma sœur.

Gameknight descendit de cheval et accrocha ses rênes à l'arbre mort. Il fit signe aux autres de faire de même.

— Continuons à pied, dit-il à voix basse. À partir de maintenant, nous devons faire preuve de discrétion. Le bruit des chevaux nous ferait repérer.

Ils approuvèrent tous les deux. Une fois les chevaux attachés, Gameknight partit en tête, l'épée au poing. Il marchait précautionneusement, prenant bien garde de ne pas écraser de branches tombées ou de feuilles. Il tâcha de visualiser l'emplacement exact de la cage de Hunter ; il se souvenait des arbres morts, mais surtout de la cascade qui dévalait le flanc de la montagne.

Il s'arrêta alors et ferma les yeux un instant.

— Qu'y a-t-il ? demanda Crafter, à l'affût de la moindre menace.

Gameknight leva une main pour lui intimer le silence et se fit tout ouïe. Il écouta la musique chaotique et discordante de Minecraft : des caquètements de poulets… le meuglement d'une vache… des hurlements de loup… et ensuite…

Oui, il avait trouvé : le son de l'eau en train de couler.

Il ouvrit les yeux et indiqua un point sur sa gauche.

— Par là, chuchota-t-il.

Il partit devant. Comme il se déplaçait accroupi, les lettres du nom flottant au-dessus de sa tête étaient légèrement atténuées. Stitcher et Crafter lui emboîtèrent le pas, l'arme au poing. Au fur et à mesure de leur progression dans la forêt, le son de la cascade gagna en intensité. Ils entendaient un autre bruit, une sorte de cliquètement d'ossements.

Des squelettes…

Gameknight adressa un signe de tête à Crafter.

— Tu les entends ? chuchota-t-il.

— Oui.

— On dirait qu'il y en a beaucoup.

— Il nous faut un plan, suggéra Crafter.

— Approchons-nous pour jeter un œil et nous verrons bien.

Crafter approuva du chef et ils poursuivirent leur route. Les trois compagnons avançaient avec précaution dans les bois, passant d'un arbre à l'autre pour éviter d'être vus.

L'épée enchantée de Gameknight et l'arc magique de Stitcher projetaient une lueur bleutée. Comme il craignait de se faire repérer, il rengaina son arme et fit signe à Stitcher de l'imiter. Puis les trois compagnons poursuivirent leur avancée. Les rayons du soleil se frayaient un chemin parmi le peu de feuillage restant, illuminant leurs corps de traînées rougeâtres.

Les cliquètements des squelettes étaient désormais clairement audibles. Tout en s'approchant, Gameknight remarqua que de nombreux arbres arboraient le même aspect maladif. Des petites piles de cendres parsemaient le sol. Dès qu'il passait près d'un tronc, Crafter posait doucement sa main sur l'écorce en murmurant quelques paroles. Une colère froide couvait dans son regard.

Gameknight s'arrêta un moment près d'un arbre pour écouter. Stitcher et Crafter l'imitèrent. Désormais, ils entendaient les squelettes parler, mais leur voix gutturale et cliquetante était difficile à comprendre. Ils semblaient se trouver de l'autre côté d'une colline. Gameknight grimpa doucement la pente, après avoir fait signe à ses compagnons de rester en arrière. Une fois à l'abri d'un large chêne dépouillé de ses feuilles, il jeta un coup d'œil rapide. En contrebas, il aperçut l'entrée béante dans le flanc de la montagne et le surplomb rocheux. Plus loin, le ruban bleuté de la cascade s'écoulait le long de la paroi jusqu'à une mare. Ils étaient au bon endroit.

Il passa derrière un autre arbre pour avoir une meilleure vue des environs. Le tunnel obscur donnait sur une zone dégagée où circulaient quelques squelettes. La cage de Hunter se trouvait près de l'entrée, juchée sur trois blocs de pierre. Hélas ! elle était soigneusement gardée par une bonne vingtaine de Wither squelettes, armés d'épées de fer. L'un d'eux possédait même un arc enchanté.

Comment affronter ces vingt monstres à trois ? se lamenta Gameknight.

Hunter valait bien deux guerriers à elle seule. S'il réussissait à ouvrir la cage et à lui donner un arc, elle pouvait faire basculer la situation en leur faveur. Il se rappela une des citations affichées dans la classe de M. Planck, une phrase de Sun Tzu tirée de *L'Art de la guerre* : « *Au milieu du chaos se trouve aussi une occasion.* » Le chaos, voilà ce dont ils avaient besoin... Une diversion, un moyen d'attirer les squelettes ailleurs afin qu'ils puissent relâcher Hunter et lui confier une arme.

Il descendit discrètement la colline pour rejoindre Crafter et Stitcher.

— J'ai aperçu Hunter… Elle est là.

Le visage de sa sœur s'éclaira subitement sous le coup de l'espoir et de l'excitation.

— Hélas ! il y a au moins vingt Wither squelettes autour d'elle.

Stitcher accusa le coup.

— Il nous faut donc une diversion, poursuivit Gameknight, afin d'attirer les squelettes et d'ouvrir la cage. Malheureusement, nous allons devoir…

Il fut soudainement interrompu par un concert de hurlements de loups qui résonna dans toute la forêt… Les animaux semblaient encore loin, mais leurs jappements furieux se rapprochaient d'instant en instant.

— Des loups ? s'écria Stitcher. Que faisons-nous ?

Il était très difficile d'affronter une meute de loups enragés. Ils attaquaient de tous les côtés à la fois, déchiquetant avec facilité les chairs de leurs ennemis. Les animaux semblaient se diriger droit sur eux.

— Vite, mettez-vous derrière moi, dit Gameknight en dégainant son épée de diamant. Nous combattrons dos à dos.

Stitcher et Crafter vinrent se placer derrière lui et se préparèrent au combat.

Rapidement, le hurlement lointain laissa place à un bruit de cavalcade sauvage, de branches brisées et de feuilles craquant sous des pattes. Une tempête approchait, sous la forme d'une multitude de bêtes furieuses et grondantes… Les loups semblaient totalement enragés.

Des petits cubes de sueur perlèrent au front de Gameknight tandis qu'il raffermissait sa prise sur son épée. Il se souvenait d'avoir déjà affronté une meute de loups, à l'époque où Minecraft n'était encore qu'un jeu. Le combat avait mal fini. Il se tourna vers ses amis et leur grimaça un sourire pour leur donner du courage. Ils avaient l'air terrifiés. Pour eux, l'issue du combat ne faisait aucun doute.

C'est alors que les loups surgirent devant eux.

C'étaient d'énormes créatures couvertes de fourrure blanche, les yeux rouges et flamboyant de colère. La meute comptait bien trente individus, largement de quoi exterminer leur petit groupe. Gameknight remarqua les colliers autour de leur cou, mais il était trop paniqué pour en tirer la moindre conclusion. Il se prépara à affronter les crocs acérés des loups.

La meute s'élança… et passa en trombe tout autour d'eux, zigzagant entre les arbres dénudés. Les loups grimpèrent la colline et dévalèrent l'autre versant en une vague irrésistible.

Au moment où le dernier loup passait à côté d'elle, Stitcher s'écria :

— C'est Herder !

Gameknight se tourna brusquement et vit le jeune garçon efflanqué courir à la suite des loups.

— Salut, Gameknight, dit-il en passant à côté de lui, un grand sourire plaqué sur le visage.

— Hein ? s'exclama celui-ci, complètement décontenancé.

— Allez, ils attaquent les squelettes ! cria Crafter en entamant l'ascension de la colline.

Encore sous le choc, Gameknight grimpa la butte à toutes jambes et s'arrêta au sommet, estomaqué par le spectacle qui l'attendait. La clairière était plongée dans le chaos alors que les loups blancs affrontaient les Wither squelettes noirs. Leurs crocs acérés brisaient les os comme du verre. En retour, les épées de fer tailladaient cruellement leur fourrure.

— Vite, nous devons les aider, cria Stitcher.

— Non, libère plutôt ta sœur, ordonna Gameknight en lui lançant une pioche de diamant.

Elle attrapa l'outil au vol et courut comme une flèche vers la cage de fer, Gameknight sur ses talons. Il se rua au combat avec fougue, frappant de tous côtés à grands coups d'épée. Esquivant une lame de fer, il taillada un squelette avant de virevolter pour bloquer une autre attaque. Passant habilement sous la lame, Gameknight balaya les jambes de son adversaire, puis transperça le squelette d'un seul coup.

Un coup d'œil rapide lui permit de voir que Crafter luttait férocement contre un des monstres. À ce moment précis, deux loups attaquèrent son agresseur, lui broyant les jambes et les bras sous leurs crocs. Le squelette disparut dans une explosion d'ossements et de boules d'XP. Leurs ennemis perdaient peu à peu le combat, mais ils représentaient toujours une menace mortelle.

Gameknight bondit en avant pour parer l'épée d'un squelette au moment où il allait frapper un loup blessé. Il le désarma d'un coup sec avant de précipiter son adversaire au sol, où deux loups se jetèrent sur lui et dévorèrent ses derniers PV.

« Clank ! »

Une flèche rebondit sur son armure de diamant, le repoussant sur plusieurs blocs. Il venait d'être touché par un arc… une arme enchantée.

Il se tourna pour apercevoir son agresseur : un Wither squelette en train d'encocher une nouvelle flèche sur son arc enchanté. Le monstre décocha son trait. Gameknight vit la flèche filer droit sur lui, comme au ralenti. Sur le coup, il se retrouva paralysé par la peur, incapable de réagir. L'instant d'après, il atterrissait lourdement au sol, plaqué par Herder, alors que le projectile passait en sifflant juste au-dessus d'eux. Le squelette, quant à lui, visa soigneusement la tête de Gameknight, qui avait perdu son casque et son arme dans sa chute. Son adversaire esquissa un rictus malfaisant, mais, au moment même où il allait décocher son trait, une flèche transperça le flanc du monstre, déséquilibrant son tir. Un deuxième projectile s'enfonça immédiatement dans son torse.

—Personne ne tire sur mes amis ! hurla Hunter. Et personne n'utilise mon arc sans ma permission !

Le projectile destiné à Gameknight s'était planté dans le sol à côté de lui. Pendant ce temps, Hunter arrosait le squelette de flèches, encore et encore… jusqu'à ce que la créature noire disparaisse dans un nuage d'os et de charbon.

—Et voilà le travail ! s'exclama Hunter.

Elle se précipita alors vers Gameknight alors que les loups s'occupaient des derniers Wither squelettes.

—Ça va ? lui demanda-t-elle en l'aidant à se relever.

Gameknight hocha la tête, puis chercha Herder des yeux. Il se trouvait étendu au sol, une flèche fichée dans le flanc. Il l'aida à se relever avec précaution.

—Est-ce que ça va ? lui demanda-t-il.

Herder fit la grimace en touchant la flèche qui dépassait de son corps, avant de lui adresser un grand sourire.

—Je vous avais dit qu… qu'il me fallait pl… plus d'amis, bégaya-t-il.

—Eh bien, tes amis sont arrivés au bon moment, s'exclama Gameknight en lui donnant une tape dans le dos, ce qui fit grimacer le jeune garçon.

—Heureusement que tu es tombé sur une meute de loups et pas sur un troupeau de cochons, ajouta Crafter qui s'approchait en souriant.

La repartie fit s'esclaffer Gameknight, ce qui ne lui était pas arrivé depuis une éternité. L'idée d'une troupe de cochons débarquant à la rescousse de Hunter était trop drôle pour qu'il garde son sérieux plus longtemps.

À ce moment-là, Stitcher arriva en courant et se jeta dans les bras de sa sœur. Hunter lâcha son arc pour lui rendre son étreinte tandis que des larmes coulaient le long de ses joues. Elles restèrent là, sans bouger, heureuses de se retrouver saines et sauves.

— J'ai eu tellement peur dans le Nether quand j'ai vu cet horrible ghast t'emporter, murmura Stitcher à l'oreille de Hunter. J'ai essayé de t'appeler, mais tu étais trop loin pour m'entendre. Lorsque je suis enfin sortie de cette forteresse… tu avais déjà disparu.

— Tu étais là-bas… Comment est-ce possible ?

— J'ai été faite prisonnière après… après la destruction de notre village, expliqua Stitcher dans des sanglots de joie et de tristesse mêlées. Papa et maman…

— Oui… je sais. Ils ont été tués.

Hunter se joignit au chagrin de sa sœur, pleurant toutes les deux sur le sort cruel de leurs parents. Leur famille avait été brisée par les plans maléfiques de Malacoda. Les deux orphelines restèrent longtemps dans les bras l'une de l'autre, avant que Stitcher relâche son étreinte pour s'adresser à sa sœur.

— J'avais fait promettre à Gameknight de venir te sauver, déclara Stitcher en essuyant ses yeux embués de larmes. Et nous voilà.

— Eh bien, je suis ravie qu'il ait tenu sa promesse, répondit Hunter en souriant à Gameknight. Et qui est ce nouveau venu ? Je ne pense pas te connaître.

En tendant la main vers Herder, elle aperçut la flèche plantée dans son flanc.

— Oh ! non, tu es blessé, lui dit-elle.

— Ce… ce n'est rien, répondit Herder. J'ai d… déjà eu pire.

— Ne me fais pas rire, Herder, intervint Stitcher. Tu ne vas pas me dire que tu as déjà vécu pire que l'attaque d'un Wither squelette ?

Le garçon maigrichon se contenta de regarder ses pieds d'un air coupable.

— C'est bien ce que je pensais, dit-elle. Mais tu as quand même fait du très bon boulot. Sans tes loups, je ne sais pas comment nous aurions pu sauver ma sœur. Merci, Herder.

Elle lui donna un baiser sur la joue et le serra dans ses bras.

Le visage rouge pivoine, le garçon détourna le regard. Hunter en profita pour saisir la flèche fichée dans son flanc et la retirer d'un coup sec. Herder poussa un cri de douleur et de surprise. Aussitôt, un concert de grognements résonna dans la clairière : la vingtaine de loups survivants s'approcha lentement de Hunter. Les bras écartés, Herder s'interposa immédiatement devant la meute.

— Ce sont mes amis, déclara le garçon. Vous devez les traiter de la même façon que moi.

Les animaux se calmèrent peu à peu, leurs yeux passant lentement du rouge au jaune.

— Nous devons partir immédiatement! s'écria Hunter. Je sais ce que manigance Malacoda. Il faut faire vite.

— De quoi s'agit-il exactement? demanda Crafter.

— Je vous expliquerai cela en route. J'espère que vous avez des chevaux, le temps nous est compté.

— Ils sont là-bas, dit-il en pointant son épée étincelante.

— Dans ce cas, allons-y, ordonna Hunter d'un ton péremptoire.

Le groupe partit en courant dans les bois, suivi par la meute de loups. Aucun d'eux n'avait aperçu l'Enderman perché sur un promontoire rocheux. La créature ténébreuse avait assisté à tout l'affrontement. Elle attendit que la petite troupe s'éloigne à travers les arbres, puis elle se téléporta dans un nuage de particules violettes afin de rejoindre son roi… Erebus.

23

Le plan de Malacoda

Lorsque l'Enderman lui fit part de l'évasion de Hunter, Malacoda poussa un hurlement de rage qui résonna dans toute la plaine. Son miaulement suraigu vrilla les oreilles et glaça le sang de toutes les créatures à proximité.

Erebus resta stoïque, sans même chercher à se boucher les oreilles comme les autres monstres. Cependant, il avait pris soin de s'éloigner du ghast avant de lui annoncer la mauvaise nouvelle. Il savait à quel point Malacoda pouvait frapper à une vitesse incroyable. Il ne tenait pas à ce que cette amère expérience se répète.

— Comment ça, elle s'est enfuie ? hurla Malacoda.

— Il l'a libérée, répondit Erebus d'une voix nerveuse.

— Il... Tu veux dire que...

— Oui, l'Utilisateur-qui-n'en-est-pas-un a arraché votre prisonnière des mains de vos Wither squelettes.

Je vous avais déjà prévenu que Gameknight agissait par surprise et au pire moment. Vous vous en souvenez ?

Malacoda se contenta de pousser un grognement en détournant le regard.

— Eh bien, c'est exactement ce qu'il a fait, poursuivit Erebus. Il a mis de côté sa quête de la seconde clé afin d'aller sauver cette PNJ.

— Cela n'a aucun sens, rugit Malacoda en s'élevant bien haut dans les airs. Pourquoi dérouter toute son armée pour sauver une seule villageoise ?

— Il n'avait pas toute son armée avec lui, répondit Erebus avec un sourire narquois. Il n'était accompagné que de trois PNJ.

L'Enderman proche d'Erebus lui murmura quelque chose.

— Ah ! oui, et il y avait aussi une meute de loups, ajouta-t-il.

— Quatre guerriers et des chiens ont vaincu mes Wither squelettes ? s'exclama Malacoda.

Il semblait partagé entre l'incrédulité et la colère. Sous ses yeux brûlants, les cicatrices en forme de larmes commençaient à pâlir de rage.

— Oh… j'ai oublié de préciser, ajouta Erebus en souriant, Gameknight était le seul guerrier présent. Les trois autres n'étaient que des enfants.

— QUOI !?

Malacoda était fou de rage. Il flotta jusqu'au blaze le plus proche et abattit ses tentacules à la vitesse de l'éclair. Dans un bruit de tonnerre, l'impact dilapida en un instant les PV de l'infortunée créature. Il n'en resta plus que quelques bâtons lumineux flottant au-dessus du sol.

—Comment as-tu pu laisser cela se produire ? hurla Malacoda à la face d'Erebus.

L'Enderman s'approcha et murmura des paroles destinées uniquement aux oreilles du roi du Nether :

—Si je puis me permettre… Votre Grandeur… j'avais suggéré de déplacer la prisonnière dans les tunnels et de l'entourer de lave. (Erebus s'arrêta, recula d'un pas pour être hors de portée des tentacules, et poursuivit à haute voix.) L'Utilisateur-qui-n'en-est-pas-un a insulté les monstres de l'Overworld et du Nether. Cependant, nous prendrons notre revanche bien assez tôt.

—C'est maintenant que je veux prendre ma revanche ! Je veux l'anéantir MAINTENANT ! rugit Malacoda. Nous allons passer à l'attaque et annihiler ces PNJ une bonne fois pour toutes.

—Non, répondit aussitôt Erebus, tout en reculant de nouveau.

—Qu'est-ce que tu as dit ? gronda Malacoda d'une voix rageuse.

—Ce serait une erreur… Votre Majesté suprême.

Erebus osa se rapprocher du ghast enragé, mais poursuivit en murmurant :

—Nous devrions laisser ces stupides PNJ nous guider jusqu'à la seconde clé et les laisser affronter les gardiens tout seuls. Une fois qu'ils l'auront prise, nous pourrons prendre notre revanche. (Erebus recula de quelques pas et éleva la voix pour que tout le monde l'entende.) Nous allons dérober les clés à ces PNJ insignifiants et nous pourrons alors nous emparer de la Source… et la détruire.

Erebus se téléporta au sommet d'une petite colline afin d'être au même niveau que Malacoda. Il contempla l'armée assemblée devant eux et ouvrit grand les bras.

— Camarades, la victoire est à portée de main. Les PNJ ne sont pas assez nombreux pour nous résister. Nous allons déferler sur eux comme un raz-de-marée et les balayer de la surface de Minecraft, comme si Notch lui-même n'avait jamais codé leur existence.

Les monstres acclamèrent ses paroles.

Erebus se tourna vers Malacoda. Le roi du Nether semblait en proie à une colère noire.

Je vais devoir faire preuve de prudence, songea l'Enderman, *pour le moment.*

Il poursuivit son discours en souriant.

— Le roi du Nether nous mènera à la plus grande bataille qu'on ait jamais vue… la bataille finale de Minecraft ! Après notre victoire, nous envahirons le monde physique et TOUT nous appartiendra !

Les monstres poussèrent de nouveaux vivats.

— Toutefois, nous devons faire preuve de patience et attendre le bon moment, ajouta-t-il sous le regard haineux de l'énorme ghast. Vive Malacoda, roi du Nether !

Erebus désigna de son long bras la créature obèse qui flottait à côté de lui, puis il brandit ses poings noirs vers les cieux. Les monstres répondirent par un charivari de grognements et de gémissements qui résonnèrent dans tout le paysage. La plupart des monstres assoiffés de sang ne quittaient pas Malacoda des yeux, mais Erebus vit que de nombreux regards étaient tournés vers lui. Il surveilla Malacoda du coin de l'œil : le ghast arborait un large sourire devant l'adulation de ses troupes.

Quel imbécile ! songea Erebus.

Bientôt, ces troupes seront à moi, libérées de l'influence de ce stupide ghast. Malacoda, tes jours sont comptés, se dit-il en levant un poing noir vers le ciel.

À la simple pensée d'éliminer son rival, un large sourire s'étala sur son visage.

24

Shawny

Ils chevauchèrent à vive allure, remontant vers le nord-ouest pour rejoindre Mason et l'armée. Gameknight ouvrait la voie, accompagné de Herder et de sa troupe de loups, qui formait un cercle protecteur autour d'eux. Stitcher, qui refusait de quitter sa sœur d'une semelle, montait à cru devant elle. Elles en profitaient pour se raconter mutuellement tout ce qui s'était passé depuis l'attaque de leur village. Quant à Crafter, à l'arrière, il surveillait les alentours à la recherche de menaces.

En milieu d'après-midi, ils passèrent d'un biome de collines boisées à une savane, un territoire inhabituel où poussaient d'étranges acacias. Leurs frondaisons plates aux feuilles gris-vert prenaient une teinte maladive sous le soleil écarlate de ce serveur. Avec leurs troncs disjoints et angulaires à l'écorce grisâtre, on aurait dit des arbres extraterrestres comparés aux chênes majestueux et aux pins luxuriants des biomes boisés. En revanche, Gameknight appréciait d'être sur un terrain plat, car on pouvait voir venir les ennemis de très loin. Les rares zombies ou araignées qui s'approchaient d'eux traçaient un sillon visible dans les hautes herbes jaunâtres, et Hunter s'en débarrassait rapidement de quelques flèches. Personne n'eut à dégainer son épée de la journée.

Ils couvrirent une bonne distance en chevauchant jusqu'au coucher du soleil, puis durant toute la nuit. Au matin, Gameknight accueillit avec soulagement le lever de l'astre du jour, même si la nuit s'était révélée plutôt calme, les monstres en maraude s'étant montrés rares.

Alors que la lumière matinale se déversait sur le paysage, il se tourna vers Crafter, qui l'avait rejoint en tête.

—J'ai toujours aimé les levers de soleil, dit-il en adressant un sourire à son jeune ami.

—Oui, moi aussi, répondit Crafter en souriant à son tour. Mon arrière-grand-oncle Taylor avait l'habitude de dire: «Quand le soleil se lève, Notch rend hommage à tous ceux qui ont survécu à la nuit. C'est une forme de renaissance, où tous les pêchés nocturnes sont lavés par la luminescence solaire.»

Soudain, son sourire se figea en une grimace de dégoût. Gameknight suivit le regard de son ami, vers l'est, où le soleil avait amorcé sa course dans le ciel en conservant une teinte rouge écarlate. On aurait dit que le paysage tout entier était plongé dans un lever de soleil permanent.

—Ça empire, dit Crafter.

—Ces maudits tisse-ombre, expliqua Hunter. Ce sont eux qui font subir cela à Minecraft.

—Pour quelle raison? demanda Gameknight en éperonnant son cheval.

—Ils n'ont rien dit là-dessus, répondit Hunter. C'était Zombiebrine, celui au teint verdâtre, qui parlait le plus. Par contre, il n'avait pas l'air d'être le chef. Il y en avait un autre, aux yeux brillants… C'est lui qui dirigeait les opérations, même s'il ne prononçait jamais le moindre mot.

—Ces tisse-ombre apportent leur aide aux monstres de Minecraft, déclara Stitcher. C'est évident. Mais, après tout, nous avons les tisse-lumière de notre côté…

Gameknight approuva du chef et talonna son cheval de nouveau pour accélérer l'allure. Ils croisaient peu de créatures dans ce biome, à l'exception de chevaux, qui semblaient à l'aise dans cette savane. En général, le moindre trajet le rendait nerveux, car il craignait de tomber sur une grotte ou un tunnel rempli de monstres. Toutefois, il se sentait particulièrement à l'aise ce matin-là, grâce à la meute de loups qui les protégeait de tous côtés. Les bêtes obéissaient à Herder au doigt et à l'œil. Dès qu'une araignée ou un creeper surgissait, les loups le mettaient en pièces immédiatement. Cela permettait à Gameknight de chevaucher en toute tranquillité.

Il finit par dodeliner de la tête, bercé par le mouvement régulier de sa monture. Le récent combat l'avait épuisé, sans compter leur longue chevauchée nocturne. Hélas ! ils n'avaient pas le temps de s'arrêter ; ils devaient rejoindre l'armée au plus vite. C'est ainsi qu'il sombra peu à peu dans un état de rêverie… qui le conduisit tout droit dans les Contrées du rêve.

Un brouillard argenté émergea du sol. Le cheval sembla un moment galoper sur des nuages, puis les nappes de brume s'élevèrent au-dessus des herbes hautes et des buissons, ne laissant plus dépasser que le sommet des acacias. Comme il était juché sur sa monture, la tête de Gameknight surgissait du brouillard alors que le reste de son corps restait plongé dans un froid humide. Il aperçut un instant ses compagnons à ses côtés, mais sous une forme diaphane, presque irréelle.

Bientôt, il se retrouva seul dans les Contrées du rêve.

Il guetta l'apparition de monstres, craignant une embuscade dans ce paysage fantomatique, mais il n'y avait pas la moindre créature… Cependant, Gameknight crut entendre un bruit. Il se retourna, sans rien voir d'autre que les nappes de brume. Il était pourtant sûr d'avoir entendu une voix.

— Gamekni…

Il l'entendit encore une fois, sur sa droite. Il tira sur ses rênes et partit dans la direction de la voix, mais il ne vit que les herbes hautes et les arbres étranges plongés dans la brume. Il était seul.

— Gameknight…

Cela provenait de derrière lui. Il se retourna sur sa selle, l'arme au poing.

Rien.

Il tira sur les rênes pour mettre sa monture au pas.

Je dois devenir fou, j'aurais juré entendre la voix de…

— Gameknight, tu es là ?

Shawny… on aurait dit son ami Shawny, son seul ami dans le monde physique. Il l'avait aidé à sauver le serveur de Crafter, à l'époque.

Comment est-ce possible…

— Gameknight, tu es là ?

Il fit appel à tous ses talents et se concentra sur l'image mentale de son ordinateur, dans le sous-sol de sa maison. Il visualisa ses mains sur le clavier, forçant ses doigts à lui obéir par la force de son esprit. Lentement, doucement, il s'imagina taper les lettres suivantes :

S… H… A… W… N… Y

— Gameknight, c'est toi ? OMG… On t'a cherché partout. Tout le monde est…

C'était Shawny. C'était à la fois merveilleux et troublant d'entendre sa voix, car le son provenait aussi bien de la brume argentée que de son propre esprit. En fermant les yeux, Gameknight visualisait presque les lettres dans sa tête, comme s'il lisait le texte sur un écran.

— Shawny, c'est vraiment toi ? ou bien je suis en train de rêver ?

— Évidemment que c'est moi. Je suis vraiment content de te savoir en vie, surtout après cette bataille. Où es-tu… et qu'est-ce qui s'est passé ?

Gameknight sourit en contemplant les nappes de brouillard qui s'enroulaient autour de lui.

J'ai trouvé Shawny… J'AI TROUVÉ SHAWNY !

Il était heureux et soulagé. Son ami allait peut-être pouvoir l'aider.

— Tu te souviens du sacrifice de Crafter lors du combat contre Erebus et les monstres de l'Overworld ?

— Bien sûr, répondit Shawny.

— Et tu te souviens quand je me suis fait sauter avec tout ce TNT ?

— Évidemment. Tous les utilisateurs en ont entendu parler.

— Eh bien, comme tu peux le constater, nous ne sommes pas morts. Nous sommes passés sur un autre plan et nous luttons toujours pour sauver Minecraft.

— Nous ? répliqua Shawny. Qui ça, nous ? Crafter est encore en vie ?

— Oui, il est toujours vivant, mais c'est un garçon à présent… Il est réapparu dans le corps d'un jeune PNJ.

— Il se passe toujours d'étranges choses dans Minecraft. (Gameknight approuva d'un grognement.) Alors, que se passe-t-il à présent ?

—Eh bien, nous avons affronté Erebus et Malacoda sur le dernier serveur, mais nous n'avons pas réussi à les arrêter.

—Erebus est encore en vie?! l'interrompit Shawny.

—Ouais, et son nouveau copain ghast, Malacoda, est encore plus terrifiant.

—Tu as le don pour te faire de chouettes amis, s'esclaffa Shawny. Alors, où es-tu maintenant?

—Nous avons suivi Erebus, Malacoda et leur armée de monstres jusqu'au serveur qui abrite la Source.

—Tu veux dire que tu as atteint la Source? À quoi ça ressemble? Je peux la voir? C'est quoi ton IP?

—Du calme, Shawny, c'est plus compliqué que ça. Tout d'abord, nous ne savons pas où se trouve la Source, nous sommes justement en train de la chercher. Ensuite, Erebus et Malacoda la cherchent aussi, et leurs troupes sont bien plus nombreuses que les nôtres. Autant te dire que nous courons au-devant de graves ennuis. J'aurais bien besoin d'un maître stratège comme toi.

Gameknight s'arrêta le temps d'examiner les environs. Il pouvait toujours percevoir les silhouettes de ses amis sur leurs montures, tandis que les loups avaient tous été engloutis par la brume argentée. Soulagé de ne voir aucun monstre à proximité, il poursuivit:

—Bon, où es-tu et qu'en est-il des autres utilisateurs?

—Eh bien, nous sommes dans le village de Crafter. Tu pourras lui dire que ses villageois sont sains et saufs. Et l'autre…

— Attends, l'interrompit Gameknight. C'est qui, ce « nous » ?

— Tous les utilisateurs. Ils sont là, avec moi.

— Hein ? Je n'y comprends rien. Tous les utilisateurs sont là ?

— Bien sûr, s'esclaffa Shawny. Ils ont tous entendu parler de ton sacrifice. Crois-le ou non, mais Gameknight est devenu un héros. (Shawny éclata de nouveau de rire.) D'ailleurs, le serveur de Crafter est le seul à être encore en ligne. Impossible d'accéder aux autres serveurs de Minecraft. Si quelqu'un veut jouer, il doit forcément venir ici. De toute façon, personne ne joue, nous sommes trop occupés à nous préparer.

— À quoi ? demanda Gameknight.

— À la guerre, répondit son ami. C'est la seule explication possible à la disparition de tous les serveurs.

— Tu as réussi à rameuter d'autres utilisateurs ? Tu sais, avec mon passé de vandale, je ne suis pas le joueur de Minecraft le plus apprécié.

— Tu rigoles ? Après ton coup d'éclat avec le TNT, tous ces monstres réduits en morceaux... tu es un héros. Tout le monde veut aider le grand Gameknight.

— Quoi ?

— Ouais, je peux t'assurer que tout le monde VEUT t'aider. Nous sommes donc tous réunis au village de Crafter pour préparer la bataille finale. On espère bien y participer pour sauver Minecraft.

— Je ne peux pas te promettre que je réussirai à vous amener ici, sur ce serveur, expliqua Gameknight. Si je peux y arriver, je le ferai. Nous aurions bien besoin de bras en plus pour affronter cette horde de monstres.

— Que veux-tu qu'on fasse de notre côté ?

Gameknight se creusa la cervelle pour tâcher d'imaginer le déroulement de la bataille finale, mais il lui manquait des pièces du puzzle. Il ne savait pas à quoi ressemblerait le champ de bataille, où se trouveraient positionnées les armées… Il y avait trop d'inconnues, trop d'interrogations. Les monstres posaient un problème épineux, mais il n'avait pas de solution à portée de main. C'est alors qu'il repensa à ce que Crafter lui avait dit. Un grand sourire de satisfaction se dessina sur son visage.

— Voilà ce dont j'ai besoin…

Gameknight lui présenta alors la première partie de son plan pour la bataille finale de Minecraft.

25

Sois toi-même

Gameknight fut tiré des Contrées du rêve par un grand éclat de rire. C'était Stitcher qui le regardait avec un sourire moqueur.

— Te revoilà enfin parmi nous ? demanda-t-elle.

— Hein ?

— Tu n'as pas arrêté de marmonner des choses étranges, expliqua Crafter en guidant sa monture jusqu'à lui.

— Marmonner ? dit-il d'une voix embarrassée.

— Tu étais dans les Contrées du rêve, pas vrai ? demanda Hunter.

Gameknight hocha la tête.

— Tu as réussi à y voyager tout en restant éveillé, déclara-t-elle d'un ton admiratif. Gameknight, tu es désormais un arpente-rêves accompli. Comme moi, comme l'étaient ma grand-mère Healer et son grand-père Woodcutter avant elle. Rares sont ceux à pouvoir arpenter les rêves. Beaucoup ignorent même leur existence.

— On dirait que tu es issue d'une lignée d'arpente-rêves, constata Gameknight. Est-ce que Stitcher en est une aussi ?

Hunter tapota l'épaule de sa sœur et fit « non » de la tête.

— Non, il est très rare que ce don touche plus d'une personne par famille. Je dois porter ce fardeau depuis que je suis toute jeune. J'ai pour devoir d'assurer la sécurité des Contrées du rêve. Vois-tu, toute personne qui y meurt décède également dans la vie réelle. Les arpente-rêves doivent donc veiller sur les visiteurs et prendre garde à eux… Comme je l'ai fait lorsque tu as rêvé d'Erebus envahissant ta maison familiale.

— Quoi ? s'écria Gameknight.

— Tu te souviens ? Tu rêvais que tu étais de retour dans le monde physique et que les monstres de l'Overworld déferlaient dans ton sous-sol. Pendant que tu affrontais Erebus, je me suis chargée des monstres à l'étage. Ce fut une bataille magnifique. La corde de mon arc n'a pas cessé de vibrer alors que j'abattais les zombies, les araignées et les creepers. Lorsque je suis tombée à court de flèches, j'ai rejoint le monde éveillé pour venir te réveiller. J'ai réussi en te flanquant par terre, tu te rappelles ?

Il hocha la tête. C'était juste après avoir rencontré Hunter, durant la nuit. Il se frotta machinalement le cou là où Erebus l'avait étranglé, même si la peau avait cicatrisé depuis longtemps.

—Alors, qu'est-ce que je dois faire de mon pouvoir d'arpente-rêves? demanda Gameknight.

—Tu dois protéger ceux qui se trouvent dans les Contrées du rêve... C'est ta responsabilité.

Gameknight hocha de nouveau la tête, tentant d'intégrer cette nouvelle donne. Il était sur le point de parler lorsque la voix de Herder résonna dans la savane.

—L'arm... l'armée, elle est là!

Herder se trouvait devant eux, car il avait voulu chevaucher en tête pour repérer les PNJ en premier. Il agitait ses bras maigrichons et ses loups joignirent leurs hurlements à ses cris enthousiastes. Ensuite, il poussa sa monture au galop pour les rejoindre.

—Nos troupes se trouvent juste de l'autre côté de la c... colline. On dirait qu'ils se rep... reposent pour le moment. Nous p... pouvons les rattraper.

Le soleil amorçait sa course vers l'horizon en prenant une teinte de plus en plus rouge. Comme Gameknight voulait rejoindre l'armée en toute sécurité, il éperonna sa monture pour partir au grand galop.

—Allez, tâchons de les rattraper avant la tombée de la nuit, annonça-t-il au reste du groupe.

Ils atteignirent le campement juste au moment où l'astre rougeoyant plongeait derrière la ligne d'horizon, enveloppant la savane d'un manteau écarlate qui céda rapidement la place à l'obscurité. En traversant le camp, ils furent accueillis par des cris de joie. Les guerriers entonnaient le nom de Gameknight comme s'il était un héros légendaire.

— Gameknight est là ! Les monstres n'ont qu'à bien se tenir…

— L'Utilisateur-qui-n'en-est-pas-un nous mènera à la victoire…

— Notre chef est de retour…

Ces vivats le rendaient mal à l'aise. Leur véritable chef, c'était Mason, pas lui. Le PNJ trapu était un général-né. Il avait une confiance et un don pour le commandement qui rassuraient les autres soldats. Gameknight se sentait comme un imposteur, un gamin apeuré de prendre la moindre décision, de faire la moindre erreur. Il voyait bien que les gens attendaient de lui l'impossible, à savoir assurer leur sécurité…

— Utilisateur-qui-n'en-est-pas-un ! s'écria une voix tonitruante.

C'était Mason, qui galopait vers eux. Il mit pied à terre et tout le groupe l'imita.

— Je vois que vous avez invité quelqu'un, dit-il en souriant. Content de te voir saine et sauve, Hunter.

— Ce n'est pas grâce à toi, rétorqua Hunter d'un ton acerbe.

— Nous devions tout faire pour trouver la dernière clé menant à la Source, répliqua le PNJ trapu. Tout le monde est heureux de te revoir ici. Tu sais, beaucoup de gens t'admirent. Ton habilité à l'arc est devenue légendaire.

— Peu importe, dit-elle d'un ton sec en tournant les talons, suivie de près par Stitcher.

— Vous feriez mieux de manger quelque chose avant de reprendre la route avec nous, enchaîna Mason.

— Où allons-nous ? demanda Crafter.

— Il y a un fort souterrain, droit devant, expliqua Mason. La Rose de fer nous y a menés.

Tout en parlant, Mason sortit de son inventaire la fleur métallique. L'aura brillante de ses pétales illumina toute la zone, comme s'ils se trouvaient au milieu d'une supernova.

— C'est toi qui devrais la porter, dit-il à Gameknight. Tiens, prends-la.

Le garçon lui prit la fleur des mains. Dès que ses doigts touchèrent la tige, il sentit la vibration quasi organique qui en émanait. En fermant les yeux, il entendit un grondement sourd, comme un orage couvant dans le lointain. Tout en plaçant la Rose de fer dans son inventaire, il se sentit irrésistiblement attiré vers le nord, vers ce fort dissimulé sous terre.

— Je veux savoir où nous mène cette clé, déclara-t-il en saisissant ses rênes.

— Je vais te montrer le chemin, répondit Mason.

— Non, je dois y aller seul, objecta Gameknight en montant en selle.

Mason le regarda d'un air inquiet, avant de hocher la tête.

— Prends le temps d'aller manger, Crafter, dit Gameknight. Toi aussi, Herder.

— Je p… peux aller avec vous.

— Non, j'y vais seul. De plus, tu dois garder le troupeau et t'assurer que tous les animaux vont bien. C'est ta responsabilité, les gens comptent sur toi.

Herder hocha la tête avant de s'agenouiller pour murmurer quelque chose à l'oreille d'un des loups. Il détala ensuite en direction du troupeau, suivi par sa meute.

— Je ne serai pas long, annonça Gameknight à Mason. Fais en sorte que l'armée soit prête à partir. Nous ne pouvons pas nous permettre de rester à découvert trop longtemps. Nous offrons une cible trop tentante pour Erebus et Malacoda.

Gameknight s'approcha pour lui murmurer la suite :

— Hunter les a entendus discuter de leur plan. Ils ont l'intention de nous laisser atteindre la seconde clé, puis de s'en emparer une fois que nous nous serons débarrassés des gardiens.

— Dans ce cas, nous ferions mieux d'atteindre la clé et la Source au plus vite, répondit Mason avant d'aller donner ses ordres aux troupes.

Gameknight sortit du camp en se laissant guider par la Rose de fer. Impossible de se tromper de route, il pouvait même sentir sa puissance depuis son inventaire. Alors qu'il s'éloignait du camp, Hunter galopa à sa rencontre, accompagnée d'une troupe de loups envoyée par Herder.

Il contempla les bêtes en souriant, mais adressa un regard noir à Hunter.

—Je voulais y aller seul… pour pouvoir réfléchir.

—Dommage pour toi. Il est hors de question que je te laisse faire des âneries juste après que tu m'as secourue. Tu ferais mieux de t'habituer à ma compagnie. Alors, où allons-nous ?

—Je voulais voir ce qui nous attend auprès de cette seconde clé. Mason a parlé d'un fort. Je voulais le voir de plus près.

—Quelle brillante idée ! dit-elle d'un ton sarcastique.

Gameknight se contenta de grommeler en piquant des deux dans la direction indiquée par la Rose de fer. Au bout de dix minutes environ, les deux cavaliers et leurs loups arrivèrent à un trou dans le sol, éclairé par des torches. Une escouade d'archers, sans doute placée là par Mason, gardait l'entrée. La vue des loups les rendit nerveux, mais en apercevant Gameknight ils se mirent au garde-à-vous, le poing plaqué sur le torse. Devant cette scène, Hunter ne put s'empêcher d'éclater de rire.

—Oh ! arrête, marmonna-t-il à son amie avant d'esquisser un sourire. Je suis venu examiner le fort, déclara-t-il ensuite aux archers. Quelqu'un est déjà entré à l'intérieur ?

—Non, Utilisateur-qui-n'en-est-pas-un, répondit un des archers. Mason a placé des torches à l'entrée puis nous a demandé de rester en faction ici en attendant son retour.

L'un des archers regarda les loups puis chuchota quelque chose à ses camarades, qui éclatèrent de rire en regardant Gameknight.

— Qu'y a-t-il ? demanda celui-ci au soldat. Qu'est-ce que tu viens de dire ?

— Je disais juste que le Petit Cochon a envoyé ses meilleurs amis vous accompagner, expliqua l'archer. C'est très gentil de sa part.

Les autres guerriers s'esclaffèrent. Leurs rires redoublèrent quand l'un d'eux imita la démarche de Herder.

Gameknight grommela quelque chose et fit mine d'ignorer les PNJ, mais il bouillait intérieurement. Il leur jeta un regard noir puis mit pied à terre et s'approcha de l'entrée. C'était un simple trou dans le sol s'ouvrant sur un escalier. Il descendit la première marche puis s'arrêta un instant, intimidé par tous les regards braqués sur lui. Il eut l'impression qu'on attendait de lui un discours héroïque ou un geste plein d'emphase. Gameknight ne pensait qu'à ce qui l'attendait en bas, dans les ténèbres, et réprima un frisson d'angoisse.

Il s'engagea dans l'escalier. Derrière lui, Hunter descendait les marches d'un pas assuré qui fit beaucoup pour atténuer sa peur. Au bout d'une trentaine de marches environ, ils atteignirent le fort.

Il était bâti en pierre, avec quelques blocs moussus ici et là. Il y régnait l'odeur typique des vieux souterrains à l'atmosphère confinée par des siècles d'oubli. C'était une odeur de secrets enfouis, de corridors scellés et de monuments antiques. Cependant, il y avait quelque chose d'anormal dans l'air. Gameknight inspira profondément pour tenter d'identifier ces effluves, en vain. C'était une senteur étrange et inconsistante. Il secoua la tête pour s'éclaircir les idées et continua son exploration.

Le fort était un labyrinthe de couloirs et de tunnels qui s'entrecroisaient et se terminaient parfois en impasses. Ils arrivèrent finalement dans un long corridor, où se trouvait un coffre contenant quelques babioles sans importance. Plus loin, ils tombèrent sur des genres de cachots. C'étaient des pièces fermées par des barreaux de fer, dont la porte ne s'ouvrait que par un bouton situé à l'extérieur. Gameknight n'avait jamais compris pourquoi les forts possédaient de telles prisons, mais il s'était habitué à la chose.

Sachant qu'il n'y aurait rien de valeur à l'intérieur, il ne prit pas la peine de visiter les cellules et continua de descendre le long corridor. Des torches placées çà et là illuminaient quelque peu les lieux, sans parvenir à chasser totalement les ténèbres. Certaines pièces restaient plongées dans l'obscurité. Gameknight préféra les éviter, plaçant simplement un bloc de terre à l'entrée pour empêcher quoi que ce soit d'en sortir.

Ils poursuivirent leur route dans les couloirs tortueux jusqu'à tomber sur un spectacle saisissant : une bibliothèque. Chaque mur était couvert de rayonnages de livres. Même le centre de la pièce était occupé par des étagères. En s'approchant, Gameknight eut la surprise de constater qu'il pouvait désormais déchiffrer les lettres sur la tranche des volumes, chose qu'il n'avait jamais pu faire quand il jouait à Minecraft pour s'amuser. À l'époque, les grimoires étaient rédigés dans l'étrange alphabet galactique standard. Ces lettres autrefois illisibles lui étaient désormais parfaitement compréhensibles.

Il sortit deux livres d'une étagère et souffla la poussière qui recouvrait leur couverture. L'un d'eux avait pour titre *La Grande Invasion zombie* et l'autre *L'Union*. Il aurait aimé s'asseoir pour les consulter, découvrir l'histoire de Minecraft, mais hélas ! il n'avait pas le temps.

— Hunter, as-tu déjà lu des livres comme celui-ci ? lui demanda-t-il.

Elle fit « non » de la tête. Ce vaste étalage de connaissances la laissait complètement indifférente. Il reposa les ouvrages afin de reprendre leur progression. La bibliothèque donnait sur un couloir poussiéreux où s'ouvraient deux portes de fer, menant chacune à une zone différente du fort. En passant de pièce en pièce, Gameknight sentit que les vibrations de la Rose de fer s'accéléraient. On aurait dit qu'elle sentait la proximité de la seconde clé et qu'elle avait hâte de la trouver. Ils approchaient du but. Gameknight dégaina son épée et avança avec plus de précautions.

Finalement, le duo arriva dans les profondeurs du fort, où régnait une atmosphère particulière. On aurait dit qu'une chose antique et cruelle y avait été enfermée pendant une éternité. Guidés par la Rose de fer, ils traversèrent un long couloir, passèrent à côté d'un coffre décoré et atteignirent l'ultime pièce de la forteresse. Dès qu'il en franchit le seuil, le sang de Gameknight se glaça dans ses veines. Il sut immédiatement à quoi ils avaient affaire.

Au centre de la salle, un bassin carré de trois blocs de large était empli de lave. La chaleur du magma lui rappela des souvenirs désagréables de leur dernier combat contre Malacoda et ses créatures du Nether. Un petit escalier montait jusqu'à une deuxième série de blocs juste au-dessus de la lave. Regroupés trois par trois en carré, ils formaient une structure étrange. Le centre de chacun de ces blocs comportait une ouverture béante, comme s'il fallait placer quelque chose à l'intérieur. Ils avaient tous la même apparence : une base verdâtre recouverte d'entrelacs de lignes jaune pâle. On aurait dit des objets extraterrestres.

— Qu'est-ce que c'est ? demanda Hunter.

Gameknight se contenta de soupirer.

Soudain, ils entendirent un bruit de grattement puis de glissement, comme si quelque chose venait d'émerger d'un endroit étroit. Un poisson d'argent émergea du fond de la pièce en se tortillant, serpentant sur le sol à une vitesse folle. Avec sa crête dorsale reflétant la lueur de la lave, on aurait dit une créature élémentaire de feu. Sa longue queue segmentée traînait derrière lui en émettant un son cliquetant qui résonna dans toute la pièce.

Gameknight descendit les marches menant à la pièce. Il devait tuer la créature le plus vite possible, car un poisson d'argent blessé appelait ses congénères à l'aide. En fonction du nombre de blocs infestés, un utilisateur ou un PNJ pouvait rapidement se faire déborder par une nuée de ces petites créatures, ce qui signifiait souvent une mort certaine. Alors qu'il se préparait à charger, Hunter tira deux flèches successives sur le monstre, qui clignota en rouge avant de disparaître.

—Joli tir, admira Gameknight.

Abattre un poisson d'argent était un véritable exploit.

Hunter lui adressa un sourire rapide en encochant une nouvelle flèche.

Gameknight contempla l'escalier menant à la plate-forme qui surplombait la lave. Il vit alors d'où la répugnante bestiole était sortie : un générateur de monstres. C'était une petite cage de métal, d'un seul bloc, placée en haut de l'escalier. Une forme indéfinissable tournoyait en son sein, tandis que des escarbilles et de la cendre voltigeaient de partout. Il s'en approcha rapidement, la pioche à la main, et réussit à détruire le générateur en plusieurs coups bien placés, juste avant qu'il n'expulse un nouveau poisson d'argent.

Depuis sa position surélevée, il aperçut un coffre dans un coin de la salle du portail. Il se rendit auprès du conteneur en bois et en souleva le couvercle dans un grincement de gonds rouillés. Un nuage de poussière lui sauta au visage, le forçant à détourner le regard en toussant. Une fois qu'il put examiner le contenu, il découvrit avec stupeur douze orbes étranges, de couleur verdâtre. On aurait dit qu'une douzaine d'yeux extraterrestres lui rendait son regard.

Il les ramassa un à un puis retourna en haut de l'escalier, devant le carré de blocs étranges.

—Alors, qu'est-ce que c'est ? redemanda Hunter.

Gameknight poussa un nouveau soupir. Il savait exactement de quoi il s'agissait et ce qui l'attendait ne le réjouissait guère.

Gameknight plaça délicatement un orbe dans chacun des orifices. Une fois inséré, chaque œil étrange se fondait dans la masse du bloc. Une fois qu'il eut terminé, le portail s'activa, emplissant la pièce d'une mystérieuse lumière verte, bien différente de la teinte pourpre des portails menant au Nether. On y distinguait des étoiles, comme s'il menait directement aux tréfonds du cosmos.

—Gameknight… de quoi s'agit-il ?

Il s'écarta du portail pour adresser à Hunter à un regard à la fois désespéré et terrifié.

Je n'y arriverai pas, pensa-t-il.

Il pouvait sentir le monstre tapi derrière ce portail, prêt à le pourchasser, le harceler, l'attaquer et l'anéantir. Il allait revivre le même scénario immuable qu'à son ancienne école: le plus fort s'en prenant au plus faible.

Pourquoi je n'arrive pas à faire preuve de courage?

— Ça va? lui demanda Hunter.

Gameknight soupira en haussant les épaules. La Rose de fer l'entraînait vers le portail, et la simple idée de le franchir le plongeait dans une terreur sans nom.

— Je ne peux pas y arriver, Hunter, je ne suis pas le chef qu'ils imaginent… Je ne l'ai jamais été.

— Qu'est-ce que tu racontes? C'est toi qui nous as menés à la victoire, à la forteresse de Malacoda.

— C'était différent. Ce portail mène à une chose terrible qui veut ma mort.

— Oh! Gameknight, tu ne sais pas ce que…

— Si, je sais. Je le sens et je suis terrifié. J'ai peur en permanence… Les monstres de Minecraft me rappellent les brutes qui me harcelaient à l'école… Je n'arrive pas à étouffer mes angoisses.

Hunter lui adressa un regard compatissant.

— Toutes ces peurs t'empêchent d'être toi-même, déclara-t-elle. Elles t'empêchent d'être le véritable Gameknight… le véritable Utilisateur-qui-n'en-est-pas-un. Tant que tu n'auras pas appris à gérer ces angoisses, tu ne seras jamais la personne que tu es destiné à devenir.

Elle rangea son arc dans son inventaire afin de venir le prendre par les épaules.

— Tu ne te rends même pas compte de ce que tu vaux vraiment. Tu sais faire tant de choses pour les autres. Tu es un ami formidable, mais tes peurs et tes angoisses te plongent dans le doute permanent.

Gameknight poussa un profond soupir et baissa le regard, avant de hocher la tête.

— J'ai toujours voulu défendre les autres enfants qui se faisaient harceler, comme Herder, mais je n'ai jamais osé le faire. Chaque fois, j'ai eu peur que les brutes me choisissent comme nouvelle victime. Alors, même si je savais que c'était mal, je gardais le silence. Et je cachais mes angoisses.

— Tu rejoues la même scène ici, dans Minecraft. C'est à cause de ces peurs que tu ne dévoiles pas ta vraie nature de chef. Je l'ai vu, lorsque les guerriers ont embêté Herder. J'ai vu que tu regardais ailleurs, que tu faisais semblant de ne rien voir.

Gameknight, envahi par la honte, hocha simplement la tête. Il songea avec tristesse à tous ces enfants qu'il n'avait pas réussi à soutenir… et à Herder. En fermant les yeux devant ces injustices, il n'avait pas été à la hauteur. Il devait faire mieux.

— Et si jamais je n'avais pas le cran de mener ce combat jusqu'au bout ? demanda-t-il. Et si jamais je ne tiens pas le coup lorsque tout sera sur le point de s'effondrer ? Au moment critique, quand tous les regards se porteront sur moi, lorsqu'il faudra que je sois fort… et si jamais je me défile comme un lâche, que je m'enfuis ?

Hunter poussa un grognement d'exaspération.

— Gameknight ! lui cria-t-elle d'une voix forte, qui résonna dans toute la salle.

Il releva la tête pour la regarder. Son amie se tenait droit devant lui, ses cheveux roux illuminés par la lueur du portail. Son attitude, sa posture, tout en elle respirait la confiance et l'assurance. Elle avait un but précis et elle n'avait peur de rien.

Pourquoi ne suis-je pas aussi courageux qu'elle ?

L'indécision, la peur… Hunter devait lire sur son visage comme dans un livre ouvert.

— Gameknight, tu sais ce que tu as à faire. Tu le sais chaque fois, c'est juste que tu ne t'en rends pas compte. (Elle s'approcha et baissa d'un ton.) Contente-toi de faire ce que tu fais le mieux.

— C'est-à-dire ? répliqua-t-il. Que puis-je faire de mieux que les autres ?

— Il te suffit d'être toi-même ! Gameknight le guerrier… le meneur d'hommes… celui qui résout les problèmes… et même le vandale. Endosse tous ces rôles du mieux que tu peux. Combats avec tes tripes et utilise tes talents de vandale contre l'armée de Malacoda et d'Erebus. (Elle lui laissa un instant pour digérer ses paroles avant de conclure.) Sois toi-même.

Elle s'approcha alors du portail, jeta un coup d'œil dans le néant étoilé et lui demanda :

— Bon, vas-tu enfin me dire ce que c'est que ce truc ?

Il poussa un soupir et tâcha de répondre d'une voix forte et résolue, mais en vain.

— C'est un portail vers l'Ender.

— L'Ender ? Qu'est-ce que c'est ?

— C'est un endroit réservé aux utilisateurs… aux Endermen… et au dragon, la bête la plus terrifiante que tu puisses imaginer. C'est là que doit se trouver la seconde clé. C'est notre prochaine destination.

Elle garda le silence un instant, le temps d'absorber l'information, puis elle haussa les épaules.

— Eh bien, je n'ai encore jamais tué de dragon… Ça m'a l'air amusant.

Elle éclata de rire et donna une bonne tape dans le dos de Gameknight. Ensuite, elle alla se poster devant le portail, l'arc à la main. Au loin, ils entendirent la voix de Mason résonner dans les couloirs du fort. Il arrivait avec un groupe de guerriers, prêt à aider une fois encore l'Utilisateur-qui-n'en-est-pas-un. Cependant, Gameknight ne songeait ni aux combats à venir, ni à l'Ender, ni même au dragon. Il ruminait le dernier conseil de Hunter, laissant son esprit s'imprégner de ses paroles.

« Sois toi-même »… Peut-être que je PEUX y arriver !

26

Le choix de Herder

Mason se rua dans la salle du portail, l'épée à la main, Crafter sur les talons. Gameknight leva les mains pour signifier qu'il n'y avait aucun danger immédiat.

— Tout va bien, leur dit-il alors que plusieurs guerriers s'engouffraient dans la pièce dans un grand ferraillement d'armures.

Au milieu de la masse des soldats, il aperçut les silhouettes de Stitcher et de Herder. Celui-ci semblait terrifié à l'idée de mettre un pied dans la salle.

— Il n'y a aucun danger, annonça Gameknight. Vous pouvez rengainer vos armes.

Crafter s'avança vers son ami pour contempler la volée de marches menant au portail de l'Ender, qui baignait les murs environnants de sa lumière jaunâtre.

— Où se trouve le reste de l'armée ? demanda Gameknight à Mason.

— Tout le monde nous attend à l'entrée, déclara le PNJ trapu en montrant du doigt le plafond. Les soldats attendent vos ordres, Utilisateur-qui-n'en-est-pas-un. Nous sommes venus vous rejoindre pour nous assurer qu'il n'y avait aucun danger.

Gameknight adressa un sourire à Mason.

Un danger… Quelle ironie ! Si tu savais le danger terrible qui nous attend !

— Quel est cet endroit ? demanda Crafter.

— Je crois que nous ferions mieux de sortir de la salle du portail pour discuter, déclara quelqu'un.

Tout le monde se retourna avec stupeur. C'était Woodbrin qui venait de parler. Il était entré si discrètement que personne ne l'avait remarqué, pas même les guerriers en armure. On aurait dit qu'il s'était simplement matérialisé parmi eux.

— Venez, suivez-moi jusqu'à l'agora.

— L'agora ? s'étonna Crafter, tandis que Gameknight haussait les épaules.

Le tisse-lumière leur tourna le dos pour se frayer un chemin parmi les soldats qui bloquaient l'entrée. Il s'engagea alors d'un pas assuré dans le dédale de tunnels, comme s'il connaissait parfaitement les lieux.

Toute la troupe lui emboîta le pas et Woodbrin les guida dans le labyrinthe de couloirs et de passages. Il leur fallut trottiner pour suivre l'allure rapide du tisse-lumière. Après avoir monté une série de marches usées et craquelées, il les emmena finalement dans une grande salle centrale, l'agora. Gameknight reconnut instantanément, dressé au centre de la pièce, le grand pilier orné de torches à son sommet. La douce lumière jaune chassait efficacement les ombres au bout de la pièce. Gameknight poussa un soupir de soulagement. Dans Minecraft, la lumière avait le don de le rassurer.

Mason ainsi qu'une dizaine de guerriers pénétrèrent dans la pièce, suivis de près par Crafter et Stitcher. Ils prirent position dans toute la salle, surveillant les couloirs d'accès pour prévenir toute menace éventuelle. Herder s'était abrité dans un recoin obscur, le visage encore marqué par la peur.

— Quel est ce lieu ? demanda Crafter. J'imagine que ce ne sont pas des PNJ qui ont construit une telle structure.

— Effectivement, les forts n'ont jamais été bâtis par des PNJ, expliqua Woodbrin. Ils proviennent d'une époque reculée, bien avant l'âge des guerres et des conflits, et même antérieure à l'Union.

Il avait prononcé ces derniers mots sur un ton solennel, comme si tout le monde savait de quoi il parlait. À l'évidence, ce n'était pas le cas, car de nombreux PNJ échangèrent des regards d'incompréhension.

— Dans les temps anciens, les forts étaient des lieux de savoir. Les PNJ s'y retrouvaient pour discuter, argumenter, apprendre.

— Dans ce cas, pourquoi y a-t-il des cellules ? demanda Hunter. Ce n'est pas très accueillant pour une bibliothèque.

Un guerrier s'esclaffa, mais le regard furieux de Woodbrin le réduisit au silence.

— Oui, c'est vrai, il y a des geôles ici, poursuivit-il. Elles furent installées à l'époque de la Grande Honte. Les gens avaient commencé à devenir égocentriques. Ils ne s'entraidaient plus. Des crimes furent commis. (Sa phrase tomba comme un couperet dans le silence de la salle.) On amena les criminels aux forts pour y être jugés. Pour certains, l'emprisonnement se révéla nécessaire.

— Quel endroit charmant ! ajouta Hunter, déclenchant de nouveaux rires et des regards furieux de Woodbrin.

— Après la Grande Honte et l'Union, continua le tisse-lumière, les forts et leurs cellules n'avaient plus aucune utilité. Comme vous pouvez le constater, ils sont tombés à l'abandon.

Gameknight observa alors les nombreuses toiles d'araignées et blocs manquants çà et là. La structure tombait lentement en ruine et se retrouvait peu à peu absorbée par l'environnement de Minecraft. Il comprit alors d'où provenait l'étrange odeur qui régnait dans le souterrain. Elle faisait penser à d'antiques mystères ou des secrets cachés, mais c'était en fait celle de la mort et de la poussière, celle d'un âge oublié. Soudain, il sentit le regard de Woodbrin peser sur lui.

— Vous êtes déjà allé dans un fort, n'est-ce pas ?

— Oui, répondit Gameknight.

— Dans ce cas, vous savez ce qui vous attend au-delà de la salle du portail.

Gameknight hocha la tête en soupirant.

— De quoi s'agit-il ? demanda Crafter. Qui y a-t-il de l'autre côté de cet étrange portail ?

— Un dragon ! s'exclama Hunter, faisant sursauter d'effroi les guerriers.

— Gameknight, c'est vrai ?

— Oui, Crafter. On l'appelle l'Ender Dragon. Il n'existe que dans le plan de l'Ender. C'est sans doute le gardien de la seconde clé de la Source. D'ailleurs, je crois savoir de quoi il s'agit. (Il fit une pause, le temps de s'assurer d'avoir l'attention de tout le monde.) C'est l'œuf de l'Ender Dragon, n'est-ce pas, Woodbrin ?

Le tisse-lumière hocha la tête.

— Nous devons nous rendre dans l'Ender et y affronter le dragon afin de dérober son œuf, résuma Gameknight. Voilà le défi à relever pour atteindre la Source.

Dans le silence qui s'ensuivit, Crafter prit la parole.

— Je ne comprends pas et je crois que je ne suis pas le seul. Qu'est-ce que l'Ender ? C'est la première fois que j'en entends parler.

— C'est un endroit destiné aux utilisateurs, pas aux PNJ, expliqua Gameknight. J'y suis allé de nombreuses fois durant mes aventures, pour affronter l'Ender Dragon. J'ai parfois survécu, d'autres fois non.

(Un murmure d'inquiétude parcourut l'assemblée de guerriers.) L'Ender Dragon est la créature la plus féroce de Minecraft et l'Ender est l'endroit le plus étrange que vous visiterez jamais. Ce défi mettra notre courage et notre volonté à rude épreuve. Cependant, nous devons franchir cet obstacle pour atteindre la Source et la protéger de Malacoda et de sa horde monstrueuse.

Gameknight croisa le regard de chacun des guerriers assemblés dans la salle. Il vit dans leurs yeux de l'excitation, de l'espoir, de l'incertitude ou de l'incompréhension… Plus que tout, il lut dans leurs regards la peur de l'inconnu.

— Honnêtement, laissez-moi vous dire que je suis terrifié à l'idée de retourner dans l'Ender. Lorsque j'y allais en tant qu'utilisateur, j'étais bardé d'enchantements et d'armes puissantes dérobés à d'autres joueurs. J'utilisais même des logiciels de triche que j'avais téléchargés. Pourtant, il m'arrivait d'échouer face à ce monstre volant.

Pendant un instant, il se plongea dans ses souvenirs de féroces combats. Les griffes titanesques tentant de le déchiqueter, la gueule pleine de crocs acérés fonçant sur lui… et les yeux… le terrible regard pourpre… Inconsciemment, il se mit à trembler comme une feuille. Après avoir pris quelques inspirations pour se calmer, il poursuivit :

— Hélas ! nous n'avons pas le choix. Nous devons nous rendre là-bas et affronter l'Ender Dragon, pour le meilleur ou pour le pire. J'ignore comment nous parviendrons à vaincre le monstre, mais il faut le tenter, ou bien tout est perdu.

— On dirait que c'est impossible ! cria quelqu'un dans la foule.

— Non, je n'ai pas dit que ce serait impossible. J'ai dit que j'avais essayé à plusieurs reprises et que j'avais parfois réussi.

— Combien de fois as-tu gagné le combat ? demanda une voix haut perchée.

Gameknight tâcha de repérer qui avait posé la question. C'était Stitcher, l'arc à la main, qui braquait sur lui un regard farouche, comme si elle mourait d'envie de vaincre le dragon à elle toute seule.

— Une seule fois, avoua-t-il honteusement. Je n'ai réussi à le vaincre qu'une seule fois sans tricher.

Sa confession déclencha aussitôt un brouhaha de questions et de discussions. Rapidement, leur assemblée sombra dans le chaos alors que les guerriers cédaient à la panique.

— Pourquoi devons-nous faire ça ? cria quelqu'un.

— Vous n'avez réussi qu'une seule fois ! s'exclama un autre.

— Comment voulez-vous qu'on survive à cela ? s'écria un troisième.

— Nous sommes fichus…

Gameknight laissa passer l'avalanche de questions et d'accusations. Il les laissa se disputer et délibérer, alors que la peur et l'incertitude érodaient peu à peu leurs dernières réserves de courage. Alors il leva les deux mains pour réclamer le silence.

— Je sais pourquoi j'ai échoué tant de fois. Je sais également pourquoi j'ai finalement réussi à vaincre le dragon.

— Comment, Utilisateur-qui-n'en-est-pas-un ? demanda Crafter. Dis-nous ce que tu as appris de tes combats contre l'Ender Dragon.

— J'ai été vaincu, car je suis allé tout seul dans l'Ender.

— Pourquoi y es-tu allé seul si tu connaissais le danger ? intervint Stitcher.

— Parce que j'étais Gameknight, le roi des vandales. Je n'avais aucun ami, personne pour se tenir à mon côté et m'apporter son aide. J'ai essayé de vaincre l'Ender Dragon tout seul parce que je n'avais pas le choix.

— Et la fois où tu as réussi ? demanda-t-elle.

— J'avais fini par trouver un ami, Shawny. Il était d'accord pour m'aider, même si parfois je n'étais pas très gentil avec lui. (Il sourit en se rappelant les bons moments partagés avec lui.) J'ai réussi à... enfin, nous avons réussi à vaincre l'Ender Dragon en œuvrant ensemble et en nous entraidant. Voilà le secret pour y arriver. (Il dégaina son épée avant de la pointer vers la foule.) Regardez autour de vous... Est-ce que vous êtes seuls ? Non ! Il y a des gens pour vous aider et vous soutenir !

Il attendit que les PNJ regardent leurs camarades puis, dès qu'il eut de nouveau leur attention, il continua :

— Écoutez, j'ai aussi peur que vous, mais nous devons absolument nous rendre dans l'Ender pour affronter l'Ender Dragon. Nous devons vaincre cette créature pour sauver Minecraft.

Et ma famille.

— J'ignore comment cette bataille va tourner. (Il jeta un coup d'œil à Hunter avant de se tourner de nouveau vers l'assemblée.) Toutefois, en tant qu'Utilisateur-qui-n'en-est-pas-un, je vous promets une chose : je vais donner le meilleur de moi-même et combattre jusqu'à mon dernier souffle pour vous défendre. J'ai aussi peur que vous tous, mais nous devons…

— Non… non… non, bégaya Herder.

Gameknight s'interrompit pour regarder le jeune garçon, qui frissonnait littéralement de peur, à tel point que ses mèches de cheveux noirs voltigeaient légèrement.

— Herder, que se passe-t-il ?

— Dangereux… dangereux, dit Herder d'une voix brisée par la peur. Il me f… faut plus. Le portail vers l'Ender est d… dangereux. Plus… plus…

Gameknight descendit jusqu'à lui et lui demanda d'une voix douce.

— De quoi parles-tu ? Regarde-moi.

Il lui releva doucement la tête. Le jeune garçon avait l'air absolument terrifié, le regard hanté par la panique et la folie.

—Je peux le sentir, chuchota Herder d'une voix tremblotante. Le dragon… Je p… je peux le s… sentir… et aussi le reste.

Il se prit la tête à deux mains, avant de se cacher les yeux.

—Tout va bien, Herder, nous sommes en sécurité ici, dit Gameknight.

Hélas! le garçon était tellement en proie à la panique qu'il n'entendait plus rien. Rengainant son épée, l'Utilisateur-qui-n'en-est-pas-un saisit doucement Herder par la tête et lui tourna le visage vers le sien, braquant son regard sur les yeux vairons du garçon.

—Le dragon… plus… plus…, balbutia celui-ci, comme s'il était devenu fou.

—Du calme, tout ira bien. Nous allons mener ce combat ensemble. Si tu le souhaites, tu peux rester à l'arrière, en sécurité.

Le regard de Herder finit par se poser sur Gameknight et son tressaillement se calma peu à peu.

—Ouais, de toute façon, le Petit Cochon ne nous sera pas utile à grand-chose, s'exclama quelqu'un dans la salle.

Gameknight jeta un regard furieux en direction des guerriers, comme pour défier l'importun de parler de nouveau. Ensuite, il s'adressa à Herder en lui murmurant :

— Herder, tu peux rester à mon côté. Je te protégerai. Nous allons survivre ensemble à cette bataille, je te le promets.

— Le portail s… sombre… dangereux, dit Herder d'une voix mécanique, comme un augure prédisant l'avenir. Le dragon est m… maléfique. Il faut plus… plus. Herder peut aider. Herder sait qu… quoi faire.

Avant que Gameknight ait pu répondre quoi que ce soit, le garçon tourna les talons et s'enfuit en courant, droit vers les couloirs menant à la surface.

— Herder… attends !

Il se lança immédiatement à sa poursuite, bousculant les silhouettes en armure qui lui barraient le passage, mais son propre plastron encombrant l'empêchait de rattraper le jeune garçon.

Un concert d'exclamations retentit derrière lui :

— Où va l'Utilisateur-qui-n'en-est-pas-un ?

— Est-ce qu'il s'enfuit ?

— Que se passe-t-il ?

— Où va-t-il ?

Gameknight dévala les corridors en tâchant de ne pas prêter attention aux cris de peur et de confusion des PNJ. Il sentait qu'il devait absolument rattraper Herder pour comprendre ce qui n'allait pas. Plus qu'un pressentiment, c'était une conviction profonde, comme si le garçon était un élément vital de leur quête.

Alors qu'il courait, il entendit des bruits de pas derrière lui. Un coup d'œil par-dessus son épaule lui révéla Mason et Stitcher en pleine course, l'arme à la main, l'œil hagard. Derrière eux, la foule de PNJ suivait avec difficulté dans les couloirs étroits.

— Restez là-bas, ne me suivez pas, leur cria-t-il, mais personne ne l'entendit par-dessus le vacarme de cavalcade et d'armures entrechoquées qui résonnait dans le passage.

Il ne prêta donc pas davantage d'attention à ses poursuivants et accéléra l'allure dans l'espoir de rattraper Herder, qui semblait connaître parfaitement la route pour quitter le fort, passant d'un corridor à l'autre sans la moindre hésitation. Ils finirent par arriver à la longue volée de marches menant vers la surface. Herder était déjà à la moitié du chemin lorsque Gameknight posa le pied sur la première marche.

— HERDER… STOP ! hurla-t-il.

— Pas bien… dangereux… plus…

L'écho du bruit de ses pas noya le reste de ses paroles.

— Peux pas venir… récupérer…

— Herder, attends !

Il monta les marches quatre à quatre à la poursuite du jeune PNJ. Une fois parvenu à l'entrée du fort, il s'arrêta un instant pour reprendre son souffle. Herder détalait à travers la savane, tout droit vers les collines boisées qu'on distinguait au loin, sa meute de loups blancs cavalant à ses côtés.

27

Le portail de l'Ender

— C'est ça, Petit Cochon, cours ! cria un des archers en faction.

Gameknight fit la grimace. Stitcher, qui venait d'arriver en haut de l'escalier, bondit devant le soldat.

— TAIS-TOI ! hurla-t-elle en lui jetant un regard furieux.

Le PNJ regarda ses bottes d'un air honteux et recula d'un pas. Hunter arriva à son tour et rejoignit sa sœur. Elle la prit par l'épaule pour lui intimer de rejoindre Gameknight, qui grimaça un sourire en la voyant.

— Où est donc parti ce garçon ? Pourquoi s'enfuit-il ? demanda Mason en sortant du tunnel.

— Je l'ignore, répondit Gameknight, Je ne comprends pas ce qui se passe.

Il poussa un profond soupir en voyant la silhouette de Herder disparaître hors de vue.

— Peut-être que la peur a finalement eu raison de son courage et qu'il ne lui restait plus qu'à s'enfuir, suggéra Crafter en arrivant enfin auprès de son ami, le souffle court.

— Non… il ne s'enfuit pas, voulut expliquer Gameknight.

— Que voulez-vous dire par là ? l'interrogea Mason. Écoutez… il s'est enfui, c'est aussi simple que cela. Il nous a abandonnés.

Les paroles de Mason provoquèrent toutes sortes de commentaires peu amènes chez les soldats : on qualifia Herder de couard… de bon à rien… de traître. Le jeune garçon se vit traité de tous les noms par les guerriers désabusés.

— Vous avez tort, répliqua Gameknight. J'ignore ce qu'il a en tête, mais il ne nous a pas abandonnés. Ce n'est pas dans sa nature. Quoi qu'il soit en train de faire, c'est pour nous aider.

Le ton de sa voix ne devait pas être assez convaincant, car personne n'écouta l'Utilisateur-qui-n'en-est-pas-un.

Peut-être qu'il s'est vraiment enfui, songea-t-il. *NON ! il n'aurait jamais fait cela. Il ne trahirait jamais ses amis. Mais alors comment expliquer son attitude ? Je devrais pouvoir facilement clamer son innocence, mais ils le détestent tellement… sans parler de leur colère. Je ne vois pas comment les faire changer d'avis. Je ne suis qu'un gamin… Pourtant, il faut que j'essaie. C'est mon ami, et il aurait fait de même pour moi.*

— Il donne le meilleur de lui-même… Il agit à sa façon et nous devons lui faire confiance, déclara Gameknight. Il ne nous a pas fait faux bond pour sauver Hunter… Il ne le fera pas aujourd'hui… je crois… enfin, j'espère.

Ses paroles moururent sur ses lèvres. Personne ne lui prêtait attention.

— Il nous a abandonnés alors que nous sommes en difficulté, s'écria Mason. Nous aurons besoin de tout le monde pour vaincre ce dragon. Même un gamin maigrichon comme lui aurait pu se rendre utile… J'en ai assez de lui.

— Ne le juge pas si sévèrement, Mason, dit Crafter. Herder pourrait très bien nous surprendre. Fais-lui confiance. Il poursuit une idée qui lui semble primordiale. Nous devons nous comporter comme de véritables amis et l'aider autant que possible.

Gameknight adressa un signe de tête reconnaissant à Crafter, mais il restait rongé par le doute.

Herder… qu'es-tu en train de faire ?

Alors qu'il retournait à l'entrée du fort, Mason l'arrêta.

— Utilisateur-qui-n'en-est-pas-un, quel est le plan ?

Gameknight contempla la troupe de PNJ autour de lui. C'était un assortiment hétéroclite d'hommes et de femmes, jeunes et vieux, mais tous de braves guerriers. Il y avait là des bouchers, des boulangers, des fabricants de torches. Les fermiers côtoyaient les bûcherons, les mineurs épaulaient les charpentiers, les jardiniers aidaient les chasseurs. On aurait dit que tous les ouvriers de Minecraft s'étaient donné rendez-vous là. Il sentait leurs regards braqués sur lui, et y lisait l'espoir qu'il ait un plan génial pour sauver tout le monde.

Je ne sais pas si je vais y arriver. Je suis tellement épuisé que je n'arrive plus à penser correctement. L'Ender Dragon… il est si grand, si cruel, si…

Dans un éclair de lucidité, il comprit soudain que le meilleur moyen de se débarrasser de toutes ces peurs, c'était de les affronter, à commencer par le dragon.

Les murmures inquiets des PNJ formaient un léger brouhaha qui le tira de ses pensées. Ils comptaient tous sur lui pour assurer leur survie. Dans les yeux de chaque soldat qui l'entourait, il lut le même mélange d'espoir, de détermination et de camaraderie. Ce n'était pas simplement une armée, c'était une communauté, une véritable famille où chaque membre était prêt à donner le meilleur de lui-même.

Je ne suis pas seul. Voilà la clé de la victoire.

Il pouvait affronter ses peurs du moment qu'il était en compagnie de ses amis, de gens ayant suffisamment foi en lui pour qu'il trouve le courage et la force nécessaires. Il ferma les yeux un instant et s'imagina face à la bête, plongeant son regard dans ses yeux violets si cruels, ses amis à ses côtés.

Je refuse d'abandonner avant de me battre, se dit-il. *Je refuse de laisser mes peurs prendre le dessus !*

À sa grande surprise, il se sentit soudain plus sûr de lui. La peur n'avait pas disparu, loin de là. N'importe qui aurait été terrifié à l'idée de se mesurer aux griffes acérées du dragon. Cependant, il se sentait soulagé, libéré de l'emprise écrasante de ses peurs. Le simple fait de s'imaginer face au dragon accompagné de ses amis avait permis à Gameknight de retrouver une paix intérieure.

Les paroles de Hunter lui revinrent subitement en mémoire, déferlant comme un raz-de-marée sur les derniers vestiges de sa peur.

« Sois toi-même… Sois toi-même. »

Gameknight prit une profonde inspiration et se remémora toutes les fois où il s'était rendu dans l'Ender. Le dragon détruisait à coups de griffe tout ce qu'on pouvait y construire. Seuls les blocs de bedrock, d'obsidienne et de pierre blanche lui résistaient. Toute la zone était infestée d'Endermen implacables.

Comment faire pour y arriver ?

En réfléchissant bien, il eut une révélation.

Les cristaux d'Ender… oui, cela pourrait marcher. Pourquoi n'y ai-je pas pensé plus tôt ? Mais comment descendre… ? Oui, voilà la solution. Et alors… Oui, ça devrait marcher. Mais seulement si…

Peu à peu, les pièces du puzzle s'assemblaient dans sa tête…

Au fur et à mesure que son plan prenait forme, il se rendit compte qu'il était très risqué. Ils allaient devoir marcher sur le fil du rasoir. La moindre erreur et c'en serait fini d'eux. Si un élément du plan venait à échouer, tout l'édifice s'écroulerait… en entraînant la mort de nombre d'entre eux.

Il me manque quelque chose… quelque chose en rapport avec Herder.

Gameknight n'avait pas encore toutes les clés en main mais, malgré ses incertitudes, il se devait d'essayer. Il ouvrit grand les yeux et contempla la communauté de gens qui l'entourait.

— Bon, voilà ce que nous allons faire. Tout d'abord, il va nous falloir des seaux d'eau… énormément de seaux. Ensuite, il nous faut…

Il expliqua alors son plan pour vaincre l'Ender Dragon.

Tandis que les PNJ collectaient tout ce dont ils avaient besoin dans l'Overworld, Gameknight attendit patiemment à l'entrée du fort. Pendant tout ce temps, il ressassa les nombreux combats qu'il avait menés dans l'Ender. Durant ces affrontements, il n'avait jamais eu peur, car il ne ressentait aucune douleur. Cela n'avait été qu'un jeu à ce moment-là.

Cette fois, la réalité était bien différente.

En fermant les yeux, il visualisa les crocs acérés comme des rasoirs déchiquetant les armures de fer de ses guerriers et ne put réprimer un frisson. Beaucoup de PNJ allaient perdre la vie et il ne pouvait rien y faire.

« Sois toi-même. »

Comme le lui avait appris son père, il cessa de penser à ce qui pouvait arriver pour mieux se concentrer sur l'instant présent.

De nombreux PNJ étaient déjà revenus et attendaient près de l'entrée. La plupart semblaient avoir peur de s'aventurer dans l'étrange fort. Ils tournaient en rond nerveusement, discutant entre eux pour tenter de se détendre. Gameknight entendit certains demander pourquoi Petit Cochon s'était enfui.

Je déteste ce surnom, songea Gameknight. *J'aurais dû intervenir depuis longtemps et leur interdire de l'appeler comme ça. Enfin, c'est bien beau d'y penser maintenant, après que la victime de leur harcèlement s'est enfuie.*

Toute cette histoire lui rappelait ses années d'école, les brutes qui le harcelaient, l'insultaient, lui prenaient sa casquette… Toutes ces petites humiliations accumulées, ces jeux pervers qui semblaient presque insignifiants, mais qui, mis bout à bout, finissaient par rabaisser la victime, la faire disparaître aux yeux des autres.

Je hais les brutes… et ce qu'elles ont fait de moi.

D'autres PNJ arrivèrent avec du ravitaillement. Tout était presque prêt.

J'aurais dû dire quelque chose… J'aurais dû parler du harcèlement et des insultes, pour ne pas que Herder se sente si seul.

D'autres voix s'élevèrent pour commenter la fuite de Petit Cochon, pour raconter qu'il était parti pleurer dans les jupes de sa mère. Gameknight sentait la colère bouillonner en lui. Il vit Hunter s'adresser aux guerriers, mais il était tellement énervé qu'il n'entendit pas un mot de ses paroles.

Je hais ces brutes! Quand je pense que ces imbéciles continuent de l'insulter alors qu'il n'est plus là…

—IL S'APPELLE HERDER, hurla Gameknight à tout le monde… et à personne en particulier…

En fin de compte, surtout à lui-même.

Sa voix résonna dans tout le paysage avec une telle force qu'on aurait dit David défiant le géant Goliath. Il s'adressa aux PNJ dans une éruption de colère.

—Il s'appelle Herder et c'est MON AMI! Vous n'avez pas à vous moquer de lui. Il n'a jamais rien fait de mal à quiconque pour mériter vos insultes. Il a toujours cherché à aider son prochain. Alors, écoutez-moi bien: j'accepte Herder tel qu'il est, même s'il est différent de vous et de moi. C'est mon ami!

La voix de Gameknight grondait comme le tonnerre, coupant court aux murmures et aux commentaires. Tous les regards se braquèrent sur l'Utilisateur-qui-n'en-est-pas-un. Il plaça un bloc de pierre sur le sol et grimpa dessus afin de contempler l'assemblée d'un air sévère, qui dissimulait à peine la rage qui bouillonnait en lui.

—C'est mon ami et il s'appelle Herder, pas Petit Cochon. Il ne mérite ni vos moqueries ni qu'on le harcèle. Il est le premier à se porter volontaire pour se battre, le premier à offrir son aide aux autres. (Il fit un signe de tête en direction de Hunter.) Sans lui, nous n'aurions jamais réussi à sauver Hunter. C'est grâce à son aide que nous avons évité l'échec. Nous avons tous reçu un accueil triomphal à notre retour, sauf Herder. Vous devriez avoir honte.

Moi aussi, je devrais avoir honte.

— Les monstres de Minecraft n'ont jamais manqué de vous harceler. Vous savez tous ce que l'on ressent dans ce cas-là, et pourtant vous lui faites subir le même sort. (Gameknight prit un instant pour observer l'assemblée.) La seule raison pour laquelle nous voulons sauver Minecraft, c'est que nous en avons assez des brutes comme Erebus et Malacoda. Ce n'est pas parce qu'ils sont plus forts que nous qu'ils ont le droit de faire ce qu'ils veulent. Nous n'allons pas laisser les monstres continuer de nous maltraiter… et pourtant vous ne réagissez pas alors que Herder se fait harceler… et moi non plus.

Gameknight, l'air honteux, baissa les yeux.

— Nous l'avons tous laissé souffrir en silence. C'est mal. Nous avions la possibilité de le soutenir, lui faire comprendre qu'il avait des amis, mais nous n'avons rien fait. (Il poussa un soupir et releva la tête avec détermination.) Il est le meilleur d'entre nous et mérite d'être traité mieux que cela, même en son absence. Si vous n'êtes pas d'accord, vous pouvez tout aussi bien repartir et ne pas m'accompagner dans l'Ender.

Il descendit de son bloc au milieu d'un silence total. Il vit que de nombreux PNJ contemplaient le sol d'un air honteux, tandis que d'autres échangeaient des regards hésitants. Stitcher lui dit quelque chose, mais il n'entendait plus rien. Il se contenta de franchir l'entrée et de descendre l'escalier en courant, droit dans les profondeurs ténébreuses du fort. Il ne chercha même pas à vérifier si on le suivait. S'il le fallait, il tenterait d'affronter seul le dragon, même si c'était probablement impossible. Il ne voulait plus être accompagné de gens qui méprisaient les faibles et les innocents.

Gameknight entendait résonner l'écho de ses pas à chaque marche qu'il descendait. On aurait dit le battement d'un tambour solitaire. Il repensa avec honte aux souffrances de Herder, dont il était en partie responsable. Cela lui rappela ce qu'il avait subi à l'école et la honte céda la place à la colère. Il en avait assez d'être coincé ici, dans Minecraft, à craindre pour sa vie, à avoir peur d'échouer, à subir les affres de la terreur... Il vivait dans la peau d'un couard.

Un autre tambour se joignit à la symphonie de ses pas, puis un autre, et encore un autre. Des gens essayaient de lui parler, mais la rage l'avait rendu sourd. Il continua sa course éperdue en direction de la salle du portail. Il y avait désormais tellement de gens derrière lui que les bruits de pas résonnaient dans l'escalier en un vacarme indistinct. Une fois arrivé en bas des marches, il s'élança dans les corridors. Un coup d'œil à sa droite lui révéla la présence de son ami Crafter, l'épée à la main. À sa gauche, Hunter et Stitcher l'accompagnaient également, arc bandé et flèche encochée. Ils arboraient tous les trois un air résolu, prouvant qu'ils étaient prêts à partir au combat aux côtés de l'Utilisateur-qui-n'en-est-pas-un, voire de donner leur vie pour sauver Minecraft. Un regard par-dessus son épaule lui révéla une foule de PNJ ; des soldats de toutes tailles, l'arme au poing, le suivaient à travers le fort avec la même volonté farouche que ses amis. Ils suivaient leur chef, prêts à faire tout ce qui était nécessaire, y compris sacrifier leur vie, pour protéger leurs amis et Minecraft.

Je ne vais pas laisser l'Ender Dragon me traiter de la même manière que Malacoda, Erebus et toutes ces brutes.

— Je suis Gameknight, l'Utilisateur-qui-n'en-est-pas-un, cria-t-il à tue-tête, et je n'aurai PLUS JAMAIS peur !

Les clameurs qui saluèrent ses paroles lui vrillèrent les oreilles.

— Je ne laisserai plus les gens se faire maltraiter devant moi, et je ferai tout pour protéger Minecraft des menaces. (D'autres vivats, encore plus forts.) Je suis l'Utilisateur-qui-n'en-est-pas-un et je combats pour tout le monde, grands et petits, braves et apeurés. Je ne laisserai pas les monstres de la nuit menacer votre monde et le mien !

Gameknight pénétra dans la salle du portail. Il s'arrêta en haut des marches pour contempler l'armée… son armée.

—Je pars pour l'Ender afin de détruire l'Ender Dragon et m'emparer de son œuf. Ensuite, j'irai à la Source. Malacoda et Erebus vont sans doute nous poursuivre à la tête de leur immense armée, mais cela ne me fait pas peur. Je vais mettre fin à cette guerre et arrêter ces monstres une bonne fois pour toutes. J'y perdrai peut-être la vie, mais je m'en moque. J'en ai assez de vivre dans la peur et d'hésiter à me battre pour la bonne cause. C'est fini ! Une nouvelle vie s'offre à moi. Suivez-moi si vous le souhaitez, mais sachez que l'Ender mettra votre courage à rude épreuve et qu'il sera encore plus dur d'arriver à la Source. Cependant, n'ayez crainte, nous réussirons à sauver Minecraft !

Il se tourna alors vers le portail et dégaina son épée enchantée.

—À nous deux, dragon !

Gameknight se jeta en avant et disparut dans le voile lumineux.

28

La mise à jour d'Erebus

Le blaze se fraya un chemin à travers la foule de monstres jusqu'à atteindre son roi, Malacoda.

— Sire, l'armée des PNJ a disparu, déclara la créature de flammes entre deux respirations asthmatiques.

— Quoi ?

— Ils ont disparu, expliqua le monstre. Nous les avons vus s'affairer dans tous les sens et récolter des choses. Nous sommes restés hors de vue, comme vous l'aviez ordonné, mais, lorsque nous sommes sortis de notre cachette, ils avaient tous disparu. Cependant, nous avons aperçu l'un d'entre eux, un enfant, en train de s'enfuir.

Plusieurs monstres ricanèrent de la couardise de ce PNJ. Malacoda leva un tentacule pour demander le silence.

— Ils ont sans doute pénétré dans le tunnel, déclara Erebus de sa voix stridente habituelle. Ils se dirigent vers la seconde clé.

— Évidemment, ajouta Malacoda. Comme je l'avais prévu.

Erebus s'esclaffa devant le culot du roi du Nether, ce qui lui valut un regard hargneux de ce dernier.

— Reste-t-il des PNJ en surface ? demanda Malacoda à son sbire.

— Non, sire, ils sont tous partis.

— Dans ce cas, passons à l'attaque ! rugit Malacoda. Ils ne s'y attendront pas. Nous les écraserons et ensuite…

— Non ! s'écria Erebus d'une voix grinçante.

Malacoda se tourna lentement vers l'Enderman, une boule de feu orange entre les tentacules.

— Euh… je veux dire… ce n'est peut-être pas le moment idéal… sire, ajouta rapidement Erebus. Nous devrions laisser l'armée des PNJ se charger du prochain gardien à notre place. Laissons-les prendre la seconde clé et déverrouiller la Source pour nous.

— Ils vont certainement s'y attendre, objecta Malacoda.

— Regardez autour de vous, il leur sera impossible de vaincre une telle armée. C'est le plus grand rassemblement de monstres qu'on ait jamais vu. Nous sommes une vague irrésistible qui va les balayer comme des grains de sable. Ils ne pourront rien faire, cette fois-ci. Gameknight n'aura pas ses précieux petits utilisateurs à ses côtés. Ils sont encerclés, piégés, et bientôt nous les anéantirons.

Malacoda se laissa dériver en hauteur, plongé dans ses pensées. Tandis que le ghast examinait les options qui s'offraient à lui, Erebus contempla leurs troupes. Elles avaient soif de combat et souhaitaient plus que tout exterminer les PNJ, mais surtout atteindre la Source et la détruire. Les monstres de l'Overworld et du Nether désiraient avant tout s'échapper des limites de Minecraft, accéder à la liberté offerte par le monde physique. Alors qu'il observait la foule de créatures, son regard tomba sur les tisse-ombre. Ils étaient tous rassemblés dans un coin, en train de palabrer. Malheureusement, leurs murmures étaient inaudibles, étouffés par le vacarme des gémissements de zombies, des cliquetis d'araignées et du sifflement monocorde des blazes. Erebus se téléporta à un autre endroit, au beau milieu de cubes de lave, et aperçut le tisse-ombre aux yeux luisants au centre de leur groupe. Il était en train de concevoir quelque chose, une sorte de forme sombre, mais le corps verdâtre de Zombiebrine bloquait son champ de vision. Alors qu'ils les observaient discrètement, Erebus sentit un drôle de fourmillement parcourir son corps, comme si une force intérieure venait d'être décuplée, sans qu'il puisse l'identifier. Il remarqua alors les particules violettes de téléportation tout autour de lui, alors qu'il n'avait pas fait appel à son pouvoir…

Que se passe-t-il?

Il regarda de nouveau en direction des tisse-ombre, juste à temps pour voir celui aux yeux luisants cesser de travailler. Au même instant, le fourmillement et les particules disparurent. Il était sur le point de détourner le regard lorsque le tisse-ombre redressa brusquement la tête, braquant ses yeux brûlants sur ceux d'Erebus.

—Le héros d'un camp est l'ennemi de l'autre, déclara l'étrange artisan d'une voix criarde.

—Quoi ? demanda Erebus.

Trop tard, le tisse-ombre mystérieux venait de disparaître. Il s'était évanoui en silence, sans faire de bruit et sans particules de téléportation. Il avait simplement cessé d'être là où il se trouvait. Erebus examina les alentours, sans trouver la moindre trace de la créature... Quant aux autres tisse-ombre, ils le contemplaient avec un étrange sourire malsain plaqué sur leur visage pixelisé. Zombiebrine lui fit un signe de tête entendu, avant de se détourner pour aller rejoindre Malacoda. Erebus jeta un coup d'œil vers la monstruosité flottante, qui était occupée à donner ses ordres ineptes.

Je ferais mieux de retourner là-bas pour éviter que cet imbécile provoque une catastrophe.

Il fit appel à ses pouvoirs de téléportation et se matérialisa juste devant le roi du Nether. Étrangement, aucune particule violette n'avait accompagné son apparition...

Intéressant.

Malacoda baissa son regard vers l'Enderman.

—J'ai décidé d'attendre que les PNJ acquièrent la seconde clé, rugit Malacoda. Ensuite, nous les écraserons juste devant la Source.

— Quel plan brillant, Votre Majesté! déclara Erebus d'un ton moqueur.

Le ghast plissa la bouche en une grimace hargneuse.

J'en aurai bientôt fini avec cet imbécile, songea l'Enderman en faisant discrètement appel à ses pouvoirs.

Cette fois-ci, Erebus sentit un regain de puissance, comme si ses talents de téléportation avaient été amplifiés. Ce n'était qu'une petite différence, mais elle changeait toute la donne.

Oui, j'en aurai fini bien assez tôt, et alors je deviendrai le roi de tous les monstres... et de Minecraft. Ensuite, le monde physique m'appartiendra.

Erebus gloussa d'un petit rire malsain avant d'adresser un grand sourire à Malacoda.

29

L'Ender

Gameknight se matérialisa au milieu d'un étrange territoire composé de blocs jaune pâle et de grands piliers noirs. Le terme « territoire » n'était pas vraiment approprié, dans le sens où il s'agissait en fait d'une île géante flottant au milieu d'un néant obscur qui s'étendait dans toutes les directions. Il n'y avait absolument rien en dehors de l'île, aucun objet, aucune étoile… juste le vide.

En baissant le regard, il constata qu'il était apparu au beau milieu d'une plate-forme carrée de cinq blocs de large. Heureusement pour lui, la structure était posée sur l'île et ne flottait pas dans le vide. Il avait eu de la chance.

Gameknight s'approcha du bord pour examiner les alentours. Une colline d'une dizaine de blocs de haut lui bloquait la vue, mais il distinguait tout de même, loin derrière la butte, de grands piliers d'obsidienne couronnés d'un brasier. Il sauta de la plate-forme pour atterrir deux blocs plus bas, sur un sol de pierre blanche. Ne voyant aucune menace s'approcher, il rengaina son arme pour commencer l'ascension de la pente. À présent qu'il distinguait mieux le paysage, il aperçut les formes sombres des Endermen se détachant sur le sol jaune pâle de l'île. Il devait bien y avoir une centaine de ces créatures terrifiantes qui se téléportaient d'un endroit à l'autre. Certaines se déplaçaient en groupe et d'autres toutes seules, au milieu du fourmillement de leurs lointaines cousines, les mites de l'Ender. Tout en examinant les environs, il entendait les PNJ arriver l'un après l'autre derrière lui. Peu à peu, l'armée franchissait le portail du fort souterrain pour arriver dans cet endroit étrange et terrifiant. Soudain, il sentit une présence à son côté : Crafter venait de le rejoindre.

— Bienvenue dans l'Ender, déclara Gameknight en tapotant l'épaule de son ami.

Crafter réprima un frisson en observant le paysage.

— Regarde-moi tous ces Endermen… Il y en a partout.

Depuis le sommet de la colline, ils avaient une vue dégagée sur l'Ender. Effectivement, l'endroit grouillait d'Endermen, mais Gameknight s'intéressa plus particulièrement aux grandes tours sombres qui dominaient le paysage. Ces piliers d'obsidienne semblaient monter la garde sur l'île. D'après son expérience, Gameknight savait qu'il y en avait une vingtaine, mais il n'en distinguait que six depuis l'endroit où il se trouvait. Chacun d'eux était surmonté d'un cristal violet flottant au milieu d'un brasier. Des bouffées dc fumée et de cendres s'élevaient dans le ciel nocturne. La vision des flammèches dansant autour des cristaux rappela brusquement à Gameknight les bougies du dernier gâteau d'anniversaire qu'il avait mangé dans Minecraft, ce qui le fit sourire malgré lui.

Ces blocs de minerai violet, les cristaux d'Ender, étaient l'élément secret de la force du dragon.

Il fallait s'en charger en priorité.

Gameknight se détourna et descendit la colline pour s'adresser à l'armée.

— Mes amis, le dragon ne nous a pas encore repérés, mais cela ne saurait tarder. Aucun d'entre vous ne peut vaincre ce démon, quelle que soit votre force. Si vous essayez de l'affronter, vous arriverez peut-être à lui infliger des dégâts. Mais, dans ce cas, il lui suffira de s'envoler jusqu'à ces cristaux de l'Ender qu'on aperçoit au sommet des piliers d'obsidienne et il sera immédiatement soigné. Notre premier défi ne consiste pas à affronter le dragon… mais à détruire ces cristaux. Je veux que les archers forment un cercle autour de ces piliers et tirent sur le bloc au sommet. Un seul coup au but fera exploser le cristal. Il faudra s'en débarrasser au plus vite. Les épéistes vont protéger leurs camarades en creusant des canaux de trois blocs de profondeur, remplis d'eau. Les archers devront se tenir dans l'eau pour se protéger des Endermen. N'oubliez pas, si vous voyez le dragon venir vers vous, fuyez. N'essayez pas de l'affronter, sauf si vous voulez en finir avec la vie. Allez, on y va !

Il dégaina son épée et partit en courant vers le pilier le plus proche.

— POUR MINECRAFT ! hurla-t-il.

— POUR MINECRAFT ! répondit la foule en s'élançant derrière lui.

L'armée se déversa sur la plaine comme un raz-de-marée. Les Endermen cessèrent immédiatement de déambuler et se tournèrent à l'unisson vers les intrus, les yeux brillants comme des phares sous la clarté lunaire de l'Ender. Certains d'entre eux s'approchèrent de la troupe pour satisfaire leur curiosité malsaine.

Le premier groupe d'archers atteignit le pilier le plus proche. Ils commencèrent à tirer, mais la cible n'était pas commode à atteindre. Les flèches tombaient trop court et terminaient leur course dans le flanc du pilier d'obsidienne.

— Plus haut, visez plus haut, cria Gameknight en courant vers la tour suivante. Archers, tous en position, éliminez les cristaux de l'Ender au plus vite ! Guerriers, protégez-les !

C'est alors qu'une des flèches atteignit sa cible. L'explosion qui s'ensuivit résonna dans toute la zone. Les cris de joie des PNJ furent de courte durée car un rugissement de rage retentit dans tout l'Ender… Le dragon était désormais au fait de leur présence.

—Le voilà ! hurla quelqu'un.

En levant les yeux, Gameknight repéra un léger mouvement dans le ciel, mais la fumée dégagée par les cristaux empêchait de distinguer clairement la silhouette en approche. Soudain, il vit deux boules flamboyantes… des yeux violets, étincelant d'une haine terrible.

Le dragon poussa un puissant rugissement en filant au-dessus d'eux, balayant les intrus de son regard brûlant. Gameknight aperçut au passage sa longue queue hérissée qui se tortillait comme un serpent derrière son corps massif. Les pointes grises qui recouvraient son corps luisaient sous la lumière morne de l'Ender, tandis que ses griffes acérées étincelaient légèrement. Il frémit en songeant que le moindre contact avec ces piques signifiait une mort certaine.

Le mastodonte volant vira de bord, les ailes écartées, pour décrire un grand arc. Chaque extrémité de son envergure était pourvue des mêmes griffes mortelles. Le monstre refit un passage au-dessus de l'armée. Cette fois, Gameknight réussit à croiser le regard haineux de la bête. Elle rugit en ouvrant grand la gueule, au fond de laquelle couvait un étrange feu de couleur pourpre. L'énergie qui illuminait ses yeux brûlait également au fond de ses entrailles. Elle ferma alors la gueule d'un coup sec, faisant claquer ses crocs comme un couperet de boucher.

Tout en survolant l'armée, le dragon ne quitta pas Gameknight du regard. Sa tête reptilienne couronnée de cornes létales restait braquée sur lui.

L'horrible créature poussa un nouveau rugissement avant de s'envoler dans les ténèbres, sans doute pour y préparer une première attaque.

Gameknight frissonna, puis détourna le regard de la bête qui s'éloignait et rassembla tout son courage pour courir jusqu'au pilier suivant. Il vit que Hunter et Stitcher étaient déjà occupées à viser le cristal avec leurs flèches enchantées. Les têtes barbelées filèrent dans les airs comme des traits de feu avant de s'enfoncer dans le flanc du pilier. Réajustant leur trajectoire, elles tirèrent de nouveau. Cette fois, les projectiles luisants frappèrent le bloc de cristal, dont l'explosion emporta le sommet du pilier dans un torrent de flammes. L'impact résonna comme un coup de tonnerre. Une deuxième cible détruite.

De l'autre côté, une troupe d'archers encerclait une tour d'obsidienne, protégés de près par des épéistes. Woodbrin plantait des blocs de terre, suivi de Grassbrin qui y plaçait des touffes d'herbe épaisse. Ils étaient chargés de protéger un flanc, tandis que les soldats surveillaient l'autre. C'est alors qu'un Enderman poussa un ricanement sinistre juste derrière un guerrier. L'épéiste se retourna par réflexe et frappa l'ennemi en plein corps.

— Oh ! non, gémit le PNJ suffisamment fort pour que Gameknight l'entende.

Les yeux de l'Enderman virèrent au blanc sous le coup de la colère. Il s'éloigna d'un pas du PNJ avant de hurler à pleins poumons. Son hurlement strident déchira l'atmosphère de l'Ender comme une lame traversant la soie, forçant de nombreux PNJ à lâcher leur épée et à se boucher les oreilles. Tous ses congénères se mirent à trembler à l'unisson, le regard brûlant de haine. L'Enderman se retourna vers le soldat en brandissant ses poings et le martela de coups jusqu'à ce qu'il disparaisse en une pile d'objets d'inventaire.

— Ça a commencé, murmura Gameknight en voyant la horde d'Endermen se téléporter vers l'armée. Ils attaquent ! PRÉPAREZ-VOUS !

— Gameknight, baisse-toi ! cria Hunter.

Il se jeta au sol juste à temps : quatre griffes acérées manquèrent de lui arracher la tête. Il se releva d'une roulade et s'élança vers un groupe d'archers attaqués par des Endermen. Au-dessus de lui, les flèches décochées par Hunter traçaient des sillons de feu en direction du dragon, frappant son flanc à de multiples reprises. Le monstre sembla ne pas sentir la douleur et s'approcha du sommet d'un pilier. Une fois arrivé à proximité, un rayon d'énergie violette surgit du cristal, soignant instantanément les blessures de la bête. Le dragon vira gracieusement avant de plonger sur un groupe d'archers.

— COUREZ ! hurla Gameknight, mais il se trouvait trop loin.

Le reptile ailé plongea toutes griffes dehors sur les guerriers, déchirant leurs armures comme du papier. En l'espace d'un instant, il extermina la moitié d'entre eux. Alors que le dragon s'éloignait, des Endermen se matérialisèrent près des survivants et les attaquèrent avec une férocité surprenante. Les créatures noires se téléportaient d'un archer à l'autre et les martelaient jusqu'à ce que mort s'ensuive. Gameknight assista au massacre en se sentant responsable de chaque victime.

Ils sont venus ici pour moi et je n'ai pas su les protéger… Je suis un incapable.

Une voix retentit alors dans son esprit, lui insufflant une nouvelle force… « Sois toi-même. »

Non, je refuse de m'apitoyer sur mon sort. Je suis Gameknight, l'Utilisateur-qui-n'en-est-pas-un, et je n'abandonnerai pas.

— Épéistes, placez de l'eau autour des archers, cria-t-il. Protégez-les !

Un Enderman se matérialisa juste à côté de lui. Il pivota instinctivement et le frappa de toutes ses forces. Il arriva à placer deux coups puissants avant que la créature ne se téléporte ailleurs. Il tourna sur lui-même pour repérer le point d'apparition et chargea sa cible. Une fois arrivé au corps à corps, il plongea pour éviter ses poings noirs et frappa encore et encore, forçant l'Enderman à disparaître de nouveau. Dès qu'il repéra son adversaire, il répéta le même manège, jusqu'à épuiser totalement ses PV. En disparaissant, la créature abandonna une sphère noire au sol.

— Épéistes, attaquez les Endermen en courant, cria Gameknight. Ne restez jamais statiques… Frappez et courez, frappez et courez ! Archers, continuez de viser les cristaux de l'Ender !

Un ricanement sur sa gauche le fit sursauter. Il se rua sur sa nouvelle cible, mais il aperçut alors le dragon sur sa droite. Au moment où la bête approchait, il plongea au sol pour éviter les griffes noires étincelantes.

Des détonations résonnaient dans tout le paysage alors que les archers, protégés par l'eau, détruisaient les cristaux un par un. Gameknight leva les yeux vers le dragon et constata, à la couleur de ses yeux, que la bête devenait de plus en plus enragée. Le monstre plongea en piqué sur une troupe d'épéistes qui affrontait un groupe d'Endermen. Les créatures sombres se téléportèrent à bonne distance juste au moment où les griffes du dragon labouraient les rangs des PNJ. Les guerriers n'avaient pas la moindre chance : leur armure de fer ne faisait pas le poids. Gameknight poussa un soupir de chagrin. Le salut aux défunts attendrait, ils n'avaient pas le temps de pleurer sur leurs morts.

Il partit en courant en direction d'un groupe de monstres qui affrontaient des archers et les frappa dans le dos au passage. Dès qu'ils se retournèrent vers lui, il les contourna en leur assenant une nouvelle série de coups. Au même moment, d'autres cristaux de l'Ender explosèrent. Les Endermen se regroupèrent pour faire front à l'Utilisateur-qui-n'en-est-pas-un.

— Attaquez-les dans le dos ! cria-t-il aux archers.

Une pluie de flèches s'abattit sur les créatures ténébreuses. Il attendit qu'elles se retournent avant de charger, frappant de tous côtés à grands moulinets de son épée de diamant. Plusieurs Endermen périrent sous ses assauts furieux, abandonnant derrière eux des perles d'Ender. Les survivants se téléportèrent aussi loin que possible pour échapper à ses coups et aux flèches.

Les cris de joie des archers furent brutalement interrompus par l'Ender Dragon fondant sur leur groupe, déchiquetant les malheureux au passage.

— Nooooon ! hurla Gameknight avant de plonger au sol pour éviter la bête.

Le dragon poursuivit son œuvre de destruction, semant la mort et le chaos parmi les troupes au sol. Il ignorait les volées de flèches qui frappaient ses flancs, se contentant de voler plus haut afin d'être régénéré par un cristal.

Nous ne pourrons rien faire contre lui tant que ces cristaux n'auront pas été détruits. Gameknight aperçut alors Hunter et Stitcher à quelques pas de lui.

— Il ne reste plus que deux cristaux à détruire, expliqua Hunter, mais ils sont hors de portée de nos arcs.

— Où ça ?

Elle pointa son arc vers l'extrémité de l'île flottante. Il distingua deux grands piliers d'obsidienne au loin. Une lumière pourpre luisait à leurs sommets. Il partit en courant dans cette direction, rengainant son épée pour sortir une pelle.

— Protégez-moi, cria-t-il par-dessus son épaule tout en s'attaquant au sol de pierre jaunâtre.

Creusant aussi vite que possible, il collecta une vingtaine de blocs. Cette matière se brisait aussi facilement que de la neige, tout en pesant aussi lourd que de la pierre. Il rangea sa pelle et reprit sa course vers les deux derniers cristaux.

— Stitcher, ordonne aux archers de se placer à l'autre extrémité de l'Ender et d'attaquer le dragon dès qu'il approche. Il faut le garder occupé un moment, créer une diversion.

« Au milieu du chaos se trouve aussi une occasion », se dit Gameknight en songeant à la citation placardée dans la classe de M. Planck.

— Creusez un maximum de trous d'eau pour les protéger des Endermen. Hunter, tu viens avec moi.

Stitcher tourna les talons et partit en courant tout en criant des ordres à pleins poumons. Quelques secondes après, Mason reprenait ses instructions de sa voix de stentor, ordonnant à l'armée de PNJ de se mettre en mouvement.

— Quel est ton plan ? demanda Hunter.

Gameknight observa les deux énormes piliers d'obsidienne qui se dressaient devant eux, son esprit tournant à cent à l'heure pour tenter de trouver une solution. Les deux piliers se trouvaient très proches l'un de l'autre. Il pensait escalader le plus grand des deux, mais comment ? Il se souvint alors de son tout premier combat face à une araignée de Minecraft.

—J'ai une idée. Voilà ce que tu vas faire, lui dit Gameknight avant de lui expliquer son plan.

Une fois arrivée à la base des piliers d'obsidienne, Hunter continua à courir tandis que Gameknight commençait à s'affairer, posant des blocs l'un après l'autre pour s'élever de plus en plus haut.

Si le dragon me surprend maintenant, je suis mort, se dit-il en sautant d'un bloc à l'autre. *Personne ne peut survivre à une chute pareille.*

—J'espère que tu seras prête, Hunter, pria-t-il à haute voix.

Du coin de l'œil, il apercevait des traits lumineux traversant le ciel obscur : les flèches enflammées de Hunter qu'elle tirait en direction du dragon.

Il faut que je fasse vite.

Il accéléra la cadence et continua de grimper pour atteindre le sommet vertigineux du pilier. La lueur du cristal d'Ender gagnait en intensité au fur et à mesure de son ascension, baignant d'une lumière étrange le pic d'obsidienne.

J'y suis presque, mais je ne suis pas assez rapide.

Plaçant les blocs aussi vite que possible, Gameknight continua de grimper… jusqu'à ce qu'il tombe à court de pierres.

Oh, non!

L'Ender Dragon avait le pouvoir de détruire tous les blocs qu'il touchait, à l'exception de l'obsidienne, du bedrock et de la pierre de l'Ender. Il prenait donc un risque en utilisant autre chose, mais il n'avait guère le choix. Il sortit une pile de pierres de son inventaire et poursuivit son ascension. En cas d'attaque du dragon, son armure de diamant lui sauverait sans doute la vie, mais il n'échapperait pas à une chute mortelle. Il devait faire vite.

Les mains de Gameknight se mouvaient à une vitesse folle tandis qu'il plaçait les blocs de pierre pour sauter ensuite habilement dessus.

J'y suis presque… Plus que cinq blocs. J'espère qu'ils arriveront à garder le dragon occupé. Plus que trois…

Poser, sauter… Poser, sauter.

Enfin, il se retrouva au sommet. Gameknight ne put réprimer un frisson en voyant à quel point il se trouvait haut. Le pilier faisait au moins trente blocs de hauteur. Il allait devoir prendre garde, toute chute signifierait une mort certaine.

Il détourna le regard du vide pour contempler avec émerveillement le cristal de l'Ender : le cube violet flottait au milieu d'un bain de flammes, posé sur un piédestal de bedrock. Le cristal était entouré d'une étrange cage de métal, dont la structure défiait l'imagination... On aurait dit deux ossatures imbriquées l'une dans l'autre, tournoyant au mépris de la gravité. Sur chaque face du cristal, Gameknight distingua des symboles étranges, pratiquement impossibles à déchiffrer. Il reconnut des lettres de l'alphabet galactique standard, sans doute une étrange référence que Notch avait ajoutée au jeu. En tout cas, l'objet était de toute beauté. Il n'allait pas le détruire sans un petit pincement de cœur.

Il empoigna son épée et frappa le cristal, qui explosa en une boule de chaleur et de fumée qui le projeta en arrière. Son armure de diamant craquela sous l'impact, mais tint le coup. Au même instant, il entendit le dragon rugir à l'autre extrémité de l'Ender. Hunter lui cria quelque chose, mais il était trop haut pour entendre ses paroles.

Il se déplaça au bord du pilier pour examiner la colonne d'à côté. Elle était plus petite de quatre ou cinq blocs et se trouvait à environ six blocs de distance. Il imagina un instant bâtir un pont d'un pilier à l'autre, mais il entendit alors un cri venant du sol.

— Le d...

Sans même avoir compris les paroles de Hunter, il eut le réflexe de s'aplatir au sol juste au moment où quatre griffes acérées venaient racler le dos de son armure. Une douleur fulgurante se propagea jusque dans son bras. Il se releva d'une roulade et vit que le dragon avait viré sur l'aile afin de foncer de nouveau sur lui, la gueule grande ouverte sur des crocs étincelants, son œil pourpre brûlant de haine. Sentant la mort approcher, l'Utilisateur-qui-n'en-est-pas-un rassembla tout son courage pour faire face au monstre. À cet instant, unc série de flèches enflammées traversa les cieux pour venir frapper le dragon en plein flanc. Le monstre obliqua au dernier moment pour éviter les traits mortels de Hunter.

Il va vouloir se soigner, se dit Gameknight en regardant le dernier cristal de l'Ender.

Il prit le peu d'élan qu'il pouvait et sprinta sur la longueur du pilier avant de sauter de toutes ses forces. L'espace d'un instant, il aperçut Hunter en contrebas, la tache rousse de sa chevelure encadrant son visage sidéré. Il atterrit violemment, perdant quelques PV au passage, mais il ne soucia pas de la douleur. L'épée au poing, il alla se poster près du dernier cristal.

— Brise-le... Vite, il revient, cria Hunter d'en bas.

Gameknight attendait.

— Brise le cristal avant qu'il ne soigne le dragon !

Il continuait d'attendre, alors qu'une sueur froide lui coulait dans le dos. Au loin, il entendit le rugissement de la bête et se tourna pour faire face au monstre.

— VITE... BRISE LE CRISTAL ! hurla Hunter.

Gameknight persistait à attendre.

Le reptile ailé approchait à basse altitude, hors de portée de l'arc de Hunter. Alors qu'il arrivait au pilier, un rayon de lumière iridescente fila depuis le cristal de l'Ender en direction du dragon.

C'est l'occasion ou jamais.

Il empoigna fermement son épée et l'abattit sur le joyau, qui explosa dans un tourbillon de chaleur et de fumée. Cette fois-ci, le dragon poussa un rugissement de douleur. La détonation l'avait sérieusement blessé.

Gameknight tourna sur place à la recherche de son adversaire et aperçut ses yeux brûlants fonçant droit sur lui. Le monstre rugit en accélérant, les griffes écartées et la gueule grande ouverte, prêt à dévorer son ennemi. Gameknight avait déjà beaucoup souffert des deux explosions, il estima avoir peu de chances de survivre à un impact frontal.

Il recula instinctivement jusqu'au bord du pilier, mais il n'avait nulle part où s'enfuir. Il rengaina son épée et se posta à la lisière du vide, puis il attendit le monstre, l'esprit aveuglé par la terreur.

— J'espère que tu es prête, Hunter, dit-il à voix haute.

L'Ender Dragon replia ses ailes pour plonger sur sa proie comme une flèche de ténèbres, un projectile mortel et implacable… Au moment où les griffes acérées se posèrent sur lui, Gameknight fit un pas en arrière et tomba dans le vide.

30

La désolation de l'Ender Dragon

Pendant sa chute, le temps sembla s'arrêter. Gameknight aperçut le visage terrifié de Hunter braqué sur lui, ainsi que Stitcher et Crafter accourant à son secours. Alors que le vent fouettait son visage, il eut une pensée pour sa sœur. Elle lui avait dessiné une carte pour son anniversaire, quelques semaines plus tôt : un portrait enfantin où il lui tenait la main tandis qu'ils marchaient dans un champ rose parsemé d'énormes fleurs violettes et bleues. Elle adorait la peinture et le dessin. Il était persuadé qu'elle deviendrait une véritable artiste… si seulement elle en avait la chance.

Il est difficile d'estimer l'impact que l'on a eu sur les autres. Certains professeurs, comme M. Planck, avaient fait une forte impression sur leurs élèves. Les parents, comme ceux de Gameknight, avaient mis leurs enfants au monde et les avaient élevés. Quant aux brutes, ceux qui avaient maltraité les plus petits et les plus faibles… quelles traces avaient-ils laissées ? Leurs victimes se souviendraient d'eux comme des êtres pathétiques et faibles, des lâches ayant peur de s'assumer.

Gameknight s'était comporté comme une brute dans Minecraft. Même si c'était il y a longtemps, il aurait voulu laisser une image différente. Il voulait qu'on se souvienne de lui comme de quelqu'un qui préférait la voie du respect à celle de la facilité. Il voulait qu'on se souvienne du Gameknight qui affrontait les monstres cauchemardesques. Toutes ces pensées lui traversèrent l'esprit durant sa chute. Il ne regarda même pas le sol qui s'approchait, car cela n'avait plus d'importance pour lui. Soit il survivait à la chute, soit il mourait. Il espérait simplement avoir eu un impact positif sur ses nouveaux amis et qu'ils s'en sortent tous.

Soudain, il y eut un grand bruit d'éclaboussures et Gameknight se retrouva à genoux dans l'eau.

J'ai survécu… J'AI SURVÉCU ! exulta-t-il.

Hunter avait suivi le plan à la lettre et placé une mare où il le fallait. En baissant le regard, il constata qu'il y avait juste assez d'eau pour amortir sa chute… Il releva la tête vers le pilier d'où il avait chuté pour mieux se rendre compte de sa chance. Il avait échappé de peu à la mort. Il réprima un frisson d'angoisse en songeant à ce qui aurait pu se passer.

J'étais à deux doigts de tomber à côté de cette mare. J'ai eu de la chance.

Les paroles de son père lui revinrent en mémoire: *« Parfois, ce qu'on appelle la chance n'est en fait que le résultat de préparatifs minutieux et d'un travail acharné. »* Quelle qu'en soit la raison, il était content d'avoir atterri sain et sauf...

—J'ai tout juste eu le temps de le remplir d'eau, déclara Hunter, un seau vide à la main. Heureusement que j'avais bien écouté tes explications, s'esclaffa-t-elle en lui donnant une tape dans le dos.

Il grimaça en s'extirpant de la mare. Stitcher et Crafter arrivèrent au même moment, tout essoufflés d'avoir couru. La petite fille sortit immédiatement son arc avant d'examiner le ciel à la recherche de l'Ender Dragon.

—Il est dans les parages, dit-elle. Je le sens.

—Venez, nous devons rejoindre le reste de l'armée, déclara Gameknight en dégainant son épée. Nous devons saisir notre chance. Le dragon est vulnérable, il ne peut plus recharger ses PV. Allez!

Sans attendre leur réponse, il s'élança vers le centre de la zone afin de rejoindre Mason et le reste de l'armée qu'il apercevait au loin. C'est alors qu'il entendit le rugissement du dragon juste au-dessus de sa tête. Sans prendre le temps de réfléchir, il sortit sa pelle et creusa directement sous ses pieds. C'était généralement risqué à Minecraft, mais il n'avait guère le choix, vu les circonstances. Il s'arrêta au bout de quatre blocs et se fit aussi petit que possible. Les griffes du dragon passèrent juste au-dessus de sa tête, raclant le sommet de son abri ; le dragon avait mal jaugé son attaque en piqué.

Il émergea rapidement du trou et reprit sa course. Quelques instants plus tard, il rejoignait le reste de l'armée, qui l'accueillit avec des vivats.

— Nous sommes ravis de vous revoir vivant, Utilisateur-qui-n'en-est-pas-un, lui dit Mason tout en surveillant les cieux, à la recherche du dragon.

— Moi aussi je suis ravi d'être encore en vie, répondit-il sous les rires des soldats.

— Quel est votre plan ? lui demanda le PNJ trapu.

— Formez vite des escouades, les archers au centre et les épéistes à l'extérieur. Seuls les archers pourront abattre l'Ender Dragon, il faut les protéger à tout prix des Endermen… ainsi que de ce monstre ailé. Ensuite, lorsque…

— Il arrive ! cria Hunter.

Le dragon plongeait en piqué sur l'armée.

— Que tout le monde se DISPERSE ! hurla Gameknight.

Les guerriers s'éparpillèrent dans toutes les directions. Le dragon déchiqueta des PNJ au passage, tranchant leurs armures de fer et réduisant leurs PV à néant. Quelques secondes plus tard, seules des piles d'objets flottant au sol témoignaient encore de leur existence.

Encore des morts par ma faute! songea Gameknight.

—Formez les escouades… VITE! s'écria-t-il.

Les guerriers se mirent en position pour former des îlots de métal. Les épéistes se placèrent coude à coude pour bloquer l'avancée des Endermen. De leur côté, les archers décochaient leurs traits meurtriers à chaque passage du cauchemar ailé. Le dragon semblait chercher en vain des cristaux de l'Ender restants.

Gameknight parcourait le champ de bataille en courant, frappant les Endermen à chaque occasion. Sur sa droite, il aperçut Stitcher et Hunter fonçant en direction du dragon, accompagnées de Mason et Crafter. Il obliqua dans leur direction, se frayant un chemin à travers les rangs des Endermen. Hunter et Stitcher tiraient sans discontinuer, que ce soit sur les sombres créatures ou bien sur le dragon. Le sifflement des flèches et la vibration des arcs produisaient une étrange mélopée. Mason était à l'œuvre quelques pas plus loin, frappant les monstres sombres à grands moulinets furieux, tandis que Crafter se chargeait de les achever.

Plus loin, sur la plaine blafarde, Gameknight aperçut le dragon fondant sur un groupe d'archers et d'épéistes. Le corps du reptile ailé clignota en rouge lorsqu'il s'écrasa sur les PNJ, qui disparurent en un clin d'œil, abandonnant derrière eux leurs possessions. Les rares survivants, l'œil hagard, regardèrent la bête s'éloigner à tire-d'aile.

Ce dragon va nous réduire en miettes, songea Gameknight en assistant au carnage. *J'en ai assez… J'EN AI ASSEZ.*

— Il est temps de passer à l'attaque ! s'écria-t-il.

Il courut vers les soldats restants et leur ordonna de se placer en deux colonnes largement espacées.

— Accroupissez-vous tous et attendez, décréta-t-il avant de se tourner vers Hunter et Stitcher, qui l'avaient rejoint. Je vais attirer le dragon vers toi, Hunter. Prépare-toi. Lorsque je le toucherai, il cessera de voler pendant un court instant. Je veux que les archers en profitent pour décocher autant de flèches que possible. C'est compris ?

Gameknight fila avant qu'elle n'ait pu répondre. Le monstre les traquait depuis les cieux, mais restait invisible.

— Où es-tu, sale monstre ? cria-t-il. Viens donc me chercher !

Tout en courant à travers l'Ender, Gameknight examinait désespérément les cieux à la recherche des yeux brûlants de la bête. Il savait qu'elle se trouvait là-haut, quelque part. Soudain, il distingua un éclat pourpre au loin. Il avait déjà vu cette lueur auparavant, dans un rêve… ou plutôt, dans les Contrées du rêve. Il s'agissait des yeux luisants de cette étrange créature maléfique, à mi-chemin entre le PNJ et l'utilisateur. La silhouette se dressait là, indifférente aux Endermen et au dragon, le regard brûlant d'une haine intense.

Qui est-il, bon sang?

Un rugissement, là-haut, dans les airs. Détournant les yeux de cette créature haineuse, Gameknight recula doucement vers les archers. Il voulait laisser le dragon s'approcher, tout en sachant que la moindre erreur de calcul pouvait s'avérer fatale. Une fois arrivé entre les deux colonnes de guerriers, il se figea.

—Je n'ai pas peur de toi, hurla-t-il au cauchemar volant. Je ne te laisserai pas continuer à faire du mal à mes amis. Voilà où tout s'arrête, ajouta-t-il en traçant une ligne dans le sol de la pointe de son épée. TU N'IRAS PAS PLUS LOIN!

L'Ender Dragon poussa un terrible rugissement et se laissa tomber en piqué sur l'Utilisateur-qui-n'en-est-pas-un. À la surprise de tous, Gameknight chargea à son tour. Il sauta aussi haut que possible et donna un grand moulinet d'épée dans l'aile du monstre, l'entaillant profondément. Étourdi par la férocité de son attaque, le dragon resta figé pendant un instant.

—MAINTENANT!

Aussitôt, une centaine d'archers décochèrent une pluie de flèches qui obscurcit encore davantage le ciel nocturne. Les pointes acérées s'enfoncèrent dans la chair du dragon, lui arrachant des cris de douleur. La bête battit lourdement des ailes pour s'élever dans les airs, hors de portée.

— Préparez-vous, il ne va pas tarder à revenir, cria Mason en menant une troupe d'épéistes à l'assaut des Endermen qui menaçaient les positions des archers.

— Je le vois, cria Stitcher. Le dragon est par ici !

Gameknight regarda dans la direction indiquée par la jeune fille. Le monstre semblait les observer avec prudence.

— Je crois qu'il a peur, dit Hunter. Il reste hors de portée.

— Bon sang ! nous devons absolument éliminer cette bête, s'écria Gameknight.

Il grimpa sur une petite colline pour faire face au dragon. On distinguait bien ses yeux brûlants dans les ténèbres alors qu'il tournait en rond autour de leur position, à la recherche des cristaux de l'Ender.

— Allez, reviens, je suis ici ! cria Gameknight. J'ai détruit tous les cristaux. Qu'est-ce que tu en dis, espèce de larve volante ?

Le dragon sembla hésiter. Il voleta un instant sur place, puis tourna son long cou écailleux en direction de l'Utilisateur-qui-n'en-est-pas-un. Lorsqu'il sentit son regard braqué sur lui comme un laser, Gameknight jeta son épée au sol.

— Quel est le problème ? Tu as peur de moi ?

Il se débarrassa alors de son casque et le jeta à côté de son arme, puis fit de même avec son plastron de diamant, comme s'il ne craignait plus les assauts de la bête.

— ALLEZ, MISÉRABLE CRÉATURE, hurla-t-il de toutes ses forces, les bras écartés, les yeux fermés. VIENS DANSER !

Le dragon poussa un rugissement assez puissant pour faire vibrer la texture même de l'Ender. La monstruosité volante amorça sa descente vers son adversaire. Cependant, dès qu'il fut à portée, Hunter et Stitcher se mirent à décocher flèche sur flèche en direction du monstre. « Fiou… fiou… fiou… » Les projectiles sifflaient en cadence. Rapidement, d'autres archers se joignirent au concert : les Baker, Weaver, Digger, Runner, Farmer… toute une communauté assemblée pour défendre leur droit à la vie. Alors que la volée de flèches s'abattait sur l'Ender Dragon, celui-ci poussa un ultime rugissement. Ce n'était pas le cri haineux et rageur qu'il mugissait depuis le début. Non, c'était une sorte de lamentation, un cri de chagrin, comme si la bête connaissait déjà son destin funeste. Ensuite, le monstre clignota en blanc et violet, puis des rayons de lumière s'échappèrent de son corps, illuminant l'Ender pour la première et la dernière fois. Les Endermen fuirent dans toutes les directions alors que la lueur du dragon gagnait en intensité. Les rayons éclatèrent en une corolle lumineuse qui embrasa le ciel entier, puis le monstre disparut avec un bruit d'explosion.

L'Ender Dragon venait de mourir.

31

La seconde clé

L'ARMÉE LAISSA ÉCLATER SA JOIE.

Après la mort du dragon, les Endermen avaient fui les combats. Ils s'étaient téléportés à l'autre bout de l'Ender avant de disparaître dans des nuages de brume violette. Les guerriers, soulagés, avaient pu rengainer leurs armes et célébrer la victoire. Les PNJ criaient à pleins poumons, poussant des vivats à la gloire de Gameknight, de l'Utilisateur-qui-n'en-est-pas-un, de Minecraft… Alors que tout le monde exultait autour de lui, Gameknight avait le cœur lourd. Il contempla le champ de bataille, jonché de centaines de piles d'objets et de sphères d'Endermen, comme autant de pierres tombales. En comptant mentalement les survivants, il conclut qu'ils avaient perdu au moins la moitié de leurs effectifs, peut-être même plus.

Cette bataille leur avait coûté cher.

Gameknight leva sa main vers le ciel obscur, les doigts écartés. Ce simple geste mit fin aux célébrations. Un à un, les PNJ l'imitèrent, jusqu'à ce que toute l'assemblée fasse le salut aux morts, poing fermé au-dessus de la tête, en hommage à tous les êtres chers qui avaient perdu la vie. C'était une victoire magnifique et amère à la fois.

L'Utilisateur-qui-n'en-est-pas-un baissa le bras, écrasa une larme et contempla un moment la foule qui lui faisait face. Il ramassa ensuite son arme et son armure, puis se tourna vers Hunter et Stitcher.

— Merci d'avoir combattu à mes côtés, déclara-t-il.

— Que voulais-tu qu'on fasse d'autre ? répliqua Hunter. Tu pensais qu'on allait te laisser t'amuser tout seul ?

— Hunter ! la gronda Stitcher.

Sa grande sœur se contenta de hausser les épaules en souriant.

Un autre portail était apparu à l'endroit où le dragon avait explosé. Placé à l'horizontale, il était constitué de bedrock sombre et incassable. Une colonne du même matériau s'élevait au beau milieu, sur trois blocs de haut. Un œuf noir moucheté de pourpre trônait au sommet. Le tout flottait à six blocs de hauteur et dégageait de petites bouffées de fumée, comme si la structure était en flammes.

Hunter en resta bouche bée.

— C'est magnifique, s'exclama Stitcher en contemplant la seconde clé menant à la Source.

Un des soldats sortit une pile de pierres de son inventaire afin de bâtir des marches vers cette mystérieuse structure. Il plaça les blocs un à un jusqu'au bord du portail, puis il se pencha pour prendre l'œuf.

— Stop ! s'écria Gameknight.

Le guerrier s'arrêta en plein mouvement.

— Nous devons être très prudents. L'œuf de dragon se téléporte si on tente de le ramasser. Il faut utiliser la bonne méthode.

Gameknight escalada les marches pour rejoindre le guerrier. Sous leurs pieds, le rideau miroitant du portail rappelait celui qu'ils avaient emprunté dans le fort. Une myriade d'étoiles bleues, grises ou blanches s'étalaient à la surface. En s'approchant du cadre, il se rendit compte que les étoiles bougeaient, comme s'il regardait une image en trois dimensions.

Il se posta devant l'œuf. Il allait devoir agir avec précaution, sous peine de devoir rejouer cette bataille avec leurs effectifs amoindris. Il avait l'habitude de ce genre de situation. En s'emparant de l'œuf, celui-ci pouvait aussitôt s'évanouir et réapparaître n'importe où dans l'Ender. Il se souvint alors d'une vidéo où un joueur avait utilisé un piston pour le récupérer. Il examina soigneusement le piédestal pour réfléchir à ce casse-tête. Sous ses pieds, la surface étoilée miroitait doucement, comme pour l'inviter à sauter.

Si l'œuf tombe dedans, nous sommes fichus, pensa-t-il.

— Recouvre le portail de pierres, demanda-t-il au guerrier, qui lui adressa un regard interloqué. VITE !

Le PNJ sursauta et se mit à l'ouvrage, sortant une pile de pierres pour recouvrir soigneusement la surface miroitante.

Non seulement il fallait réussir du premier coup, mais en plus le temps lui était compté. Gameknight savait pertinemment que Malacoda et Erebus n'allaient pas tarder à arriver. Le roi des Endermen était tout à fait capable de s'emparer de l'œuf grâce à ses pouvoirs de téléportation. Il fallait faire vite et bien.

Il sortit une pile de pierres de son inventaire pour aider le guerrier à couvrir le portail. Pendant ce temps, Crafter les rejoignit en haut des marches. Une fois que Gameknight eut terminé, la dalle étoilée avait disparu sous une couche de blocs grisâtres, qui empêchait même les bouffées de fumée de s'échapper. Gameknight fit signe à son ami de s'approcher.

— Qu'est-ce que tu es en train de faire ? demanda Crafter.

— Il faut faire très attention pour récupérer l'œuf de l'Ender Dragon. Nous ne pouvons pas le toucher, sauf s'il tombe au sol comme un objet.

Gameknight alla se poster au bord de la structure pour s'adresser aux soldats en contrebas. Il croisa le regard vif de Mason, qui se trouvait au côté de Hunter.

— J'ai besoin de poudre de redstone et d'un lingot de fer. Est-ce que quelqu'un…

Avant qu'il n'ait pu terminer sa phrase, on lui avait déjà jeté les matériaux demandés.

— Crafter, tu as ton établi ?

— Évidemment, je ferais un drôle d'artisan si je n'avais pas d'établi sur moi !

— Génial ! poursuivit Gameknight. Je veux que tu me fabriques un piston aussi vite que possible.

Il jetait des regards nerveux vers l'endroit où leurs troupes étaient apparues dans l'Ender, comme s'il s'attendait à y voir brusquement surgir une armée de monstres.

— OK, voilà pour toi, dit Crafter en lui tendant le piston.

— Il me faut des blocs de pierre ici, près de l'œuf.

Le guerrier présent à côté d'eux plaça deux blocs l'un sur l'autre, juste à côté de la colonne de bedrock.

— Ça fera l'affaire, dit Gameknight.

Il se plaça de l'autre côté et installa le piston de manière qu'il soit tourné vers l'œuf.

— Torche de redstone, demanda-t-il.

Crafter lui en tendit une aussitôt.

— Place-la sur le piston, ordonna Gameknight.

Son ami obéit, positionnant la torche sur le flanc du bloc. Le piston s'activa immédiatement, projetant sa dalle plate en direction de l'œuf, qui atterrit tout droit dans les mains de Gameknight, à la grande joie de toute l'armée. L'Utilisateur-qui-n'en-est-pas-un se tourna vers la marée humaine qui l'acclamait. Il lut sur leurs visages un sentiment qu'il n'avait pas vu depuis longtemps : l'espoir.

— Bon, dégageons le portail et partons vers la Source, ordonna Gameknight.

Ils éclatèrent les blocs de pierre et découvrirent avec surprise que la surface étoilée avait disparu, remplacée par un ciel obscur. Gameknight plongea son regard dans le portail et crut distinguer quelque chose dans ses profondeurs, comme une sorte de fanal d'où émergeait un mince rayon lumineux braqué vers le ciel. Lorsque ses yeux se furent habitués aux ténèbres, il s'aperçut alors que d'autres fanaux plus petits entouraient le premier. En revanche, ils étaient tous éteints…

Qu'est-ce que cela signifie ?

Gameknight comprit alors qu'il contemplait ce qu'ils étaient venus protéger : la Source.

Soudain, un ricanement criard résonna dans la plaine. Gameknight redressa la tête juste à temps pour voir Malacoda et Erebus se matérialiser dans l'Ender.

Ils sont là.

— Vite, tout le monde dans le portail ! s'écria Gameknight.

Il sauta alors à travers la surface et disparut peu à peu. La dernière vision qu'il emporta de l'Ender fut celle des yeux rouges et flamboyants de son ennemi, Erebus, qui lui adressait un grand sourire malveillant.

32

Le combat des rois

Erebus et Malacoda se tenaient sur la petite colline de pierre de l'Ender dressée face à la plate-forme d'obsidienne. De là, ils pouvaient voir les PNJ regroupés à l'autre bout de l'Ender, autour d'un îlot de bedrock où se dressait une fine colonne.

— Il s'agit sans doute du portail vers la Source, déclara Erebus d'une voix aiguë.

L'Utilisateur-qui-n'en-est-pas-un se tenait au bord de la structure. Il croisa un instant son regard avant de disparaître dans le portail.

— Il faut passer à l'attaque ! rugit Malacoda.

Il se tourna vers la plate-forme d'obsidienne et constata avec surprise qu'ils étaient seuls.

— Où est mon armée ?

— Quoi ? Vos précieux monstres vous manquent ? ricana Erebus. Mes Withers tiennent l'autre côté du portail. Ils ne laisseront passer personne tant que je n'en aurai pas donné l'ordre.

—Alors, dis-leur de venir au plus vite. Nous avons encore le temps de rattraper l'Utilisateur-qui-n'en-est-pas-un, répondit Malacoda.

—Espèce d'imbécile! vous pensez vraiment être toujours aux commandes?

Le ghast se retourna brusquement vers Erebus.

—Votre règne prend fin, Malacoda. L'ère des Endermen va commencer.

Erebus rassembla ses pouvoirs de téléportation en un nuage de particules violettes oscillant autour de lui.

—Je t'interdis de te téléporter, rugit Malacoda. Souviens-toi de notre première rencontre. Je peux t'empêcher de fuir à tout moment et je ne vais pas m'en priver. (L'extrémité des tentacules Malacoda commença à luire légèrement.) Prosterne-toi devant ton roi ou bien prépare-toi à mourir.

Erebus se contenta de lui adresser un sourire malveillant. Le ghast poussa un rugissement de rage en déployant une boule de feu entre ses tentacules frémissants.

—J'en ai assez de toi, Enderman.

Il projeta sa redoutable sphère de feu en direction d'Erebus, mais l'Enderman se téléporta au dernier moment avant de réapparaître au côté du roi du Nether.

—Vous ne contrôlez plus mes pouvoirs de téléportation, pauvre fou, ricana Erebus. J'ai été mis à jour et je n'ai plus à supporter vos imbécillités.

Il éclata d'un rire sardonique qui fit grimacer Malacoda. L'écho de sa joie malsaine résonna dans tout l'Ender, attirant l'attention des Endermen vers leur roi. Une seconde plus tard, toutes les créatures de la zone s'étaient téléportées aux côtés d'Erebus. D'un geste de son long bras noir, il ordonna à trois de ses congénères de maîtriser l'énorme ghast en le plaquant au sol. Le roi du Nether lutta pour échapper à la prise des créatures, mais d'autres arrivèrent en renfort pour l'immobiliser. Ensuite, les Endermen soulevèrent leur proie afin de la conduire au bord de l'île flottante, à la lisière de la pierre jaunâtre et du vide sidéral. Erebus jeta un coup d'œil par-dessus le bord, dans le néant obscur qui s'étendait à perte de vue. En tombant d'une telle hauteur, on finissait par arriver aux confins de l'univers de Minecraft. Aucune entité ne pouvait y survivre. Il avait bien l'intention d'y précipiter le roi du Nether.

—Jetez-le dans le vide, ordonna Erebus de sa voix stridente. Faites en sorte qu'il n'en revienne pas.

Ses Endermen se téléportèrent dans le néant en tenant solidement le ghast dans leur étreinte gluante. Malacoda essaya de remonter, mais d'autres créatures s'empilèrent sur lui pour l'en empêcher. Au final, la masse compacte de corps enchevêtrés finit par s'enfoncer dans les profondeurs.

—Tu ne peux pas me faire ça! rugit Malacoda. Je suis le roi du Nether.

— Nous ne sommes plus dans le Nether, pauvre idiot, ricana Erebus. Adieu, Malacoda, profite bien du néant.

L'Enderman éclata d'un rire dément qui couvrit les hurlements du ghast sombrant lentement dans le vide. Erebus se délecta de la dernière vision de Malacoda, ses yeux brûlant de rage et sa bouche tordue en un cri de colère et de terreur. Les deux points rouges de ses pupilles diminuèrent... diminuèrent... puis disparurent.

C'en était fini du roi du Nether.

Les Endermen qui avaient entraîné le ghast dans sa chute mortelle réapparurent, la peau encore fumante d'avoir frôlé le bout de l'univers. Ils avaient tout de même réussi à se téléporter pour survivre.

— Ainsi se termine le règne de Malacoda, déclama Erebus avant de pousser le rire le plus tonitruant qu'on ait jamais entendu dans l'histoire de Minecraft.

— Mon plan est sur le point de s'achever, dit-il en se tournant vers un de ses congénères. Retourne auprès de mes généraux withers et dis-leur de venir me rejoindre. L'heure est venue pour les monstres de Minecraft d'accomplir leur destinée.

La créature disparut dans un nuage de particules violettes. Une seconde plus tard, un groupe de Withers à trois crânes se matérialisa sur la plate-forme d'obsidienne, suivi par un raz-de-marée de monstres assez puissant pour balayer n'importe quelle armée.

Erebus sourit en contemplant ses troupes franchir le portail de l'Ender et se déverser sur la plaine blafarde.

C'est alors qu'il repéra le tisse-ombre. Ses yeux blancs et luisants mettaient toujours Erebus mal à l'aise. Son aura maléfique ne le dérangeait pas, mais il y avait quelque chose d'indéfinissable chez cette créature. Erebus avait une sorte de mauvais pressentiment, comme si le tisse-ombre manigançait quelque chose derrière son dos. C'est pour cette raison qu'il ne lui faisait aucune confiance. Il ne connaissait même pas son nom… et il avait horreur de cela.

Qu'a-t-il dit, déjà ? se demanda Erebus en se creusant la mémoire. *Ah! oui: « Le héros d'un camp est l'ennemi de l'autre. »*

— Quelle est donc sa spécialité en tant qu'artisan ? se demanda Erebus à voix basse en contemplant l'étrange créature.

Il faut que je les garde à l'œil, lui et les autres tisse-ombre. Ils ne m'inspirent aucune confiance.

Cependant, il devait d'abord s'occuper de détruire Minecraft et ce maudit Utilisateur-qui-n'en-est-pas-un.

— Mes chers monstres… tous à la Source ! s'écria Erebus d'une voix stridente en se dirigeant vers le portail de bedrock, où Gameknight et ses guerriers venaient de disparaître. Me voilà enfin, Utilisateur-qui-n'en-est-pas-un, poursuivit le roi des Endermen. Et, cette fois-ci, tu n'auras aucun utilisateur à tes côtés.

Erebus éclata alors d'un rire sardonique qui résonna jusqu'aux tréfonds de Minecraft.

33

La Source

Gameknight se matérialisa sur une nouvelle terre étrange. Le dôme céleste était semblable à celui de l'Ender, comme un ciel nocturne obscurci par des nuées de nuages, qui lui donna l'impression de se retrouver plongé dans le néant. En revanche, les blocs jaune pâle de l'Ender avaient laissé place à du bedrock. Il n'y avait ni tour d'obsidienne, ni cristaux, ni dragon… juste une étendue vide. Les blocs sombres s'étendaient dans toutes les directions, jusqu'à la ligne d'horizon. Il régnait une obscurité oppressante dans ces terres, un genre de noirceur qui sapait tout son courage.

En examinant le paysage de plus près, Gameknight aperçut un fin rayon de lumière projeté vers les cieux sans étoiles : la Source. Dans cet océan de pierre noire et de ciel sombre, la lumière de la Source était une vraie lueur d'espoir. Le faisceau semblait partir du sommet d'une énorme montagne qu'on distinguait au loin.

— Par ici… et dépêchez-vous, s'écria Gameknight en partant dans la direction du fanal.

Il se mit à courir aussi vite que possible en direction du rayon lumineux. Ils avaient enfin atteint leur destination, mais il leur restait peu de temps pour protéger la Source de Malacoda et ses monstres.

Gameknight fut stupéfait de la taille gigantesque de la montagne, même si le manque de points de repère rendait toute estimation difficile. Elle devait faire dans les deux cents blocs de haut sur trois cents de large. À côté de ce massif montagneux, la forteresse du Nether de Malacoda aurait eu l'air d'un jouet. C'était sans conteste le plus grand élément que Gameknight ait jamais vu dans Minecraft.

Il s'arrêta un moment pour reprendre son souffle et examiner la pente de bedrock, à la recherche d'un accès. Les flancs de la montagne étaient pratiquement verticaux, avec des à-pics de deux ou trois blocs de haut. De plus, il était impossible de tailler des marches dans le bedrock incassable.

C'est alors qu'il repéra une forme, sur sa gauche, au pied de la montagne. On aurait dit un triangle géant dont le sommet était enfoui dans la paroi rocheuse. En s'approchant, il constata qu'il s'agissait d'une série de marches grimpant jusqu'au sommet.

— PAR ICI ! cria-t-il à la foule qu'il devinait derrière lui.

Il s'élança en direction de l'escalier gigantesque. Tout en courant, il jeta un coup d'œil par-dessus son épaule. L'armée tout entière, hommes, femmes et enfants, se précipitait à sa suite. Leurs visages exprimaient un mélange de résignation, de détermination, mais aussi de stupéfaction face à cet endroit aussi incroyable que terrifiant.

Ils semblaient tous savoir ce qui les attendait ici. Aucun n'était épargné par la peur.

Une fois en bas de l'escalier, Gameknight s'arrêta un instant. Les marches grimpaient à pic. À mi-chemin, elles étaient directement taillées dans la montagne. L'escalier se trouvait alors encadré de deux parois si raides que seules des araignées auraient pu les escalader. L'ensemble faisait bien trente blocs de large, trop vaste pour être défendu par les PNJ trop peu nombreux.

— Si nous voulons défendre la Source, il faut trouver un endroit sûr, cria Gameknight à ses amis. Dépêchez-vous de monter avec moi.

Gameknight commença l'ascension de l'escalier menant au faisceau qu'on distinguait tout en haut. Alors qu'il approchait du sommet, il vit le rayon de lumière devenir de plus en plus visible. Ce n'était d'ailleurs pas un seul faisceau, mais une série de rais de lumière qui semblaient n'en former qu'un.

— Nous y sommes presque, cria-t-il en accélérant sa course.

Une fois arrivé en haut, il resta bouche bée devant le spectacle qui l'attendait. Il s'attendait à un seul fanal gigantesque, mais il y en avait neuf, regroupés au sommet d'une pyramide de diamant de trois blocs d'épaisseur.

Herder aurait trouvé cela magnifique, songea-t-il avant de pousser un soupir.

Gameknight s'abrita les yeux, car il était pratiquement impossible de regarder la lumière de face. Il constata alors avec surprise qu'un vaste champ de fanaux semblait s'étendre à l'infini derrière le faisceau lumineux de la Source. Il fit doucement le tour de la pyramide de diamant pour examiner le sommet de la montagne. En réalité, il s'agissait d'un vaste plateau, totalement plat, recouvert d'une multitude de fanaux placés à des intervalles réguliers de quatre blocs. Chose étrange, ils étaient tous éteints, à l'exception d'un. À la vision de ce champ plongé dans le noir, Gameknight fut envahi d'un profond sentiment de mélancolie, comme si chaque fanal représentait une vie éteinte à jamais.

Il se tourna vers l'armée qui atteignait le sommet de l'escalier. Comparées à la taille du plateau rocheux, leurs forces semblaient dérisoires. Au début de leur aventure, il avait eu l'impression d'être accompagné d'une horde de PNJ, tous désireux de lutter contre les forces du mal qui corrompaient Minecraft. Aujourd'hui, il n'en restait qu'une poignée.

Ils avaient perdu tant de monde.

Il songea alors à toutes les batailles qui s'étaient enchaînées : celle dans le village de Crafter face aux monstres d'Erebus, l'assaut des utilisateurs dans la salle de lave, la bataille du Nether où Hunter s'était fait capturer, la lutte pour la Rose de fer et enfin l'affrontement pour remporter l'œuf de l'Ender Dragon.

Toutes ces batailles les avaient menés à celle-ci, la lutte finale pour Minecraft, l'ultime défense de la Source. Tant de vies détruites, de familles en deuil… Au fil des victimes, leur vaste armée ne comptait plus qu'une centaine de défenseurs.

Combien de monstres allons-nous affronter ? Comment allons-nous y arriver ?

Gameknight sursauta en entendant des bruits derrière lui. C'était Crafter, qui regardait avec stupéfaction la pyramide de diamant.

— C'est magnifique ! s'exclama-t-il en dévorant des yeux la structure étincelante.

Hunter le rejoignit alors, bouchée bée devant le spectacle. Ils sentaient tous le pouvoir qui émanait du rayon de lumière de la Source. Si les monstres parvenaient à la détruire, c'en serait fini de Minecraft. Gameknight s'approcha de la structure et grimpa sur un des blocs de diamant. S'abritant d'une main pour ne pas être aveuglé par sa lumière insoutenable, il essaya de regarder à l'intérieur même du faisceau. Il crut distinguer quelque chose qui coulait à l'intérieur, comme des flux de matière. Il comprit soudainement de quoi il s'agissait : c'étaient des suites de 0 et de 1, le code informatique envoyé par la Source vers tous les autres serveurs.

— Prenez garde, lui dit Woodbrin. C'est un torrent de données à l'état pur. Personne dans Minecraft ne peut y toucher et espérer survivre. Le flux désintégrerait immédiatement votre corps et en enverrait les fragments vers tous les serveurs connectés.

Il s'approcha de l'Utilisateur-qui-n'en-est-pas-un et sortit un morceau de bois de son inventaire. Ensuite, il grimaça un sourire avant de jeter le bloc dans le faisceau lumineux. Celui-ci fut instantanément vaporisé en une multitude de 0 et de 1 qui s'évanouirent le long du flux.

— Rien ne peut survivre à ce torrent de données. Toucher le rayon, c'est commettre un suicide.

— Et les autres fanaux ? demanda Gameknight.

— Éteints par les monstres de Minecraft, répondit Woodbrin de son ton pressé.

L'Utilisateur-qui-n'en-est-pas-un tendit la main vers le champ obscur où brillait encore un fanal solitaire.

— Et celui-ci ?

— Il s'agit du serveur que vous avez sauvé, répondit Woodbrin.

Le serveur de Crafter !

Gameknight hocha la tête et s'éloigna de la Source, plongé dans ses pensées. Il buta sans le vouloir sur

Hunter. Levant les yeux, il resta stupéfait devant l'éclat de ses cheveux roux sous la lumière blanche du faisceau. C'était un spectacle magnifique qui lui fit oublier un instant les soucis qui lui tourmentaient l'esprit. La peur qui menaçait de le submerger, le poids écrasant de ses responsabilités, toutes les vies en danger dans Minecraft et le monde physique… tout s'évanouit lorsqu'il plongea son regard dans les yeux de Hunter. Il fut tiré de sa rêverie par la voix de stentor de Mason, qui résonna sur tout le plateau.

— Utilisateur-qui-n'en-est-pas-un, quels sont vos ordres ? clama-t-il.

Gameknight contempla leur futur champ de bataille, à la recherche d'une solution. Comme d'habitude, il sentait les pièces du puzzle tournoyer dans son esprit, sans arriver à en distinguer les détails. Soudain, l'une de ces pièces se mit en placc. Il tenait une idée pour leur permettre de survivre et de sauver Minecraft, mais il n'arrivait pas à la visualiser totalement. Il ferma donc les yeux pour se raccrocher à cette idée, sans rien voir d'autre qu'un mince filet de lumière. C'est alors qu'une voix éthérée résonna dans les tréfonds de son esprit. C'était une voix familière et réconfortante, pleine de confiance.

— *G… A… M… E… K…*

Il n'arrivait pas à percevoir ce qu'elle disait. Il se concentra donc de plus belle sur cette voix.

— *G… A… M… E… K… N… I… G…*

Soudain, l'un des PNJ poussa un cri. Gameknight ouvrit brusquement les yeux et s'élança vers le son. Un des guerriers pointait le doigt en direction de la plaine de bedrock menant au portail. On distinguait au loin la plate-forme d'obsidienne sur laquelle ils s'étaient matérialisés. La surface du portail étincelait d'une lumière violette tandis que des monstres surgissaient par vagues. Sur sa gauche, un grondement lui fit tourner la tête. C'était Mason, l'épée au poing, qui grognait de façon menaçante en contemplant l'arrivée de l'ennemi.

Les créatures se déversaient sur la plaine avant de se diriger tout droit vers la montagne et la Source. On aurait dit un raz-de-marée infini de blazes, de zombies, d'araignées, de ghasts, de cubes de magma, de slimes… Tous les monstres de Minecraft envahissaient la zone en un torrent sans fin.

— Ils arrivent, annonça Mason d'un ton sinistre. Il y a environ cinq cents monstres, peut-être même un millier, à la suite d'Erebus. (Il caressa son menton barbu de sa main pixelisé, tout en comptant ses guerriers.) J'ai bien peur que nous ne soyons pas assez nombreux pour stopper une telle horde. (Sa voix était aussi triste que s'il venait de perdre un être cher.) Minecraft est perdu.

Gameknight poussa un profond soupir.

— Ne te blâme pas, Utilisateur-qui-n'en-est-pas-un, lui dit Crafter, dont la voix résonna entre les parois montagneuses. Tu as fait tout ce qu'il fallait. Il n'y a pas de honte à échouer lorsqu'on a fait de son mieux.

— Qu'est-ce que tu racontes ? rétorqua Hunter d'une voix pleine de colère. Si nous échouons, c'est notre faute. Il n'y a pas de quoi en être fier. Si nous perdons cette bataille, alors tout est perdu… toutes ces vies dans tous les plans des serveurs, absolument tout ! Je refuse de parler de défaite tant que nous ne serons pas tous morts.

Elle encocha une flèche sur son arc et vint se poster en sentinelle au sommet de l'escalier, comme pour barrer la route des fanaux à la horde en approche. Mason alla se placer à son côté, son épée scintillante au poing. Les soldats survivants rejoignirent leur commandant en sortant leurs armes, prêts à vivre leur propre bataille finale.

Gameknight se tourna vers Crafter. Le jeune garçon aux yeux de vieillard lui rendit un regard affligé.

— Je suis navré que nous n'ayons pas pu faire plus, murmura-t-il à destination de son ami. Tu as bien vu la horde qui approche. Tu sais tout comme moi que nous ne pourrons pas vaincre Erebus et les monstres de la nuit cette fois-ci. Il nous reste à peine une centaine de soldats. Ils n'arriveront pas à arrêter ce raz-de-marée destructeur.

Il se tourna vers l'énorme fanal, la Source, et poussa un profond soupir.

— Je crains qu'il ne nous reste plus qu'à combattre et mourir, dit-il en dégainant son épée.

En contemplant la scène, Gameknight se sentit submergé par le désespoir.

Cela veut donc dire que j'ai mené tout le monde à l'échec ? Je ne peux rien y faire ?

Il ne supportait pas l'idée d'assister à la mort de ses amis… à la destruction de tout Minecraft.

Et cette étrange sensation de déjà-vu qui le taraudait… Soudain, tout lui revint en mémoire : il avait déjà assisté à cette scène, lors d'un rêve, plusieurs semaines auparavant. Il avait vu comment tout s'était terminé… sa couardise… son échec.

Il percevait désormais les gémissements des monstres en approche, le cliquetis des araignées, les chuintements des blazes et les hurlements des ghasts.

NON, ça ne finira pas comme ça ! Je suis l'Utilisateur-qui-n'en-est-pas-un et je ne suis pas venu jusqu'ici pour finir vaincu !

Il ferma les yeux pour visualiser de nouveau les pièces du puzzle. La voix éthérée résonnait toujours dans le lointain, mais cette fois elle était assez claire pour qu'il l'entende.

— *GAMEKNIGHT, TU ES LÀ ?*

Il reconnut alors la voix de Shawny et ce fut le déclic dans sa tête.

Il se hâta de rejoindre le fanal solitaire qui projetait encore son rayon vers les cieux, vers le serveur de Crafter.

— Il me reste encore une chose à tenter, déclara Gameknight aux autres PNJ.

Rengainant son épée, l'Utilisateur-qui-n'en-est-pas-un s'approcha du fanal et s'arrêta à quelques centimètres du faisceau lumineux. La chaleur était pratiquement insoutenable, comme si on avait condensé les flammes du Nether en un seul rayon de lumière. Des petits cubes de sueur perlèrent sur son front.

Il était terrifié. La monstrueuse énergie qui palpitait dans le rayon de lumière était tellement puissante que la peur menaçait de lui paralyser les membres.

— Gameknight, qu'est-ce que tu fais ? cria Crafter.

— C'est un véritable suicide, de la pure lâcheté, s'écria Hunter. N'abandonne pas, combats à nos côtés... avec moi.

Elle tentait de le persuader du regard, la voix pleine de tristesse.

— Non, je dois le faire, répondit Gameknight d'une voix forte.

Ses amis le contemplaient d'un air incrédule. Ils avaient tous entendu les explications de Woodbrin. D'après lui, le simple fait de toucher le pilier de lumière signifiait une mort certaine. Pourtant, malgré la panique et la peur qui submergeaient son esprit, Gameknight sentait qu'il devait aller jusqu'au bout. Alors qu'il s'avançait vers le faisceau de lumière mortel, Mason se détacha du groupe pour le rejoindre, un sourire entendu sur le visage.

— Non, pas toi aussi ! s'exclama Hunter d'une voix incrédule.

— Un jour, tu comprendras, dit Mason d'une voix triste.

Il alla ensuite se placer de l'autre côté du fanal, avant de brandir à deux mains son épée, puis de la plonger de toutes ses forces dans le sol. L'impact résonna comme un coup de tonnerre lorsque l'arme brisa la couche de pierre, faisant trembler le sol. Tenant fermement la poignée d'une main, il tendit l'autre vers l'Utilisateur-qui-n'en-est-pas-un et braqua son regard sur le sien.

— Il faut avoir une confiance en vous inébranlable pour faire une telle chose, lui chuchota Mason. Il faut beaucoup de courage et de force pour créer quelque chose à partir de rien, juste avec son imagination. Il faut surtout être persuadé de pouvoir tout accomplir, quelle que soit la difficulté.

Il s'arrêta, le temps de regarder les guerriers qui les contemplaient d'un air incrédule. Il se tourna ensuite vers Gameknight et lui murmura à l'oreille :

— Lorsqu'on atteint ses propres limites et qu'on n'en peut plus, il faut prendre son courage à bras-le-corps, agripper l'essence même de son être et REFUSER de lâcher, car seul l'abandon est synonyme d'échec. (Le PNJ trapu tapota l'épaule de Gameknight.) Et maintenant, formons un pont.

Mason se redressa et agrippa d'une main ferme la poignée de son épée.

— Pour Minecraft, dit-il d'une voix étrangement douce et rassurante.

— Pour Minecraft, répondit Gameknight en saisissant la main de Mason avant de s'avancer dans la lumière brûlante.

Soudain, un flamboiement intense submergea son champ de vision, accompagné d'une douleur fulgurante, comme si de l'énergie pure parcourait son système nerveux tout entier. Il vit défiler devant ses yeux une avalanche de 0 et de 1 tandis que son corps commençait à se désintégrer. Les paroles de Mason résonnèrent dans son esprit.

« Il faut être persuadé… »

Je dois y croire, je peux y arriver !

Rassemblant tout son courage, il ignora la peur qui s'insinuait en lui et se prépara à résister. La poigne solide de Mason lui donna la force nécessaire pour agir. Il avait la conviction que ce lien était primordial et qu'il ne devait lui lâcher la main sous aucun prétexte. Gameknight s'accrocha à ce contact physique et plaqua son autre bras contre sa poitrine, se concentrant sur l'intégrité de son corps… de son courage… de son âme. Il refusa de se laisser aller. Des fragments de son être commençaient à disparaître sous forme de 1 et de 0, mais sa volonté était telle qu'il réussit à lutter, refusant d'échouer. Il pensa soudain à sa sœur, assise sur son lit, en train de jouer innocemment avec ses peluches. Il refusa de la laisser tomber. Il songea à ses amis au sommet de la montagne, Crafter, Hunter et Stitcher, et refusa de les quitter. Il pensa à toutes les vies de Minecraft, le nouvel artisan, Digger, Fisher et refusa de les laisser sombrer dans l'oubli. Enfin, il eut une pensée pour tous les gens des deux mondes qui comptaient sur lui en ce moment fatidique et il refusa de les abandonner. En faisant appel à toute sa volonté, il saisit le faisceau de lumière avec courage, colère et espoir… puis il serra de toutes ses forces.

Alors, il entendit les voix. Il y en avait des centaines qui criaient son nom, acclamant Gameknight. Des visages pixelisés apparurent à travers le fanal, puis les corps de centaines d'individus qui passèrent en flottant à travers lui.

Il avait formé le pont. Non, il était le pont. Tout en maintenant sa prise de toutes ses forces, il laissa les formes passer l'une après l'autre, jusqu'à la limite de l'épuisement. Enfin, lorsque la dernière silhouette fut passée, alors qu'il n'en pouvait plus, Gameknight lâcha prise et se laissa sombrer dans les ténèbres.

34

Les amis

Gameknight s'écroula au sol, complètement étourdi. Il entendit une série de « pop » sonores tout autour de lui, suivis d'acclamations des PNJ. En redressant la tête, il distingua des centaines et des centaines d'utilisateurs en train de se matérialiser sur le plateau, leurs noms flottant en lettres brillantes au-dessus de leurs têtes, leur lien au serveur filant droit vers le ciel. La personne la plus proche de lui se révéla être son ami, Shawny, vêtu de son costume de ninja habituel qui resplendissait à la lumière de la Source.

— Salut, Gameknight, lui dit Shawny en souriant. Tu t'amuses bien en ce moment ?

Il se pencha pour aider son ami à se relever, et lui tapota amicalement l'épaule. Gameknight avait le sourire jusqu'aux oreilles, ce qui ne lui était pas arrivé depuis une éternité.

Il regarda tout autour de lui et reconnut des visages familiers… comme son ancienne équipe de bâtisseurs, la Team Apocalypse : Nanozine, UltraFire9000, Gustobot2000, David769101 et ScottishRHere. Gameknight était heureux de les voir. Il avait passé énormément de temps avec eux à jouer à Minecraft… jusqu'à ce qu'il vandalise certaines de leurs créations. Il aperçut également Phaser_98 et King_Creeperkiller.

En apercevant Gameknight, ils firent des bonds de joie. Un autre utilisateur du nom de Wormican les imita. C'était une des seules manières dont les joueurs de Minecraft pouvaient manifester des émotions avec leurs personnages.

— Shawny, voilà la situation actuelle, déclara Gameknight avec empressement. Il y a une armée de monstres…

— Oui, je vois ça.

Shawny pointa du doigt la horde en approche. Les monstres s'étaient arrêtés à mi-chemin sur la pente, abasourdis par l'apparition soudaine de l'armée d'utilisateurs. Une masse compacte de zombies avançait en tête de colonne, sans doute pour servir de chair à canon. Les morts-vivants étaient suivis d'une nuée d'araignées, dont les pattes griffues cliquetaient avec impatience sur les marches de bedrock. Le vacarme résonnait comme un million de castagnettes entre les parois rocheuses. Les blazes au corps de flammes étaient alignés tout le long du vaste escalier, prêts à tirer leurs boules de feu. Plus loin derrière, un mélange de monstres du Nether et de l'Overworld attendaient leur tour. Les PNJ assistaient au plus grand rassemblement de monstres de tout Minecraft.

Alors que Gameknight contemplait l'armée, il entendit du bruit sur le plateau. Des utilisateurs couraient dans toutes les directions, affairés à bâtir des structures de chaque côté de l'escalier.

—Placez ça là, ici et là, comme à l'entraînement, cria une voix.

C'était Shawny, qui arpentait la plaine rocheuse en donnant des ordres à la fois aux utilisateurs et aux PNJ.

—Il nous faut un mur doté de meurtrières et des plates-formes par ici, expliqua-t-il à un groupe de guerriers. Faites vite, les monstres ne vont pas tarder à reprendre leurs esprits. (Il se tourna alors vers les flancs du plateau.) Je veux de l'artillerie ici et des archers derrière. Allez… on se bouge !

À cet instant, Mason rejoignit Gameknight.

—Tout va bien ? demanda le PNJ trapu.

—Ouais, mais je crois que je n'aurais pas survécu sans toi. Tu as réussi à me maintenir relié à Minecraft. Merci.

Mason hocha sa tête pixelisée en souriant d'un air entendu.

—Par contre… il y a quelque chose que je ne comprends pas, poursuivit Gameknight en regardant Mason droit dans les yeux. Pourquoi ta main n'a-t-elle pas été désintégrée ? Elle se trouvait dans le fanal avec moi. Elle aurait dû être dissoute comme ce bloc de bois que Woodbrin a jeté dans la Source.

Mason haussa les épaules en lui adressant un sourire espiègle.

— Parfois, Minecraft aime l'inattendu.

— GAMEKNIGHT ! hurla Shawny.

Il courut rejoindre son ami.

— Quoi ?

— Il se passe quelque chose chez les monstres.

Gameknight regarda vers le bas de l'escalier. Les monstres les regardaient, incertains de la marche à suivre, lorsqu'une forme sombre se matérialisa à l'arrière-garde, une créature élancée de couleur rouge sombre. Ses yeux rouges brûlaient avec l'intensité d'un brasier et son regard exprimait une haine si puissante qu'il était impossible de le regarder en face.

Erebus était arrivé.

Le roi des Endermen grimaça de dégoût devant les défenseurs et parcourut leurs rangs du regard jusqu'à repérer Gameknight. Dès qu'il eut trouvé l'Utilisateur-qui-n'en-est-pas-un, la haine dans ses yeux redoubla d'intensité.

Gameknight se contenta de hausser les épaules.

— C'est bien celui que je crois ? lui demanda Shawny, qui était occupé à positionner les champs de tir croisé des archers.

Son ami hocha la tête.

— Félicitations, je vois que vous vous êtes réconciliés, s'esclaffa Shawny avant de reprendre sa tâche.

— Ils avancent, cria un utilisateur, que Gameknight crut identifier comme étant Disko42, le roi de la redstone.

Du côté de la horde de monstres, Erebus se téléportait un peu partout dans l'armée, frappant çà et là tous ceux qui n'osaient pas avancer. On aurait dit un fantôme noir se déplaçant à la vitesse de l'éclair. Proférant des menaces d'une voix stridente, il força son armée à poursuivre l'ascension de l'escalier vers les utilisateurs et les PNJ.

C'est à cet instant que Gameknight s'aperçut que Malacoda n'était pas là. Il y avait toujours des ghasts parmi les créatures, mais l'énorme silhouette du roi du Nether brillait par son absence. Il n'y avait pas un seul Enderman non plus, à l'exception d'Erebus. Quelque chose avait dû se produire au sein de l'armée des monstres.

Bonne nouvelle, se dit Gameknight. *Moins il y en a à affronter, mieux c'est.*

Tandis que la horde approchait, les PNJ munis d'arcs postés sur les falaises escarpées commencèrent à tirer. Des volées de flèches s'abattirent sur les rangs des zombies gémissants qui progressaient d'un pas traînant, leurs mains griffues tendues devant eux. Ils subirent de nombreuses pertes sous l'averse de métal, mais chaque zombie tombé était immédiatement remplacé par un autre. C'est alors que les blazes ripostèrent par des rafales de boules de feu. Un déluge de flammes se déversa sur tous ceux qui se montrèrent trop lents à s'abriter derrière leur parapet. Leurs cris de douleur résonnèrent dans l'air tandis que le feu dévorait leurs PV.

— UTILISATEURS… PARÉS À TIRER! hurla Shawny.

Comme un seul homme, les utilisateurs sortirent leurs arcs et se préparèrent à tirer. Le sommet de la montagne s'illumina de bleu sous l'éclat des armes enchantées. Ils n'avaient pas perdu leur temps en attendant que Gameknight les conduisent à la Source.

— FEU!

Le ciel s'illumina lorsqu'une centaine de traits enflammés s'abattirent sur la horde. Les pointes barbelées firent des ravages dans les rangs des monstres. Les innombrables squelettes ouvrirent le feu à leur tour. Leurs flèches filèrent en direction des défenseurs, perçant les armures et déchiquetant les chairs.

Soudain, Erebus poussa un cri assourdissant: le signal de la charge. Les araignées et les blazes dépassèrent rapidement les zombies trop lents et se ruèrent dans l'escalier.

— Feu à volonté! cria Shawny. Canons à TNT, ouvrez le feu!

Dans un concert de tirs synchronisés, une batterie d'artillerie projeta ses cubes rouge et gris en plein cœur de l'armée ennemie. Les blocs clignotants s'écrasèrent au milieu des monstres avant d'exploser. Hélas ! chaque trouée dans les rangs adverses était rapidement comblée par de nouveaux monstres. Les explosions s'enchaînaient, mais il y avait trop d'ennemis pour que les canons les repoussent. Peu à peu, la horde s'approchait du sommet de l'escalier.

— Première compagnie, dégainez vos épées !

Une centaine d'utilisateurs rangèrent leurs arcs pour sortir des lames enchantées. Ils s'alignèrent en haut des marches, tout en sachant que les araignées n'hésiteraient pas à escalader les parois pour les déborder. Des boules de feu fusèrent dans l'air, s'écrasant indifféremment sur les PNJ comme sur les utilisateurs. Les ghasts venaient apporter leur puissance de feu au combat.

— ARCHERS PNJ, hurla Mason, ABATTEZ LES GHASTS !

Comme Gameknight le leur avait appris dans le Nether, les archers opéraient par groupes de six, concentrant leurs tirs sur un monstre à la fois. Les ghasts étaient encore loin, mais de nombreuses flèches firent mouche. Peu à peu, ils repoussèrent la menace aérienne, les créatures volantes choisissant une retraite prudente plutôt que d'être transpercées de flèches. Cela convenait parfaitement aux PNJ car, à cette distance, les ghasts ne pouvaient plus lancer leurs boules de feu mortelles. Les archers prirent alors les blazes pour cibles, mais il y en avait tellement que leurs efforts se révélèrent inutiles.

Dans un cliquetis de pattes et de mandibules, les araignées surgirent au sommet des parois. Gameknight dégaina son épée de diamant et partit à l'assaut. Coude à coude avec les autres utilisateurs, il frappait les monstres à grands coups redoublés. Il combattait au côté de Kuwagata498, un utilisateur qu'il avait harcelé dans le passé. Gameknight oublia les anciennes querelles afin de se concentrer sur la tuerie en cours. Il exterminait toutes les araignées qui osaient s'en prendre aux défenseurs et surveillait les arrières de Kuwagata498. Il aperçut PaulSeerSr qui tirait flèche sur flèche en direction des blazes. À ses côtés, HoneyDon't et Zefus arrosaient de projectiles la horde en approche, tandis que Lamadia et InTheLittleBush les protégeaient de leurs lames enchantées. Les guerriers frappaient les monstres et décochaient leurs traits sans répit, mais ils furent peu à peu repoussés par la horde.

— Tout le monde sur les murs ! cria Shawny.

Les archers rangèrent leurs armes pour dégainer leurs épées. Alors que les PNJ et les utilisateurs tentaient de repousser les araignées, les zombies et les creepers arrivèrent au contact. Les monstres explosifs se ruèrent sur la muraille érigée en haut de l'escalier. Les guerriers tirèrent à travers les meurtrières pour essayer de les repousser, mais les creepers étaient trop nombreux. Dans un concert de sifflements, ils déclenchèrent leur mise à feu avant d'exploser contre la muraille de pierre, la réduisant en morceaux.

Gameknight entendit le mugissement de victoire des monstres au moment où les premiers zombies pénétraient sur le plateau. Un utilisateur accourut au-devant de la horde en faisant de grands moulinets de son épée. Les lettres brillantes de son nom, Imparfa, se détachaient nettement sur la peau vert sombre des zombies. Au bout de quelques secondes, le poids du nombre eut raison de ses défenses. Le malheureux clignotait en rouge sous les coups de griffe qui raclaient son armure. Alors que Gameknight croyait Imparfa perdu, Mason arriva, frappant à grands coups précis les membres des morts-vivants. D'un bond, l'Utilisateur-qui-n'en-est-pas-un se joignit à la mêlée, distribuant ses coups de tous côtés. Au milieu du tumulte, il entendait l'arc de Hunter vibrer à chacun des tirs qu'elle enchaînait à une vitesse surnaturelle.

—RETRAITE, RETRAITE, hurla Shawny en remontant l'escalier menant au plateau.

Il s'arrêta près de Gameknight.

—Il nous faudrait un vrai miracle, dit Shawny à son ami. Ils sont beaucoup trop nombreux.

—Je sais, mais nous ne…

Il fut interrompu par une grande secousse qui fit trembler le sol, comme si un géant venait d'abattre son marteau. Le tremblement se répéta, encore et encore. Gameknight s'approcha du bord de l'escalier. En contrebas, il distingua les formes massives des golems de fer remontant la plaine d'un pas lourd. Ils étaient accompagnés d'une véritable nuée de loups blancs au collier rouge. À la tête de cette troupe, Gameknight aperçut la silhouette malingre de Herder qui courait d'un air résolu.

— HERDER ! hurla Gameknight en brandissant son épée bien haut. OUAIS !!!

Son ami ne répondit pas, préférant lancer sa meute gigantesque à l'assaut des monstres, suivis des golems de fer. Les géants de métal se frayèrent un chemin à grands moulinets de leurs bras puissants, envoyant valser les corps en l'air. Les loups attaquèrent en masse, mordant et déchiquetant les monstres de leurs crocs acérés.

Les créatures adverses semblèrent hésiter un instant. Leur arrière-garde venait de subir une attaque dévastatrice. De nombreux monstres rebroussèrent chemin pour renforcer les rangs arrière, relâchant quelque peu la pression au front de la colonne.

— C'est le bon moment, cria Gameknight. À l'attaque… POUR MINECRAFT !

— POUR MINECRAFT ! reprirent les défenseurs à l'unisson tout en chargeant l'armée adverse.

Les gémissements et cris de terreur des monstres résonnèrent dans l'air tandis que les défenseurs se jetaient sur eux depuis les remparts. Les PNJ et les utilisateurs luttaient coude à coude, impatients d'en découdre avec l'adversaire. L'Utilisateur-qui-n'en-est-pas-un se retrouva au milieu de la mêlée. Sur sa droite, une araignée bondit au visage de Slamacalf. Gameknight plongea son épée dans le corps adipeux de la bête, puis l'éjecta d'un coup de pied afin que son ami l'achève. Il se sentit soudain tiré en arrière ; au même moment, une boule de feu passa en sifflant au-dessus de lui. C'était Stitcher, qui l'avait agrippé par l'épaule.

— Merci, lui dit Gameknight.

— Oh, de…, commença-t-elle avant d'encocher brusquement une flèche.

Le projectile toucha de plein fouet un cochon zombie qui se précipitait sur eux. Alors que la bête disparaissait, à court de PV, la jeune fille s'élança plus loin sur le champ de bataille. Son arc enchanté semblait vrombir au diapason du tumulte des combats.

Gameknight se redressa pour faire le point. Les monstres étaient pris en tenailles entre deux forces. Les golems de fer se frayaient un chemin sanglant dans leurs rangs, essuyant sans broncher une pluie de flèches et de boules de feu. Les géants de métal se contentaient d'avancer dans la foule comme un rouleau compresseur, remontant l'escalier en direction de Gameknight. Les loups, quant à eux, arrachaient les membres des monstres trop lents pour les toucher.

— Je crois qu'on a une chance de gagner, fit une voix à la gauche de Gameknight.

Il se tourna vers l'utilisateur qui venait de parler. SkyKid se tenait à côté de lui, son regard brûlant dissimulé sous des lunettes noires.

— Ne dis pas cela, tu risques de nous porter malheur et de…

Soudain, un ricanement maléfique résonna sur le champ de bataille. Les bras de Gameknight se couvrirent de chair de poule. C'était le rire d'Erebus, mais il semblait différent : le roi des Endermen s'esclaffait d'une voix forte et confiante. Cette jovialité malsaine lui glaça le sang dans les veines.

Il s'éloigna quelque peu du champ de bataille pour examiner le bas de l'escalier gigantesque. Une brume violette recouvrait les premières marches, s'étendant jusque sur la plaine de bedrock. On devinait des mouvements au cœur de ce brouillard maléfique. Gameknight ne voyait rien à travers les volutes épaisses, mais les particules de téléportation commençaient à s'évaporer. Il finit par distinguer une myriade de petits points blancs, qui se révélèrent être les yeux brûlants des Endermen… Il y en avait des centaines. En l'espace de quelques secondes, la plaine se retrouva couverte d'innombrables silhouettes noires et longilignes, assoiffées de sang et de combat. Erebus avait réussi à rassembler tous les Endermen des derniers serveurs, ainsi que tous ceux de l'Ender. Son armée était prête à partir à l'assaut.

Nous sommes fichus, pensa Gameknight.

35

La bataille finale de Minecraft

Gameknight rengaina son épée et remonta quelques marches, tournant le dos au champ de bataille. Une fois arrivé sur le plateau, il contempla une dernière fois le combat perdu d'avance.

— Qu'est-ce que tu fais ? s'écria Hunter en accourant vers lui.

— C'est terminé… Tu ne vois donc pas ? Nous avons échoué.

— Tant que nous respirons encore, c'est qu'il nous reste une chance. Allez, retourne te battre.

Gameknight se contenta de soupirer en regardant ses pieds. Les Endermen allaient avoir raison des golems de pierre, ce qui permettrait aux monstres de briser leurs défenses et de détruire la Source. Ensuite, ils envahiraient le monde réel… son propre monde. Ils surgiraient sans doute directement dans son sous-sol, comme dans son rêve.

Il eut une pensée pour sa sœur.

Je suis désolé, sœurette… j'ai échoué.

—Les monstres se rallient autour d'Erebus et ses congénères. (La voix de Stitcher interrompit ses pensées moroses.) Les Endermen encouragent les autres créatures, qui redoublent d'ardeur. Il faut trouver le moyen de les arrêter.

Les paroles de Stitcher déclenchèrent inconsciemment l'imagination de Gameknight. Ses pensées se mirent à tourbillonner dans sa tête, à la recherche d'une solution.

Les monstres combattent parce qu'ils ont l'espoir de gagner, songea Gameknight. *Et ce qui leur donne de l'espoir, c'est leur chef.*

Un souvenir lui revint en mémoire : celui des visages des PNJ, la veille de la bataille du Nether. Ils avaient combattu à ses côtés, car ils croyaient en lui, car sa présence même leur donnait de l'espoir.

Voilà ce que nous devons faire : leur ôter tout espoir. Mais comment ?

Les pièces du puzzle s'assemblaient une à une dans son esprit avec un bruit de tonnerre. La solution était là, à portée de main. Il fallait juste la voir. En contemplant le visage couvert de sueur de Stitcher, il eut une illumination.

—Je sais comment faire, déclara Gameknight. Hunter, Stitcher, venez avec moi.

Il partit en courant à travers le plateau rocheux, au milieu des fanaux éteints. Une fois arrivé loin du tumulte des combats, il se tourna vers ses amis.

— Qu'est-ce que tu fabriques ? C'est là-bas, la bataille, geignit Hunter.

— Non, pas du tout, répondit Gameknight. Ce n'est pas une bataille contre des monstres. C'est Erebus que nous combattons. Je peux briser le moral de cette armée et leur ôter toute envie de combattre, et vous allez devoir suivre mes instructions à la lettre.

Gameknight leur expliqua alors son plan. Tandis qu'il leur décrivait ses idées, il luttait pour ne pas céder à la panique. Son esprit angoissé commençait à imaginer le pire, mais il se força à se concentrer sur l'instant présent et pas sur ce qui pouvait arriver. Il se sentait tout de même tiraillé par le doute. Il repensa alors à ce que lui avait dit Crafter, il y avait si longtemps :

« On ne devient pas un héros par ses actes, mais en surmontant ses peurs. »

Ces paroles résonnèrent dans son esprit et lui insufflèrent une nouvelle force.

Je vais surmonter mes peurs.

Un simple coup d'œil à Hunter lui révéla à quel point elle était inquiète, elle aussi. Ils connaissaient tous les deux le risque à courir, mais il n'y avait pas d'autre solution.

Alors l'Utilisateur-qui-n'en-est-pas-un s'allongea sur le sol et ferma les yeux pour s'endormir.

Une brume argentée s'éleva sur le champ de bataille, enveloppant les combattants dans ses volutes délicates. Gameknight se redressa. Hunter et Stitcher étaient debout à côté de lui, l'arc à la main, mais leur apparence diaphane lui confirma qu'il était bien dans les Contrées du rêve. Il se releva pour rejoindre le sommet de l'escalier et plongea le regard sur la terrible bataille qui faisait rage en contrebas. Les monstres et les défenseurs engagés au corps à corps avaient le même aspect transparent.

En descendant les marches, Gameknight passa sans danger auprès des zombies et des araignées, droit vers son objectif. Il distinguait au loin ses yeux brûlants et son sourire malveillant. Un frisson lui parcourut l'échine, mais il se concentra sur sa tâche en cours : protéger ses amis et sa famille.

Rassemblant tout son courage, il s'avança vers son ennemi juré. Il descendait les marches une à une en évitant les corps-à-corps, aussi discret qu'une ombre. Lorsqu'il ne pouvait pas faire autrement, il se contentait de traverser les formes éthérées, son corps solide passant au travers comme de la fumée. Rien n'était impossible dans les Contrées du rêve. Après avoir franchi un groupe d'araignées, il s'approcha prudemment de son adversaire. Soudain, Erebus se tourna vers lui. Le roi des Endermen bougeait la tête comme s'il avait repéré l'arpente-rêves. Ses yeux rouges et brûlants se braquèrent sur lui.

Gameknight tressaillit sous l'intensité de son regard.

Une fois arrivé à une dizaine de blocs du monstre noir, il s'arrêta pour lui faire face. La brume argentée dansait autour du corps transparent d'Erebus et s'enroulait autour de ses longues jambes. On aurait dit qu'il flottait sur un nuage rougeâtre, illuminé par le flamboiement de ses yeux.

C'est alors que la forme de l'Enderman se solidifia. Il était désormais présent dans les Contrées du rêve, face à Gameknight.

— Eh bien, Utilisateur-qui-n'en-est-pas-un, tu as enfin trouvé le courage de venir me voir, déclara Erebus d'une voix stridente. Excellent. (Il éclata d'un rire sardonique qui fit grincer les dents de son adversaire.) Je vais prendre beaucoup de plaisir à t'écraser de mes propres mains.

— C'est ce qu'on va voir, Enderman, répliqua Gameknight. C'est ce qu'on va voir.

Il dégaina lentement son épée de diamant enchantée et la brandit devant lui. Erebus se contenta de ricaner… jusqu'à ce que Gameknight commette l'impensable : il jeta son épée au sol, puis sa hache et sa pelle. Il se défaussa de tout ce qui pouvait lui servir d'arme. Ensuite, l'Utilisateur-qui-n'en-est-pas-un bomba le torse et braqua son regard déterminé sur les yeux rougeoyants de l'Enderman. Tout le monde savait qu'il ne fallait jamais regarder ces créatures en face, sous peine de les faire enrager, mais Gameknight n'en avait cure. Il en avait assez d'avoir peur d'Erebus et des monstres de l'Overworld.

J'ai horreur d'être une victime. C'est terminé, *pensa-t-il.* Je veux juste être moi-même.

Le moment était venu d'affronter son cauchemar et de le renvoyer dans les limbes du néant.

—Je n'ai plus peur de vous, Erebus, déclara Gameknight sans quitter le monstre des yeux. Je n'ai pas l'intention de me rendre ou de m'enfuir.

—Dans ce cas, tu cours à ta perte, répliqua l'Enderman de sa voix stridente.

—Ah oui ? répondit-il d'un ton confiant. Faisons un petit pas de danse, tous les deux.

Erebus se précipita sur Gameknight, mais celui-ci ne bougea pas d'un pouce. Son épée flottait au sol à ses pieds et pourtant il ne fit pas le moindre mouvement pour la ramasser. Il se contenta de regarder son adversaire d'un air méprisant. Erebus arriva sur lui en quatre grandes enjambées et l'attaqua aussitôt. Ses poings noirs s'écrasèrent sur Gameknight, mais il n'essaya même pas de se défendre. Bien qu'il sente son armure plier sous l'assaut, il resta campé sur ses deux pieds. La peur envahit son esprit, mais il se força à endurer l'attaque… pour ses amis.

Je sais que je peux y arriver, *se dit-il.* Je suis assez fort.

Son casque éclata en morceaux sous les coups furieux d'Erebus. La créature sombre s'attaqua alors aux jambes de Gameknight, arrosant de coups de pied ses jambières en diamant. Il les entendit craqueler et céder, alors que l'angoisse qui étreignait son cœur s'amplifiait.

Je sais que je peux y arriver, *se dit-il.* Je suis assez fort. Je suis assez fort.

Erebus continua de le marteler, encore et encore. Ses poings noirs voltigeaient si vite devant les yeux de Gameknight qu'il avait peine à les suivre. Le serpent de la peur lové dans ses entrailles finit par se réveiller, menaçant de planter ses crocs dans son courage vacillant. « CLAC ! » Ses bottes de diamant éclatèrent, le laissant pratiquement sans défense.

L'angoisse finit par prendre le dessus, le doute rongeait son esprit.

Vais-je tenir le coup ? Je n'abandonnerai pas. Je sais que je peux y arriver, *se répéta-t-il.* Je suis assez fort. Je suis assez courageux. JE SUIS GAMEKNIGHT999 !

Gameknight regarda les fragments d'armure de diamant dispersés au sol, puis il redressa la tête pour regarder son ennemi en face et le mettre au défi de continuer. Erebus arrêta son déluge de coups pour contempler sa victime.

— Qu'est-ce que tu es en train de faire ? hurla Erebus.

— Vous ne pouvez pas me vaincre, affirma Gameknight, car j'ai enfin compris quelle était ma véritable force. C'est une chose que vous ne comprendrez jamais.

— Que… quelle est cette chose que j'ignore ? s'écria le roi des Endermen d'une voix aiguë. Je sais tout de Minecraft et des Contrées du rêve. Je sais tout des prophéties, du Nether et de l'Ender. Je connais toutes les facettes de Minecraft.

— Et pourtant, vous êtes incapable de savoir d'où provient ma véritable force.

— Dans ce cas, quel est ton fameux secret, Utilisateur-qui-va-bientôt-mourir ? rétorqua Erebus.

— Vous vous en prenez aux autres pour vous sentir mieux, pour avoir l'illusion de contrôler les choses. Pourtant, cela ne fait que vous éloigner des gens, des vraies relations et des véritables amis. Vous vous attaquez aux plus petits, aux faibles et aux froussards, mais c'est pour mieux cacher votre couardise. C'est une évidence pour les gens qui vous entourent, c'est pourquoi ils n'ont aucun respect envers vous. Ils ne vous aiment pas, ils vous trouvent pathétique et faible, mais ils ont trop peur pour dire quoi que ce soit. Ils sont juste soulagés de ne pas faire partie de vos victimes… pour le moment. Vous n'êtes rien. Vous menez une vie pathétique et solitaire, sans même vous en rendre compte. (Gameknight s'arrêta un instant pour laisser Erebus fulminer plus encore, puis il poursuivit son discours.) Ma force provient de mes amis, de ceux que j'ai aidés. Vous êtes incapable de le comprendre, car vous n'êtes qu'une pauvre brute solitaire. J'ai pitié de vous.

— Tu as pitié de moi… PITIÉ D'EREBUS, LE ROI DES ENDERMEN, rugit le monstre.

La créature sombre poussa un cri strident avant de passer de nouveau à l'attaque, dans un torrent de coups de pied et de poing… Comme précédemment, Gameknight resta impassible. Plus il restait stoïque, plus Erebus enrageait.

« CRAC! »

Son plastron éclata en morceaux.

À présent, les coups tombaient sur la chair à nue de Gameknight. La douleur irradiait tout son corps, mais il tint bon. Alors que ses PV diminuaient, il se mit soudain à rire, ce qui acheva de rendre son ennemi fou de rage. Au moment où Erebus perdit le contrôle de ses actes, Gameknight se jeta en avant, enserrant le monstre dans l'étau de ses bras. Par la force de sa pensée, décuplée par les Contrées du rêve, il imagina ses bras qui s'allongeaient autour de l'Enderman comme des câbles d'acier. Ses membres s'étirèrent autour d'Erebus encore et encore, emprisonnant son adversaire dans une étreinte implacable. À la grande surprise d'Erebus, celui-ci ne pouvait même plus se téléporter.

— Hunter… MAINTENANT… L'EAU! hurla-t-il d'une voix qui résonna dans toutes les Contrées du rêve.

Son amie apparut soudainement dans les airs, au-dessus de l'Enderman, un seau d'eau à la main. Elle versa le liquide glacé sur les deux combattants, puis lâcha son récipient avant d'en tirer un autre de son inventaire. La peau d'Erebus clignota en rouge au contact du liquide et des filets de fumée s'élevèrent de son corps noir. L'eau était une des rares choses qui pouvaient blesser les Endermen. Soudain, Stitcher apparut au côté de Hunter. Avec un grand sourire aux lèvres, elle vida également un seau sur la tête du monstre, qui clignota de plus belle. Erebus se débattait pour échapper à l'étreinte de Gameknight, sans succès. L'Utilisateur-qui-n'en-est-pas-un tenait bon et laissait l'eau couler sur leurs deux corps. Il croisa le regard paniqué de son ennemi alors que ses PV s'évanouissaient à vue d'œil.

—Savez-vous pourquoi je suis destiné à l'emporter face à vous, Erebus ? demanda Gameknight en rapprochant son visage de la face terrifiée du monstre. Parce que j'ai appris à croire en moi et aux autres. Je ferais n'importe quoi pour aider mes amis, et eux de même.

« Splatch », un autre seau d'eau… La peau d'Erebus virait chaque fois au rouge.

—Il m'a suffi d'attendre que la colère et la haine vous submergent. Vous avez oublié qu'il ne s'agit que d'un rêve… mais, comme vous le savez, celui qui meurt dans les Contrées du rêve meurt aussi dans le monde de Minecraft.

« Splatch ». Les clignotements s'accélèrent.

—C'est aujourd'hui que vous mourrez. Je ne vous laisserai plus jamais faire de mal à mes amis.

Dans les yeux enragés d'Erebus, la colère céda la place à la peur, puis à la panique. Le monstre sombre lutta pour échapper à la prise de Gameknight, puis il se mit à gémir et supplier, mais l'Utilisateur-qui-n'en-est-pas-un continuait de le serrer de toutes ses forces.

—Erebus… fin de partie.

Sur ces mots, l'Enderman clignota une dernière fois avant de disparaître, lâchant une sphère bleutée sur le sol.

Erebus, roi des Endermen, était mort.

36

Retour à la maison

Gameknight se redressa. Hunter et Stitcher étaient à ses côtés. Il se releva, puis courut jusqu'au sommet de l'escalier pour observer la bataille en cours. Les Endermen avaient assisté à la défaite de leur chef et leur ardeur s'en ressentait.

Je dois arrêter les monstres.

Il fouilla dans son inventaire à la recherche de l'étrange sphère bleutée. Elle avait un aspect particulier, comme une perle bleue contenant quelque chose en son centre. En regardant plus attentivement, Gameknight constata qu'elle abritait un œil rouge sang.

Il s'agissait de la perle du néant d'Erebus.

Gameknight la brandit au-dessus de sa tête et s'avança au milieu du champ de bataille. En apercevant la perle dans les mains de l'Utilisateur-qui-n'en-est-pas-un, les monstres cessèrent immédiatement de combattre pour chercher leur chef des yeux. Une vague de panique parcourut leurs rangs tandis que Gameknight s'approchait de la ligne de front. Les Endermen furent les premiers à battre en retraite. Au départ, seuls quelques-uns disparurent dans un nuage de particules violettes, mais bientôt toutes les créatures sombres se téléportèrent jusqu'au portail, de l'autre côté de la plaine. Les cochons zombies et leurs cousins de l'Overworld tournèrent les talons pour s'enfuir eux aussi, repoussant les PNJ et les utilisateurs qui leur barraient la route vers leur seule porte de sortie.

Gameknight sentit la présence de nombreux guerriers derrière lui, descendant l'escalier au même rythme, prêts à défendre l'Utilisateur-qui-n'en-est-pas-un contre toute menace. Une araignée tenta de se jeter sur lui, mais les flèches conjuguées de Hunter et Stitcher la transpercèrent avant qu'elle n'ait pu s'approcher. La démonstration suffit à convaincre les autres monstruosités arachnides, qui détalèrent le long des marches. Bientôt, l'intégralité des monstres fuyaient aussi vite que possible en direction du portail, loin de celui qui avait détruit leur maître. Gameknight prit le temps d'adresser un sourire à tous ceux qui le suivaient. Certains commencèrent à l'acclamer. Les monstres de l'Overworld et du Nether battaient en retraite.

C'est alors que les marches se mirent à trembler dans un bruit de tonnerre. Gameknight tourna la tête et se retrouva face à face avec le roi des golems, dont le regard brûlant exprimait une haine féroce. Il sortit aussitôt la Rose de fer de son inventaire avant de la tendre au monstre, tout en s'attendant à se faire broyer sous ses énormes poings de fer. Cependant, le golem se contenta de prendre la rose avant de se détourner.

Alors qu'il regardait les créatures de métal cheminer en direction du portail, il aperçut Herder qui approchait, entouré du cercle protecteur de sa meute de loups. Gameknight courut vers lui et le serra fort dans ses bras.

— Je suis tellement content de te voir sain et sauf, dit Gameknight. (Il jeta un regard entendu à la meute de loups avant de tapoter l'épaule du jeune homme.) Tu nous as sauvé la mise avec tes bêtes et les golems. Nous n'aurions jamais survécu sans toi.

Herder rougit si fort que sa tête pixelisée prit une jolie teinte rosée.

— Comme je le disais au fort, dit Gameknight en s'adressant aux guerriers, c'est mon ami et il s'appelle Herder !

Les guerriers l'acclamèrent et se pressèrent autour de lui pour lui taper dans le dos et caresser ses loups.

— J'ai cru que tu t'étais enfui, Herder. Désolé.

— Pas de soucis. J'ai juste fait ce que j'avais à faire. Je voulais vous venir en aide, à vous et Minecraft, répondit le garçon. Lorsque je suis revenu au fort, j'y ai trouvé le golem et ses suivants. Il m'a tout de suite apprécié en voyant mes loups apprivoisés et il a accepté de m'aider à détruire les monstres.

— Herder, toi seul pouvais convaincre le roi des golems de nous aider, déclara Crafter en s'approchant du jeune garçon. Sans toi, nous étions perdus. Je crois que tout le monde ici est d'accord avec moi. Reste comme tu es, tu es le meilleur Herder que tu puisses être.

Une ovation retentit. Toute l'armée acclamait son nom.

Crafter s'approcha alors de Gameknight.

— Tu as remarqué ? lui demanda-t-il.

— Quoi donc ?

— Il ne bégaie plus, expliqua le jeune PNJ au regard sage. Je crois que Herder n'a pas seulement trouvé une meute de loups lorsqu'il est parti, il s'est également trouvé lui-même.

Gameknight se tourna vers le jeune garçon, qui arborait un sourire jusqu'aux oreilles.

— J'ai simplement décidé d'être Herder, le berger des animaux. Je donnerai le meilleur de moi-même, mais les gens devront m'accepter comme je suis, parce que je ne vais pas changer pour m'adapter à eux. Je peux trouver ma place en étant moi-même.

— Tu es sage malgré ton jeune âge, Herder, lui dit Stitcher en venant le prendre dans ses bras. Je crois que nous avons beaucoup à apprendre de toi.

Herder lui fit un grand sourire.

Gameknight l'imita et passa le bras autour des épaules du jeune homme. Les loups hurlèrent de joie à l'unisson alors que Herder lui rendait son étreinte.

— Venez, allons à la Source, déclara Woodbrin en remontant les marches.

L'armée suivit en courant l'étrange tisse-lumière jusqu'en haut de l'escalier. Une fois arrivé au sommet, Gameknight rejoignit le PNJ auprès de la Source. Les yeux écarquillés, le tisse-lumière contemplait le rayon avec émerveillement. Gameknight lui adressa la parole :

— Comment ces PNJ vont-ils pouvoir rentrer chez eux ?

Woodbrin détacha son regard du faisceau pour lui répondre :

— Ils vont suivre le fanal de leur serveur. (Il montra du doigt le plateau plongé dans l'obscurité.) Vous allez devoir les rallumer.

— Quoi ? s'exclama Hunter.

— L'Utilisateur-qui-n'en-est-pas-un doit ranimer les fanaux afin que tout le monde puisse rentrer chez soi, expliqua Woodbrin.

— Comment dois-je procéder ? demanda Gameknight.

— Placez l'œuf de dragon dans la source et maintenez-le en place, répondit Woodbrin. Minecraft s'occupera du reste.

Hunter s'approcha de Gameknight et lui lança un regard inquiet.

— Tu es sûr de pouvoir le faire ? lui demanda-t-elle. Ce combat contre Erebus a dû t'épuiser.

Gameknight plongea son regard dans ses yeux bruns et tenta de lui faire un sourire rassurant… mais sans succès.

—Je dois y arriver. Regarde autour de nous, il n'y a ni eau, ni nourriture. Les PNJ ne survivront pas ici, ils doivent retourner dans leurs serveurs, leurs foyers. Je dois le faire.

Il se détourna de son amie et gravit les marches de diamant menant au faisceau de lumière incandescente. Après avoir sorti l'œuf de dragon de son inventaire, il s'avança lentement vers la Source. Sa peau commença à le démanger, puis il sentit des milliers d'aiguilles dans sa chair, s'enfonçant de plus en plus fort avant de s'embraser. Il eut l'impression d'être englouti par des flammes, le dévorant également de l'intérieur.

—Je n'y arriverai pas, s'écria-t-il à voix haute tout en rassemblant les dernières miettes de force qu'il lui restait.

Il fit un autre pas en avant et tendit les bras dans les piliers de lumière. L'éclat était aveuglant, mais il sentit un emplacement où poser l'œuf. Il fit un pas de plus dans le fanal et déposa son fardeau au cœur du faisceau central.

Soudain, un violent éclat de lumière lui fit lâcher l'œuf. Une force inconnue le projeta en arrière, l'envoyant voltiger dans les airs jusque sur un groupe d'utilisateurs. La force de l'impact renversa comme des quilles Pips, Shin et SgtSprinkles. Tout le corps de Gameknight le picotait comme s'il venait d'être électrocuté. Il inspecta ses membres à la recherche de brûlures ou de cicatrices, mais il constata avec soulagement qu'il était totalement indemne.

Une main carrée apparut dans son champ de vision et l'aida à se relever. C'était Mason, qui le contemplait de ses grands yeux verts, un large sourire sur le visage.

— Regarde ce que tu as réussi à faire, lui dit le PNJ trapu.

Gameknight leva les yeux vers la Source et vit que l'œuf de dragon flottait au milieu. La lumière se reflétait sur les innombrables facettes de sa coquille, envoyant autant de rayons dans toutes les directions. Chaque minifaisceau de lumière finissait sa course sur un fanal éteint, allumant brusquement le cube sombre. Le plateau rocheux se trouva bientôt illuminé par une mer de fanaux projetant leur rayon étincelant vers les cieux. On aurait dit le champ de maïs qui poussait près de son école, quand les épis se dressaient de tout leur long avant la récolte. Il pensa soudain à sa maison dans la vraie vie et poussa un profond soupir.

— Tous les plans des serveurs sont désormais connectés à la Source, déclara le tisse-lumière d'un ton à la fois fier et enjoué.

Il adressa un grand sourire à Gameknight. Ses yeux bruns semblaient briller d'une douce lumière intérieure.

— L'Utilisateur-qui-n'en-est-pas-un a accompli la prophétie. Minecraft est sauvé !

Une immense ovation s'éleva sur le plateau rocheux, dont les échos se réverbérèrent entre les parois montagneuses. Tous les guerriers brandissaient leurs armes. Gameknight se réjouit devant le spectacle de ces visages heureux, mais son sourire s'évanouit lorsqu'il remarqua une pile d'armes et d'objets au sol, les reliquats d'une malheureuse victime. Un PNJ avait péri ici, payant de sa vie pour protéger Minecraft. Gameknight écrasa une larme au coin de son œil, puis leva lentement sa main en l'air, les doigts écartés, avant de contempler avec tristesse les survivants de cette terrible bataille. Les acclamations moururent au fur et à mesure que d'innombrables mains s'élevaient dans les airs, comme autant de fleurs dans un champ. Ensuite, tout le monde serra le poing, le regard baissé, dans un moment de partage solennel dédié aux victimes : amis et parents, époux et enfants, voisins et inconnus… tous ces gens qui avaient perdu la vie durant cette horrible guerre. Toute l'assemblée serra le poing à s'en faire mal. Gameknight releva la tête et baissa lentement la main, finissant ainsi le salut aux morts.

C'est alors qu'un cercle de lumière pourpre apparut au sommet de la montagne. Un portail était en train de se former, dans un fracas de grésillements et de crépitements. Tout le monde leva la tête juste à temps pour voir émerger des PNJ du portail… sauf que ce n'étaient pas des villageois, mais des tisse-ombre aux yeux noirs et aux cheveux sombres. Gameknight en vit un dont la peau était verte comme celle d'un zombie, suivi d'un autre dont les membres étaient couverts de poils noirs. Des tisse-ombre de toutes sortes émergeaient du portail avant de se ruer vers le champ de fanaux illuminés. Chacun d'eux attrapa un faisceau de lumière avant de disparaître dans un nuage de 1 et de 0, aspiré par le pilier de lumière jusque dans les entrailles de Minecraft.

Abasourdi par ce spectacle, personne n'eut le réflexe de bouger. Vingt secondes s'étaient à peine écoulées que des tisse-lumière surgirent à leur tour du portail, lancés à la poursuite de leurs congénères maléfiques. Ils s'arrêtèrent une seconde à la lisière du champ de lumière pour échanger un regard, puis attrapèrent eux aussi un fanal avant de disparaître.

Soudain, un bruit de crépitement dans un coin du plateau annonça l'ouverture d'un nouveau portail. Alors que le cercle violet s'ouvrait lentement, un horrible tisse-ombre au regard maléfique s'avança. Il jeta un coup d'œil hargneux au plateau illuminé, puis braqua ses yeux pleins de haine sur ceux de Gameknight. Il fit alors quelques pas pour attraper le faisceau menant au serveur de Crafter et disparut à son tour. L'assemblée de guerriers resta clouée sur place tandis que les yeux brûlants du tisse-ombre achevaient de s'évanouir dans le pilier lumineux. Il régnait un silence de mort sur le plateau.

— La guerre qui dure depuis une éternité fait toujours rage, constata Woodbrin. Les tisse-ombre se sont enfuis sur de nombreux serveurs, mais les tisse-lumière les trouveront. Nous finirons bien par les rattraper tous.

Il se tourna vers Gameknight et s'adressa à lui à voix basse :

— Les PNJ peuvent emprunter les fanaux pour rentrer chez eux, comme l'ont fait les tisse-ombre. À présent que Minecraft est sauvé, ils ne risquent rien.

— Et moi… comment puis-je rentrer chez moi ? demanda Gameknight.

— Demandez-le-lui, répondit Woodbrin en montrant Mason.

Avant qu'il ait pu s'exécuter, le tisse-lumière s'avança vers le faisceau menant au serveur de Crafter et partit à la poursuite du tisse-ombre au regard maléfique. Crafter monta alors sur le piédestal de diamant de la Source et leva les mains pour attirer l'attention de l'assemblée.

— Je ne suis pas certain d'avoir tout compris, mais une chose est sûre : nous pouvons rentrer chez nous.

Les PNJ poussèrent une ovation, encouragés par les utilisateurs. Crafter descendit du bloc de diamant et se dirigea vers son fanal. Une fois devant le pilier de lumière, un grand sourire illumina son visage.

— Je peux entendre la musique de mon serveur. Ce faisceau mène bien chez moi. Parcourez le plateau pour trouver celui qui conduit chez vous.

Les PNJ firent leurs adieux aux utilisateurs et se dispersèrent dans le champ de lumières. Shawny, accompagné d'un jeune ami du nom d'Imparfa, vint saluer Gameknight. Celui-ci contempla tous les utilisateurs venus à leur aide, reconnaissant çà et là des noms célèbres et des stars de YouTube. Certains des meilleurs joueurs de Minecraft avaient répondu à l'appel. Ému par ce spectacle, il versa une larme.

Peut-être ai-je enfin des amis.

— Merci à tous pour votre aide, déclara Gameknight aux utilisateurs d'une voix si brisée par l'émotion qu'il ne put s'empêcher de s'esclaffer.

La foule éclata de rire. Cependant, ils ne riaient pas de lui, mais avec lui.

— Sans vous, tous ces mondes étaient perdus. Vous avez sauvé Minecraft.

— Non ! cria quelqu'un à l'arrière du groupe.

Tout le monde se tut alors que la personne se frayait un chemin dans la foule. Comme l'indiquait son nom flottant au-dessus de sa tête, il s'agissait d'AntPoison.

— Non, répéta-t-il. Nous n'avons pas sauvé Minecraft… C'est toi, Gameknight, qui a sauvé Minecraft. D'une certaine manière, tu nous as tous sauvés.

Il alla se camper devant l'Utilisateur-qui-n'en-est-pas-un et dégaina son épée.

— Tu te surnommais le roi des vandales, mais tu as bien changé.

Il se tourna vers les autres utilisateurs et cria d'une voix forte :

— Je déclare que Gameknight n'est plus le Vandale de Minecraft, mais le Sauveur de Minecraft.

Il brandit alors son épée de diamant dans les airs et toute l'assemblée imita son geste.

— POUR MINECRAFT !!! hurlèrent-ils.

Ensuite, l'un après l'autre, les utilisateurs se déconnectèrent pour retourner dans le monde réel, laissant uniquement Shawny au côté de Gameknight.

Celui-ci adressa un sourire à son ami, puis se tourna vers le champ de fanaux. Les PNJ retrouvaient sans problème leur serveur et disparaissaient un à un dans les piliers de lumière, leurs corps se dissolvant en une série de 1 et de 0 qui remontait alors le faisceau étincelant. Comme la plupart des guerriers venaient du dernier serveur, ils étaient tous rassemblés autour du même fanal. Seuls quelques PNJ étaient restés aux côtés de Gameknight.

— Alors, que compte faire l'Utilisateur-qui-n'en-est-pas-un ? demanda Crafter, qui attendait auprès de son propre faisceau.

— Je ne sais pas, je n'y ai pas encore réfléchi. En tout cas, je reviendrai te rendre visite, mon ami.

Le jeune PNJ lui adressa un sourire chaleureux avant d'agripper le rayon et de s'évanouir dans un nuage de 1 et de 0, remontant le faisceau jusqu'à son serveur d'origine. Il ne restait plus que Hunter, Stitcher, Herder et Mason.

— Que vas-tu faire, Hunter ? demanda Gameknight.

Elle écarta une mèche de cheveux roux de devant ses yeux, puis se tourna vers lui.

— J'en ai discuté avec Stitcher. Nous allons recommencer à zéro sur le serveur de Crafter, dit-elle. D'ailleurs, je crois qu'il a besoin qu'on s'occupe de lui, ajouta-t-elle en souriant.

Elle s'avança vers Gameknight et le serra si fort dans ses bras qu'il en eut le souffle coupé. Il sentit également Stitcher passer ses petits bras autour de sa taille. Les deux sœurs semblaient rechigner à devoir partir. Gameknight les repoussa doucement avant de s'écarter.

— Je les accompagne, déclara Herder en souriant de toutes ses dents. Je crois que ma place est aux côtés de mes nouveaux amis. Au revoir, Utilisateur-qui-n'en-est-pas-un, nous nous reverrons bientôt, j'en suis sûr.

— Dépêchez-vous d'y aller tous les trois avant qu'une nouvelle armée de monstres ne me tombe dessus, leur dit Gameknight en souriant.

Les deux sœurs s'esclaffèrent et Herder lui rendit son sourire.

— Adieu, Gameknight, l'Utilisateur-qui-n'en-est-pas-un. J'espère que nous nous reverrons un jour dans Minecraft, déclara-t-il en écrasant une larme.

Il hocha la tête en souriant, mais il pleurait également à chaudes larmes. Stitcher lui fit un petit signe avant de prendre la main de sa sœur, puis elles plongèrent toutes les deux dans le pilier de lumière, suivies de Herder et ses loups.

Il se tourna alors vers les deux personnes restantes.

— Bon, je crois que je vais y aller, annonça Shawny. On se revoit bientôt, j'espère ?

Gameknight haussa les épaules, puis il regarda Shawny disparaître. Ensuite, il poussa un profond soupir et se tourna vers Mason.

— Que vas-tu faire après tout ce chaos ? demanda-t-il au PNJ trapu.

— Au milieu du chaos se trouve aussi une occasion, déclara Mason.

Je connais cette citation… Elle provient de L'Art de la guerre, *de Sun Tzu.*

— Tu n'es pas un PNJ… C'est impossible. J'ai déjà entendu cette phrase, elle provient d'un livre de Sun Tzu. Mon professeur, M. Planck, l'avait affichée sur un mur de la classe. Toutes ces citations que tu récites proviennent de *L'Art de la guerre*. Qui es-tu ?

Le PNJ se contenta de sourire.

— QUI ES-TU ?!

Mason ferma les yeux un instant et se figea, comme un utilisateur AFK ayant quitté un instant son clavier. Ensuite, sa skin se modifia : son apparence trapue laissa place à une silhouette de petite taille, chauve et légèrement barbue. Le PNJ portait un chapeau noir à la main, une sorte de borsalino. C'était le signe distinctif d'un utilisateur bien particulier. En effet, Gameknight vit apparaître des lettres au-dessus de sa tête, ainsi qu'un lien de serveur grimpant jusqu'aux cieux. Son pseudo ne faisait que cinq caractères de long, mais ils formaient le nom du joueur de Minecraft le plus célèbre de tous les temps : « N… O… T… C… H. »

37

À la Source

— Tu es lui… enfin… je veux dire… tu es Notch, balbutia Gameknight.

— Ouais, je sais.

— Mais, dans ce cas, pourquoi n'as-tu pas mis fin à la guerre et sauvé tout le monde ? s'exclama Gameknight, qui commençait à s'énerver. Pourquoi tous ces PNJ sont-ils morts ? Pourquoi n'as-tu rien fait pour tout arrêter ? Après tout, c'est toi qui as créé tout cela…

— Eh bien, vois-tu, il s'est passé quelque chose dans Minecraft. Il y a bien longtemps, un virus a infecté le système.

— Un virus ? s'étonna Gameknight. Quel genre de virus ?

— Une intelligence artificielle.

— Qu'est-ce que cela signifie ?

Notch caressa sa moustache noire et se tourna vers le plateau illuminé par les milliers de faisceaux lumineux.

— Vois-tu, Minecraft dispose de sa propre IA, son logiciel d'intelligence artificielle. C'est ce qui lui permet de créer les paysages, les villages, les animaux et les…

— … les villageois, l'interrompit Gameknight.

— Exact, confirma Notch. Cependant, avant la sortie de Minecraft, un autre fragment de logiciel s'est introduit dans le jeu.

— Le virus ?

— Ouais, le virus. Il a fusionné avec le code de mon IA et provoqué quelque chose d'inattendu… une faille du logiciel. Lorsque mon intelligence artificielle a essayé de compenser ce problème, tout est parti de travers et nous avons commencé à perdre le contrôle du système.

— Dans ce cas, pourquoi ne pas avoir effacé et réinstallé le tout ? demanda Gameknight.

— Parce que je m'étais rendu compte que des petits segments du logiciel étaient devenus éveillés et conscients.

— Hein ? Je n'y comprends rien.

Notch caressa de nouveau sa moustache, puis il s'approcha de Gameknight pour lui parler à voix basse.

— Ils sont devenus vivants.

— Tu parles des villageois ?

Notch hocha la tête avant de poursuivre.

— C'est pour cela que je n'ai pas éteint le système… Je n'avais pas le cœur à le faire. Nous avons installé des patchs et des mises à jour pour tenter de contenir le virus, mais il n'arrêtait pas d'échapper à notre contrôle et de provoquer le chaos partout où il se répandait. J'ai alors essayé d'introduire dans Minecraft un programme antivirus que j'ai codé moi-même, mais cela n'a fait qu'empirer les choses. Au bout d'un certain temps, j'ai compris que je n'arriverais jamais à contrôler le système... Je ne pouvais qu'aider ici et là et tenter de minimiser les dégâts.

— Pourquoi n'as-tu pas dévoilé ton identité aux villageois ? demanda Gameknight.

— Je l'ai fait, il y a bien longtemps. Hélas ! ils étaient si bouleversés qu'ils se sont agenouillés devant moi en me traitant comme un dieu. Dès qu'un villageois apprend que je suis son créateur, il perd la tête. J'ai donc décidé de me mêler à eux de façon anonyme, comme un PNJ venu d'un village lointain.

— Tu es devenu Mason.

Notch hocha de nouveau la tête.

— Je tiens à te dire que Minecraft n'aurait jamais été sauvé sans toi, déclara-t-il d'un ton solennel. Je t'avais longtemps observé en jeu et je dois admettre que ton comportement laissait beaucoup à désirer.

Gameknight baissa la tête en approuvant du chef.

— Je sais... j'ai fait des choses horribles à plein de gens.

— C'est vrai, mais tu as bien mûri depuis. Tu penses aux autres avant de penser à toi. Tu as aidé des gens que tu ne connaissais même pas et tu as redonné espoir à tous les PNJ du jeu.

Gameknight releva la tête pour plonger son regard dans les yeux verts de Notch.

— Les habitants de Minecraft avaient besoin de Mason pour les mener à la Source, mais il leur fallait surtout la bravoure, la créativité et l'ingéniosité de Gameknight. Tu leur as insufflé de l'espoir. Tu leur as permis de devenir plus forts que ce qu'ils imaginaient. L'Utilisateur-qui-n'en-est-pas-un a rendu tous les PNJ de Minecraft encore plus vivants.

Celui-ci esquissa un sourire, l'air embarrassé.

Notch lui tapota l'épaule. Pour la première fois, Gameknight eut l'impression de mériter de tels compliments.

Peut-être que je ne suis plus un gamin… et que je peux être quelqu'un d'autre, songea-t-il avant de prendre la parole.

— Je connais maintenant ton histoire, ta véritable identité et la raison de tout ce qui m'est arrivé. Et maintenant ? que va-t-il m'arriver ? Comment vas-tu pouvoir m'aider ?

— Tu fais bien de me le demander, répondit Notch en passant ses doigts carrés dans sa barbe bien taillée. Mais il reste une question en suspens… Qui es-tu vraiment ?

— Hein ?

— Pour ma part, il me suffit de me déconnecter pour rentrer chez moi, en Suède. Quant à toi… tu fais désormais partie du jeu. Regarde, tu n'as toujours pas de lien à un serveur.

En regardant au-dessus de la tête de Notch, Gameknight constata qu'un fil de lumière partait tout droit vers les cieux. En revanche, il n'avait rien au-dessus de la sienne…

— Dorénavant, tu fais partie du code de Minecraft. Tu peux te rendre sur n'importe quel serveur, mais tu resteras bloqué dans le jeu.

Gameknight contempla le plateau rocheux parsemé de fanaux lumineux et secoua la tête.

— Je veux rentrer chez moi.

— Dans ce cas, je vais te poser de nouveau la question : qui es-tu vraiment ?

— Eh bien, je suis Gameknight et je veux rentrer chez moi, auprès de mes parents et de ma petite sœur énervante qui me manque beaucoup. Je veux retourner dans ma maison.

Notch s'approcha de Gameknight et lui posa une main sur l'épaule.

— Es-tu sûr de vouloir rentrer chez toi ?

— BIEN SÛR QUE OUI !

— Il faut que tu en sois convaincu, car je ne sais pas ce qui va se produire lorsque tu vas pénétrer dans le faisceau de la Source. Le code de Minecraft a évolué d'une manière imprévisible. Il a créé des choses que je n'avais pas du tout prévues.

— De quoi parles-tu ? demanda Gameknight.

— Les tisse-ombre et les tisse-lumière, par exemple… Ce n'est pas moi qui les ai créés… c'est le code de Minecraft. Les fragments d'intelligence artificielle sont devenus autonomes et agissent de manière imprévisible. Je ne sais pas comment va réagir l'IA lorsque tu vas pénétrer dans la Source. Tu vas devoir tenir le coup pour rentrer chez toi. Une fois dans le rayon, tu devras faire appel à tout ton courage. Ta confiance sera mise à rude épreuve lors du processus. Si jamais tu doutes de toi, tu n'y survivras pas.

Il fit une pause pour que Gameknight prenne toute la mesure de ses paroles, puis il poursuivit :

— Je suis navré de ce qui t'arrive, mais c'est ainsi.

Il lui adressa un drôle de sourire, puis cita une dernière fois Sun Tzu :

— « Connais ton ennemi et connais-toi toi-même. »

Sur ces mots, Notch, le Créateur de Minecraft, disparut en laissant Gameknight tout seul.

Celui-ci contempla le plateau couvert de faisceaux avant de se tourner vers la Source.

« Connais ton ennemi et connais-toi toi-même. » C'est sans doute la citation la plus connue de Sun Tzu… mais qu'a-t-il voulu dire par là ?

Gameknight fit lentement le tour du piédestal de la Source avant de se décider à monter une marche. Sous l'effet de la chaleur intense du faisceau, de petits cubes de sueur perlèrent immédiatement sur son front. Il sentit la peur et l'angoisse se réveiller au fond de son esprit. Lorsqu'il avait placé l'œuf de dragon dans le pilier de lumière, il y avait seulement plongé les bras. Cette fois-ci, il allait devoir plonger entièrement dans la Source.

Il escalada une nouvelle marche de diamant pour s'approcher du faisceau incandescent.

« Connais ton ennemi… », songea-t-il.

Erebus ? Non, il était mort. Ses autres ennemis, il les connaissait bien : c'étaient tous ceux qui l'avaient harcelé, rabaissé, forcé à douter de lui-même…

Moi aussi, j'ai douté de ce que je pouvais faire… J'ai longtemps été mon propre ennemi.

« Connais ton ennemi et connais-toi toi-même. »

— Je ne douterai plus jamais de moi, proclama-t-il en faisant un pas de plus vers la Source.

La chaleur intense sécha immédiatement les cubes de sueur qui coulaient le long de son visage.

— Je sais qui je suis. Je suis la meilleure personne que je puisse être.

« Connais ton ennemi et connais-toi toi-même. »

Il fit un pas de plus.

— Je n'ai plus peur de ce qui peut m'arriver. Je n'hésiterai pas à tenter ma chance.

Il grimpa la dernière marche et se posta devant la Source.

— Je suis Gameknight et je veux rentrer chez moi !

Il ferma les yeux et pénétra dans le faisceau. Il fut immédiatement submergé par une douleur monumentale, comme si tous les nerfs de son corps s'étaient enflammés en même temps. Cependant, plutôt que de capituler, il entoura son corps de ses bras et il fit front vaillamment.

Je peux le faire… Je sais que je peux y arriver et survivre. Je suis Gameknight.

Il sentait son corps commencer à se dissoudre dans un nuage de 0 et de 1 tandis que la Source convertissait son code en quelque chose d'autre. Il se fit tout petit et laissa le processus s'accélérer. Un petit nuage de peur tenta de recouvrir son esprit, mais il le chassa aussitôt.

— Je peux le faire, dit-il à voix haute. Je sais qui je suis. Je peux y survivre, ajouta-t-il d'une voix forte. Je suis Gameknight, l'UTILISATEUR-QUI-N'EN-EST-PAS-UN.

Il sombra alors dans les ténèbres.

Gameknight avait froid. Son bras était légèrement ankylosé et des fourmillements le démangeaient. En se redressant, il étira les muscles douloureux de son dos, qui le lançaient comme s'il était resté courbé pendant une éternité. Sa joue était chaude et tout engourdie, comme lorsqu'il s'endormait sur sa table, en classe d'histoire. Il porta les mains à son visage et se massa vigoureusement pour réactiver la circulation sanguine.

Il faisait sombre et froid. Il avait l'impression de se trouver quelque part sous terre. Un frisson glacial lui parcourut l'échine. Il étendit machinalement le bras et sa main heurta quelque chose de dur, dont les bords piquants lui éraflèrent les doigts. Il chercha l'interrupteur qu'il avait déjà actionné des milliers de fois et alluma la lampe de bureau. La lumière inonda la pièce, révélant également le pied de la lampe, une fabrication artisanale de son père : des rebuts de moteur d'avion soudés ensemble en forme de spirale, comme une sorte de tornade de métal. Son père l'avait baptisée la « lampe CFM56 », mais il n'avait jamais su ce que ça voulait dire.

La lampe de bureau... fabriquée par son père... Il était de retour chez lui !

Gameknight se redressa avant de se lever de sa chaise. Il sursauta en voyant le rayon du numériseur braqué sur lui, mais l'appareil semblait hors service : aucun vrombissement d'abeilles furieuses et tous les voyants éteints.

Bien !

Il entendit alors du bruit à l'étage, la chanson d'un stupide dessin animé pour enfants. Gameknight sourit. Il était vraiment revenu à la maison... Il était rentré chez lui.

— Maman, papa, sœurette... je suis rentré !

En observant le sous-sol autour de lui, il aperçut le coin où il s'était caché d'Erebus durant son horrible cauchemar, le miroir craquelé suspendu au mur... Il frissonna, puis sourit de nouveau.

Je suis chez moi. Je suis enfin sorti de Minecraft.

Il fit quelque pas vers l'escalier avant de se retourner vers l'écran de l'ordinateur. Il y avait une image de

Minecraft à l'écran. Son personnage AFK était figé sur place, mais il constata avec surprise qu'il était entouré de ses amis. Crafter se tenait au côté de son avatar, une main sur son épaule. Herder, le jeune garçon dégingandé, souriait de toutes ses dents en saluant d'une main. Les deux sœurs, Hunter et Stitcher, se trouvaient de l'autre côté de Crafter. Leurs cheveux roux flamboyant n'avaient plus le même aspect bouclé sur leurs avatars de Minecraft, mais leurs sourires éclatants lui réchauffèrent le cœur.

C'étaient ses amis, ses plus proches compagnons. Il avait bâti ces amitiés en essayant de faire le bien, pas en se comportant comme un vandale ou une brute. Il avait simplement été lui-même. Gameknight leur adressa un sourire tandis qu'une larme coulait le long de sa joue.

—Mes amis, dit-il à voix haute dans le sous-sol vide. Je reviendrai vous voir bientôt, je vous le promets.

Il s'approcha du bureau et tendit la main vers l'écran. Il leur caressa doucement le visage de ses doigts redevenus ronds, sans chercher à retenir ses larmes. Il leur adressa un dernier sourire avant de leur tourner le dos pour monter l'escalier.

—Sœurette, j'ai un truc à te dire! cria-t-il en montant les marches quatre à quatre.

En partant, Gameknight n'avait pas remarqué un petit détail à l'écran. Au loin, une silhouette sombre se tenait derrière un chêne dont les feuilles avaient noirci avant de tomber au sol. Elle souriait d'un air malfaisant, comme un serpent sur le point de fondre sur sa proie. Le pire était ses yeux : ils flamboyaient d'une haine féroce qui illuminait son visage. Son regard semblait braqué tout droit sur le centre de l'écran, sur Gameknight.

La silhouette sortit alors de sa cachette, tandis qu'une voix s'élevait des haut-parleurs de l'ordinateur.

— Je t'attendrai dans Minecraft, Gameknight. Lorsque nous nous reverrons, je prendrai ma revanche et je quitterai enfin cette prison.

La créature éclata alors d'un rire dément et absolument insupportable, avant de disparaître en laissant derrière elle l'arbre mort, comme un présage funeste.

Araignée : Les yeux rouges et luisants de l'araignée peuvent être vus dans le noir, rendant leur apparence effrayante. Elle fait un bruit étrange comme si quelqu'un aspirait dans une paille, ce qui avertit le joueur de sa présence.

Araignée bleue : On la trouve dans les puits de mine abandonnés. Elle est plus dangereuse que l'araignée habituelle et le lait est un remède contre son venin.

Araignée chevauchée : Elle ressemble à une grosse araignée surmontée d'un squelette. Elle se déplace comme une araignée normale et le squelette tire des flèches.

Arpente-rêves : Quelques rares PNJ et monstres ont le pouvoir de voyager dans les Contrées du rêve, le pays entre le sommeil et l'éveil où tout peut arriver. Gameknight et Hunter ont ce don, tout comme Erebus et Malacoda.

Blaze : Créature du Nether, hostile et volante, de couleur jaune et très difficile à combattre. Son corps est composé d'une tête située au sommet d'une colonne de fumée, et de trois parties en rotation contenant chacune quatre bâtons jaunes.

Cochons zombies : Ils peuvent apparaître dans le Nether ou être créés à partir des cochons. Ils apparaissent tous avec une épée en or, qui peut être enchantée.

Creeper : Un creeper est une créature hostile. Les creepers explosent au bout d'une seconde et demie, quand le joueur se trouve à proximité, infligeant des dégâts importants.

Creeper électrique : Lorsqu'un creeper est frappé par la foudre, il devient électrique. Il a alors une aura bleue et son explosion est particulièrement puissante.

Ender : l'Ender est un royaume aussi particulier que le Nether. Il s'agit d'une île flottant dans le néant, peuplée d'Endermen et de l'Ender Dragon.

Ender Dragon : Le Dragon de l'Ender est le premier boss de Minecraft. Il apparaît uniquement dans l'Ender. Il possède une texture qui rappelle beaucoup l'Enderman, qui est noir avec les yeux violets.

Enderman : L'Enderman est une créature humanoïde neutre de trois blocs de haut (ils sont grands par rapport aux joueurs). Ils sont connus pour leur apparence et leur comportement effrayants. Ils sont capables de ramasser des blocs, de se téléporter, mais leur gros point faible est leur vulnérabilité à l'eau. L'Enderman devient hostile lorsqu'il est attaqué ou provoqué.

Ghast : Créature du Nether, hostile et flottante, ressemblant à une méduse, qui tire des boules de feu avec sa bouche. Lorsqu'un ghast attaque, il ouvre les yeux et la bouche (alors qu'il les maintient habituellement fermés).

Inventaire : Endroit où sont organisés tous les objets que transporte un joueur.

Nether : Le Nether est une sorte d'enfer souterrain, totalement différent du monde en surface. Le terrain est dangereux, faiblement éclairé, plein de mers de lave et de falaises abruptes. Le Nether grouille de créatures menaçantes : cochons zombies, énormes ghasts et leurs boules de feu, blazes tourbillonnants, cubes de magma inquiétants et Wither squelettes.

Portail de lumière : Passage vers le monde réel.

Redstone : La redstone est un puissant minerai, une source d'énergie comparable à l'électricité.

Skin : Texture placée sur le modèle des joueurs ou des créatures.

Source : Serveur ultime qui contrôle tous les autres.

Squelette : Les squelettes sont des créatures hostiles qui possèdent un arc et tirent des flèches. Ils n'apparaissent que dans les zones sombres (lieux non éclairés à la surface pendant la nuit ou dans les cavernes). Ils brûlent à la lumière du soleil.

Tisse-lumière : Ce sont les artisans du code de Minecraft, chargés d'améliorer les mécanismes d'un élément spécifique du jeu, tels les créatures ou les blocs de matériau.

Tisse-ombre : *Alter ego* maléfiques des tisse-lumière, les tisse-ombre sont chargés de travailler sur la face sombre de Minecraft, par exemple sur les monstres et les dangers.

Zombie : Les zombies sont les créatures hostiles les plus courantes dans Minecraft. Ils apparaissent dans les endroits sombres ou mal éclairés. Ils attaquent le joueur en se déplaçant lentement vers lui puis en lui infligeant des dégâts au corps à corps. Ils prennent feu à la lumière du soleil.

À propos des noms des personnages

Crafter : *craft* signifie « artisanat » en anglais.
Fisher : *to fish* signifie « pêcher » en anglais.
Milker : *to milk* signifie « traire une vache » en anglais.
Baker : *baker* signifie « boulanger » en anglais.
Weaver : *weaver* signifie « tisserand » en anglais.
Planter : *to plant* signifie « planter » en anglais.
Digger : *to dig* signifie « creuser » en anglais.
Runner : *to run* signifie « courir » en anglais.
Farmer : *farmer* signifie « fermier » en anglais.
Wood Cutter : *woodcutter* signifie « bûcheron » en anglais.

À propos des noms des tisse-lumière et des tisse-ombre

Batbrine : *bat* signifie « chauve-souris » en anglais.
Cowbrin : *cow* signifie « vache » en anglais.
Dirtbrin : *dirt* signifie « boue » ou « terre » en anglais.
Grassbrin : *grass* signifie « herbe » en anglais.
Gunpowderbrin : *gunpowder* signifie « poudre à canon » en anglais.
Horsebrin : *horse* signifie « cheval » en anglais.
Ironbrine : *iron* signifie « fer » en anglais.
Lavabrine : *lava* signifie « lave » en anglais.
Sandbrin : *sand* signifie « sable » en anglais.
Sheepbrin : *sheep* signifie « mouton » en anglais.
Stonebrin : *stone* signifie « pierre » en anglais.

Treebrin : *tree* signifie « arbre » en anglais.
Waterbrin : *water* signifie « eau » en anglais.
Woodbrin : *wood* signifie « bois » en anglais.

La série des *Gameknight* parle évidemment de ce que mon fils a pu vivre dans Minecraft, mais également d'une expérience que j'ai eu le malheur de vivre durant toute l'école élémentaire : le harcèlement. J'ai été harcelé quand j'étais enfant, la plupart du temps à l'arrêt de bus. Les gosses les plus costauds trouvaient ça amusant de m'attraper et de me jeter dans une poubelle, ou bien de jouer avec ma casquette ou de l'envoyer dans un arbre…

Bref, j'avais horreur de prendre le bus !

C'est alors que j'ai rencontré mon ami Dave, qui vivait près de chez moi. Nous avions pris l'habitude de marcher jusqu'à l'école au lieu de prendre le bus, ce qui avait résolu le problème. Du moins, c'est ce que je pensais. Les brutes de l'école cherchaient toujours à faire des bêtises, surtout durant la récréation. Parfois, durant celles-ci, je me mettais à bouquiner sous un arbre, tout seul. Autant dire que c'était une véritable invitation à se faire harceler.

Rester seul dans son coin ne résout rien, je l'ai appris à mes dépens ! Un conseil, fais-toi des amis et reste à leurs côtés. Je sais comme c'est difficile et effrayant de se faire de nouveaux amis, mais dis-toi que c'est comme d'affronter son premier dragon. Il faut être courageux et se concentrer sur l'instant présent.

Demande-leur ce qu'ils aiment faire dans la vie, tu seras surpris de voir combien les gens aiment parler d'eux-mêmes. Cela peut t'aider à trouver des centres d'intérêt communs, comme Gameknight l'a fait avec Shawny. Tu te trouveras de nouveaux amis en un rien de temps.

Mes parents n'ont jamais su que je me faisais harceler étant jeune, car j'ai gardé le silence pour ne pas qu'ils interviennent. C'était une erreur. Souffrir en silence n'a jamais aidé à résoudre le problème. Au contraire, ça n'a fait que l'empirer et retarder le moment de trouver une solution. Si jamais tu souffres seul dans ton coin, tu n'as plus que tes pensées pour te tenir compagnie. Et les soucis ont tendance à grossir et se multiplier.

Si jamais tu es victime de harcèlement, garder le silence est la pire chose à faire. Parles-en à une personne de confiance : un ami, un instituteur, un prêtre… n'importe qui. Si tu n'y arrives pas, prends une feuille et un crayon comme je l'ai fait, et couche tes sentiments sur le papier. Tu seras surpris de constater à quel point cela fait du bien. Écris ta propre histoire de Minecraft sur le harcèlement ou les troubles de l'alimentation ou l'inadaptation sociale… tout ce qui te pose un problème.

Garder le silence ne sert à rien !

Tu dois affronter ton dragon intérieur pour te libérer, mais pas en t'en prenant aux autres, et surtout pas à toi-même. Se faire mal ou faire mal aux autres ne résout rien, cela ne fait qu'apporter des souffrances supplémentaires. Sache que beaucoup de gens se sentent harcelés, marginaux ou inadaptés. Si on garde le silence, on a l'impression qu'on est la seule personne au monde à vivre ce genre de situation, alors que c'est faux. Il y a plein de gens autour de toi qui vivent la même chose.

Tu n'es pas seul!

Connais ton ennemi et connais-toi toi-même. Si tu gardes le silence, tu es ton propre ennemi.

Sois fort, parle aux autres, ne reste pas seul et fais attention aux creepers.

Mark Cheverton

Aubin IMPRIMEUR

IMPRIM'VERT Votre imprimeur agit pour l'environnement

Achevé d'imprimer en septembre 2015
Dépôt légal, octobre 2015 / N° d'impression 1508.0360
Imprimé en France
36231152-2